Kathrin Gerlof
Alle Zeit

atb aufbau taschenbuch

KATHRIN GERLOF, geboren 1962 in Köthen/Anhalt, studierte Journalistik und arbeitete als Redakteurin für verschiedene Tageszeitungen. Sie lebt als Journalistin und Romanautorin in Berlin. 2008 debütierte sie mit dem von der Kritik gelobten *Teuermanns Schweigen*, im Herbst 2011 wird ihr neuer Roman im Aufbau Verlag erscheinen.

Als Juli und Klara einander im winterlichen Park begegnen, ahnen sie nicht, wie ihrer beider Leben miteinander verwoben sind. Die eine ist blutjung, hochschwanger und mutterseelenallein. Die andere, alt und gebrechlich, verliert mehr und mehr den Bezug zur Welt und weiß, fürs Erinnern bleibt nicht mehr viel Zeit. Warum nur fühlt Juli sich der alten Frau so nah? Spürt sie, was Klara und das Kind in ihrem Leib verbindet?

Eine zu Herzen gehende Geschichte über das Altwerden, das Neugeborensein und eine Liebe am Ende des Lebens.

»Sätze wie Stromschläge, Worte, die auf Erinnerungslücken einhämmern. Mit wahrhaft magischer Lakonie erzählt Gerlof diese Geschichte.«

Berliner Zeitung

»›Alle Zeit‹ ist ein schönes, ein berührendes, stilles Buch. Eines, das nachhallt, gerade weil es sich konsequent der Verurteilung, der Versöhnung verweigert. Es gibt keine Wahrheit in der Familie, es gibt nur Geschichten.«

Welt am Sonntag

»Mit der Lektüre des Buches hat man Lebenszeit auf jeden Fall sehr sinnvoll genutzt.«

Deutschlandradio Kultur

Kathrin Gerlof

Alle Zeit

Roman

aufbau taschenbuch

ISBN 978-3-7466-2679-6

Aufbau Taschenbuch ist eine Marke
der Aufbau Verlag GmbH & Co. KG

1. Auflage 2011
© Aufbau Verlag GmbH & Co. KG, Berlin 2011
Die Erstausgabe erschien 2009 bei Aufbau
Umschlaggestaltung Originalcover
Andreas Heilmann und Gundula Hißmann, Hamburg
unter Verwendung eines Fotos von © plainpicture/hasengold
grafische Adaption Mediabureau Di Stefano, Berlin
Druck und Binden CPI – Moravia Books, Pohořelice
Printed in Czech Republic

www.aufbau-verlag.de

Julis Bauch ist so dick, dass sie die Welt zu ihren Füßen nicht mehr sehen kann.

Noch zwei Tage, wenn wir richtig gerechnet haben, denkt sie. Ihre Füße schlurfen Spuren in den Schnee.

Wie ein Schneepflug, denkt sie, oder zwei extrabreite Langlaufski. Juli schätzt die Entfernung zur nächsten Parkbank.

Zweitausend Kilometer, murmelt sie und macht sich auf den Weg.

Auf der Bank sitzt eine vermummte Gestalt. Hat es sich auf einer alten Wolldecke bequem gemacht und guckt in die Luft. Juli lässt sich stöhnend neben ihr nieder. Die vermummte Gestalt hüpft dabei leicht nach oben, so schwer sind Bauch und Frau.

Tag, sagt Juli und erhascht einen Blick in zwei blassblaue Augen. Sie zieht ihre dicken Handschuhe aus und bläst einen Marsch auf zehn kalten Fingerspitzen. Die Gestalt summt ein Weihnachtslied vor sich hin, eins von klingenden Glöckchen und lasst mich ein ihr Kinder. Juli lächelt und pustet den Takt dazu.

Sie sollten nicht so viel essen, meine Liebe, sagt die Gestalt und rückt näher ran.

Ich erwarte ein Kind.

Oh, sagt die Vermummte und guckt wieder in die Luft. Ein Kind ist vorhin vorbeigekommen. Sah aus wie ein Hase, rosa Ohren aus Wolle. Wie heißen die Dinger, die man auf den Kopf setzt?

Mützen, sagt Juli, oder Hüte.

Mützen, murmelt die Gestalt und kaut ein bisschen auf dem Wort rum. Mützen. Hießen die früher auch so?

Ich glaube schon.

Dann muss ich das wohl vergessen haben. Ich lese jeden Tag Zeitung, meine Liebe, aber mein Kopf ist ein Sieb. Ich kann die Zeitung dreimal lesen. Sie ist immer neu. Das spart Geld. Juli lächelt und wappnet sich für eine alte Geschichte.

Man hat jetzt Kopftücher erfunden, meine Liebe, die nicht brennen. Das habe ich mir gemerkt, weil es in der Zeitung stand. Mit den Kopftüchern können sich Frauen in Chemielaboren verkleiden. Sie haben es selbst so gewollt. Dass es nichtbrennbare Kopftücher gibt. Und sie glauben an etwas, von dem wir nichts ahnen. Wissen Sie, wie viele Dinge in dem Wort Frauen verborgen sind? Auen, rau und au. Ich übe Worte finden, weil mir so viele verlorengehen. Es ist schwer zu glauben, dass Frauen nichtbrennbare Kopftücher haben wollen.

Ich bin alt, meine Liebe. Mir gehen die Begriffe verloren. Was ich sage, verschwindet oft für immer aus meinem Kopf. Ich leere mich. Aus. Das mit den Kopftüchern habe ich behalten. Aber es hängt kein Gedanke daran. Nur eine Erinnerung, die noch nicht verlorengegangen ist.

Eine Erinnerung, die noch nicht verlorengegangen ist, denkt Juli. Das hat sie aber traurig gesagt.

Bleiben Sie ruhig hier sitzen, junge Frau. Und essen Sie nicht mehr so viel. Es ist meine Bank. Ich habe sie besetzt, um auszusagen. Aus zu sagen. Alles, was ich sage, liegt dort im See. Wenn ich jetzt »Mondaufgang« ausspreche, werden Sie mich wahrscheinlich nie wieder fragen können, wie man das nennt. Das Wort hat sich weggeflüchtet. Weg, Weeeg. Die Unterschiede sind auch nicht mehr erkennbar. Ich bin zu alt geworden. Ich kann die Worte nicht mehr halten. Vor einigen Tagen hat mich ein Polizist gefragt, wie ich heiße. Es hat ihn gestört, mich hier sitzen zu sehen. Im Schnee. Ich habe ihm meinen Namen gesagt. Seitdem ist er verschwunden. Sie können mich also nennen, wie Sie wollen. Geben Sie mir einen Namen, irgendeinen, den ich weitersagen und vergessen kann. Das Schlimmste ist nicht, dass die Welt verschwindet. Wir werden viel zu alt. Das ist schlimm. Hören Sie. Wir können nur noch mit den lahmen Flügeln schlagen. Und währenddessen stirbt unser Hirn. Ich werde auf dieser Bank sitzen bleiben. Bis der See alle meine Worte wieder hergibt. Irgendwo da unten ist mein Name. Und ohne den gehe ich nicht nach Haus.

Juli hört dem langen Vortrag zu und rauft sich die grünen Haare. Sie ist zu schwer und zu müde, um der alten Frau einen Namen aus dem See zu fischen. Vielleicht später einmal.

Für diesen einen Moment fühlt sie sich verantwortlich und schlingt der alten Frau den Schal ein paar Mal um den Hals. Ein kurzer Augenblick der Fürsorge ist das, der schnell vorbeigeht. Das mit den nichtbrennbaren Kopftüchern kommt ihr bekannt vor. Und die alte Frau auch. Ein bisschen. Vielleicht. Deren blassblaue Augen haben sich in weiter Ferne ein Ziel gesucht. Juli steht auf und geht. Der Trost war nur von kurzer Dauer.

Sie stellt das Schachbrett auf den Tisch. Es ist ihr Schachbrett, ihr Tisch und ihr Zimmer. Ein schwarzer Bauer fehlt. Sie ersetzt ihn durch einen bunten Porzellanengel. Bauer e2 auf e4, murmelt sie und schiebt die elfenbeinfarbene Figur zwei Felder nach vorn. Königsgambit hat er doch immer gern gespielt. Kann man nicht viel falsch machen. Bauer e7 auf e5. Erst das Kanonenfutter nach vorn und dann die Offiziere hinterher. Hauptsache, man hat die Initiative ergriffen.

Sie nimmt ihr Gebiss aus dem Mund und legt es neben das Schachbrett. Ich mag sizilianisch. Alles vergessen. Springer als Nächstes, aber dann wird es schon schwer.

Hinter ihrem Rücken geht die Tür auf. Frau Simon?

Ist nicht ihr Name. Ihr Name liegt im See. Hat der nette Polizist gestohlen.

Frau Simon? Ihre Medizin müssen Sie noch. Warum haben Sie das Gebiss rausgenommen? Sie sollen es tragen. Tag und Nacht. Wollen Sie jetzt nicht schlafen gehen? Es ist spät.

Die redet immer, als hätte sie einen Sack voll Fragezeichen geschenkt bekommen. Das Gebiss drückt, und die Medizin macht Verstopfung. Dem Gummibaum scheint sie auch nicht zu bekommen. Der wächst nicht mehr.

Jetzt schwappt wieder so ein Einfall. Das gräbt sich immer durchs Hirn an die Oberfläche, und plötzlich. Die Wiener Partie. Hat sie mal auswendig gelernt, entsprach ihrem Temperament. Irgendwie. e2 auf e4, e7 auf e5,

Springer b1 auf c3. Weiß versucht die Zentrumsfelder d5 und e4 zu kontrollieren und bereitet einen Angriff auf e5 vor. Elastische Kräfteentfaltung hat sie das genannt. Wahrscheinlich alles aus einem Schachbuch abgelernt. Elastische Entfaltung. Jetzt ist alles schon wieder weg. Der nächste Zug im Dunkeln. Kann sie das Gebiss auch wieder reinstopfen.

Wer war die junge Frau heute auf der Bank? An die kann sie sich noch erinnern. Hatte grünes Haar. Oder blond. Und einen dicken Bauch. So dick wie eine? Jetzt bitte, das Wort her. So dick wie eine Teekanne. Fühlt sich schief an im Kopf. Teekannen sind. Heiß. Kann nicht ihre Tochter gewesen sein. Die ist doch tot, oder? Er wüsste das. Aber er ist auch tot. Keiner mehr da, für den sie gedächtnissen muss.

Unsere Oma Simon, hat die Pflegerin letztens gesäuselt. Erfindet immer neue Wörter. Dumme Kuh die. Bin nicht Oma geworden. Und will auch nicht so genannt werden. Neue Wörter, ja. Weil die alten alle im See ertrunken sind.

Die Springer muss sie behalten. Waren ihre Lieblingsfiguren. Kreuz und quer übers Spielfeld. Hat immer darauf geachtet, bis zum Schluss einen Springer zu haben. Die ganze rustikale Kavallerie. Nebenan der Alte konnte auch gut Schach. Bis vorgestern. Da hat er sich abgelebt. Ist schon in der Kiste rausgetragen worden. Mit den Füßen nach vorn, sagen sie hier.

Sie stopft das Gebiss wieder in den Mund, rammt es rein, bis ein Tropfen Blut kommt. Der schmeckt nach Metall. Wie der Schlüssel, den sie als Kind immer um den Hals tragen musste. Später hat sie manchmal beim Essen gesagt, das schmecke nach Schlüssel. Und ist schief angeguckt worden dafür. Kein Essen kann nach Schlüssel schmecken.

Sie steht auf und präpariert sich für die letzte Runde. Bereitet sich vor. Warme Hausschuhe anziehen. Die kleben wie zwei tote Tiere an den Füßen. Warme Jacke, Stock. Gebiss sitzt. Raus aus dem Zimmer und den ganzen Gang runter. Bis zum Fenster. Aus den Zimmern stöhnt und furzt es.

Am Fenster steht schon ein Alzheimer. Murmelt vor sich hin. Irgendwas von Zitronen und Zügen. Nein, ein Gedicht, die Reste davon. Kennst du das Land, wo die Zitronen blühn? Hat sie doch auch schon mal. Kanonen blühn, Zitronen grünen. Gute Übung für den Kopf. Aber wo hat sie das? Sie sollte sich die Sachen aufschreiben, die ihr noch einfallen. Hat sie schon mal probiert. Aber wenn sie dann draufguckt, nach Tagen, ist kein Sinn mehr da. Lauter Zettel in ihrem Zimmer, ohne Sinn, vollgeschrieben, aber leer. Wie ihr Kopf.

Der Alzheimer dreht sich um, guckt durch sie durch, als bestünde sie aus Reispapier.

Hallo, sagt sie und klappert ein bisschen mit den Zähnen. Auf Vergnügungsreise?

Der Alte sieht erschrocken aus. Hab nichts gemacht, murmelt er. Nur zwei Bier. Er hält sein Zahnputzglas in der Hand.

Sie dreht sich um und geht den Gang entlang zurück ins Zimmer. Sterben dauert viel länger als Leben, murmelt sie. Da hat doch jemand gepfuscht. Sie legt sich angezogen ins Bett, macht das Licht aus an einer Schnur, die extra für Lahme an der Wand angebracht wurde. Wie heißt der Alzheimer mit dem Zahnputzglas? Ich bin hohl im Kopf. Ein Hohlkopf. Hohl im Bein. Ein Hohlbein. Den gab es doch. Irgendeinen Hohlbein. Jünger oder älter. Hat gepinselt. Oder Hackfleisch aus Marmor gemacht? Vergessen. Alles vergessen. Wieso kann ich dann noch träumen? Müsste doch auch alles verschwunden sein. Oder nur verlegt? Egal. Jetzt geht's ans Schlafen. Und das wird harte Arbeit.

Svenja landet auf dem Fußboden. Die Fallhöhe beträgt nur dreißig Zentimeter, und verglichen mit der Anstrengung der letzten Stunden ist dieser Sturz ein lächerlicher kleiner Schmerz. Außerdem sind alle Knochen weich und biegsam. Svenja ist gerade zehn Sekunden alt. Frisch gepresst sozusagen, runzlig, blutig und blind aus einer Höhle gekrochen. Ein weißes Blatt Papier ist sie, nur in der Lage, den letzten Rest Fruchtwasser auszuspucken und zu schreien.

Svenjas Mutter streicht sich die verschwitzten grünen Haare aus dem Gesicht und lächelt. Die Hebamme nimmt das nasse Bündel und stellt allerlei Sachen mit ihm an. Wunderbar, murmelt sie, dreitausendvierhundert Gramm und schwarze Haare. Zehn Finger und genau so viele Zehen, zweiundfünfzig Zentimeter. Ganz prachtvoll. Wir haben's geschafft, jubelt sie und schaut die grünhaarige Mutter an. Es ist ein Mädchen, und du bist die Mutter.

Svenja, sagt Svenjas grünhaarige Mutter. Ich heiße Juli, wie der Sommer. Meine Mutter fand, es ist ein schöner Name. Aber in der Schule haben sie mich oft geärgert. Wo ist dein August, Juli, haben sie hinter mir hergerufen. Zu Svenja fällt ihnen später bestimmt nichts ein. Svenja ist einfach nur ein schöner Name. Einer, der schon lange in meinem Kopf war. Schon bevor du gezeugt wurdest, wusste ich, dass du so heißen wirst. Juli und Svenja, wir sind seit Ewigkeiten ein Paar. Ich werde dir alles beibringen, was ich weiß. Du sollst jeden Tag etwas Schönes lernen. Von mir.

Von anderen. Wir gehen in den Park. Gleich morgen tun wir das. Dort sitzen alte Frauen und schmeißen Wörter in den See. Die fischen wir raus und machen sie uns zu eigen.

Die Hebamme wischt den Fußboden auf und bezieht das Bett. Sie macht einen Kaffee für sich und einen Tee für Juli. Sie gibt den Blumen frisches Wasser und telefoniert kurz mit ihrem Mann. Sie kocht eine Suppe, denn ihr scheint, dass die Mutter und das Kind an diesem Abend allein sein werden. Es sei denn. Sie ruft ihren Mann noch einmal an und sagt, sie will eine Nacht wegbleiben. Weil niemand sonst da ist für die beiden Erschöpften. Svenja schläft, und Juli ist leer im Kopf vor lauter Glück.

Hier fehlt es an fast allem, murmelt die Hebamme und sucht einen Gemüseschneider. Im Besteckfach findet sie eine grüne Glasscherbe. Die erinnert sie an die Narben auf Julis Handgelenken. Sie wirft die Scherbe in den Müll und wetzt ein kleines Küchenmesser an einem Porzellankrug. Dann schneidet sie sich in den Finger. Drei Tropfen Blut kommen mit in die Gemüsesuppe.

In den Park könnt ihr morgen noch nicht, ruft die Hebamme in das andere Zimmer. Zu kalt. Die Kleine muss sich erst mal akklimatisieren.

Juli lächelt. Dann übermorgen. Wir haben alle Zeit der Welt. Morgen können wir ja einen Ausflug durch die Wohnung machen. Die Hebamme nickt und rührt im Topf.

Das Zimmer, in dem sie aufwacht, ist ihr fremd. Auf keinen Fall ist sie in diesem Raum gestern Abend eingeschlafen. Irgendwas muss in dieser Nacht passiert sein. Man hat sie verlegt, oder sie hat sich verlegt. Das kann schon mal vorkommen. In ihrem Alter kann überhaupt alles vorkommen.

Sie setzt sich auf und stellt nacheinander die Füße auf den Boden. Erst den linken, dann den rechten. Auf dem Nachttisch, Nachttisch, sagt sie und tippt mit dem rechten Zeigefinger das Möbelstück an, steht ein Aquarium, in dem Zähne schwimmen. Sie wühlt in der Schublade und findet ein paar Kekskrümel. Damit füttert sie die Zähne. Das Wasser wird trüb und hört auf zu grinsen.

Gucken wir mal, wen wir hier so kennen. Tisch, Teppich, Bett, Bild, Fenster, Waschbecken, Kiste. Kiste ist falsch. Mit der hier kann man etwas machen. Anschalten, ausschalten, reinschauen. Kiste. Noch ein Wort verschwunden. Kiste.

Sie legt sich wieder hin, schaut an die Decke und malt mit dem rechten Zeigefinger einen Kringel in die Luft. Fliegerhorst, sagt sie und schließt die Augen. Fliegerhorst. Das ist eine gut gefüllte Schublade. Vollständig. Eine ganze Geschichte mit einem Anfang und einem Ende. Davon hat sie noch einige im Kopf. Alle in kleinen Schubladen, die sie hütet wie einen Schatz. Geschichten, die in ganzen Sätzen daherkommen, lückenlos, in bunten Bildern. Sogar riechen kann sie die Geschichten. Fliegerhorst riecht nach verbranntem Gras, Machorka und Maschinenöl. Nach ungewaschenen Männern und Angst. Und Hunger. Hunger riecht auch. Und nichts riecht mehr als eine leere Speisekammer.

※

Ich habe nichts. Es tut mir leid, ich habe nichts, komm da raus, die Kammer ist leer. Komm da raus, ich bitte dich.
Das Mädchen hört nicht. Es will nicht hören. Ich esse meine Schlüpfer, sagt es und zeigt auf die vom vielen Waschen grau gewordene Unterwäsche. Schlüpfer kann man essen, sagt das Mädchen. Wenn sie gekocht sind.
Die Mädchenmutter hält sich eine Hand vor die Augen. Deine Schlüpfer lassen sich nicht essen. Sie sind zu alt. Komm her, ich werde dir etwas versprechen. Nachher, wenn es dunkel wird, gehe ich zu den Soldaten. Auf den Flugplatz. Den kennst du doch. Die Soldaten haben Kartoffeln. Und wenn ich ihnen sage, dass du großen Hunger hast, werden sie mir welche geben.
Schenk ihnen dafür meine Schlüpfer, sagt das Mädchen.
Das brauche ich nicht, sie werden mir auch so Kartoffeln geben. Aber du musst allein zu Hause bleiben, hörst du. Ich werde eine Weile fort sein. Du darfst nicht weinen.
Ich weine nicht, sagt das Mädchen, und aus den Augen läuft es wie auf Bestellung. Ich weine nicht.
Die Mädchenmutter macht sich abends auf den Weg. Vier Kilometer sind es bis zum Fliegerhorst. Am Schlagbaum steht ein Soldat mit einem ganz flachen Gesicht. Als hätte jemand die dritte Dimension vergessen, denkt die Mädchenmutter. Das flache Gesicht grinst und wird dadurch noch flacher. Du, sagt der Soldat. Schön. Essen?
Die Mädchenmutter nickt, der Soldat winkt sie durch.
In der Baracke sitzt der gleiche Offizier wie vor einer Woche. Ein Soldat putzt ihm die Stiefel. Der wird rausge-

wiesen mit herrischer Geste und schiebt die Zunge zwischen die Lippen, als er an der Mädchenmutter vorbeigeht.

Kartoffeln, sagt der Offizier. Brot, keine Milch. Nix Malako für deutsche Frauen. Er steht auf und schließt die Tür ab. Die Mädchenmutter zieht sich aus und legt sich auf das Feldbett. Sie schließt die Augen und hört das Klacken des Koppels. Sie hört, wie die geputzten Stiefel auf den Boden geworfen werden und das reibende Geräusch des Uniformstoffs. Alles dauert unendlich lange. Und tut weh. Ein bisschen. Weniger als beim ersten Mal. Danach streicht der Offizier der Mädchenmutter mit dem Daumen kurz über die Wange. Krieg verloren, Ehre kaputt, sagt er und steht auf.

Er packt der Mädchenmutter Kartoffeln und Brot in die Tasche und schiebt sie aus der Tür. Als sie an dem Soldaten mit dem flachen Gesicht vorbeikommt, winkt der sie ran und zeigt ihr eine glänzende Uhr. Sie schüttelt den Kopf und geht weiter. Glänzende Uhren kann man nicht essen, und für den Schwarzmarkt fehlt ihr die Kraft. Außerdem kommt es ihr weniger schlimm vor, für Brot und Kartoffeln die Beine breit zu machen. Vielleicht aber liegt es auch einfach nur an dem zweidimensionalen Gesicht. Vor dem könnte sie schlecht die Augen verschließen. Da wäre sie wirklich nackt.

Svenja schreit, und Julis Brüste tun weh. Das wird, sagt die Hebamme. Du musst sie einfach immer anlegen, wenn sie Hunger hat. Und abpumpen, wenn es zu sehr weh tut. Juli nimmt Svenja auf den Arm und wandert mit ihr durch die Wohnung. Die Hebamme packt ihre Sachen und hat ein schlechtes Gewissen. Wenn das mal gutgeht, denkt sie. Zwei Kinder in einer zu kalten und zu kleinen Wohnung. Niemand da, der sich kümmert.

Sie klebt einen gelben Zettel mit ihrer Telefonnummer an die Wohnungstür. Ruf mich an, wenn du was brauchst. Morgen bringt dir mein Mann einen Ölradiator vorbei. Fehlt dir jetzt noch irgendetwas?

Meine Mutter, sagt Juli und drückt Svenja an sich. Sie hätte sich verdammt noch mal nicht einfach aus dem Staub machen dürfen.

Sie ist tot, sagt die Hebamme. Da lag es wohl nicht in ihrem Ermessen. Sie küsst Juli auf die Stirn und Svenja auf die Nase und verlässt die beiden. Julis grüne Haare tauchen im Flurspiegel auf und ab, als sie die Tür hinter der Hebamme schließt. Sie läuft zum Fenster, um einen letzten Blick auf die verpackte Gestalt zu erhaschen.

Jetzt sind wir allein, seufzt sie und legt sich mit Svenja auf den großen Futon neben dem dunkelgrünen Kachelofen. Svenja ist eingeschlafen und sieht aus wie ein Äffchen. Das ganze Gesicht voller Flaum, blond und fein. Juli pustet sacht. Die Härchen bewegen sich nicht.

Ich bin kein Kind mehr, Svenja. Meine Großmutter,

Henriette, war so alt wie ich, als sie meine Mutter bekam. Und meine Mutter, Elisa, hat sich dann Zeit gelassen. Sie musste sich mindestens einmal pro Woche von ihrer Mutter anhören, wie schlimm das war, mit siebzehn ein Kind zu bekommen. Das war auch schon meiner Urgroßmutter passiert, musst du wissen. Klara, die wahrscheinlich längst tot ist und von der es lauter Geschichten gibt und nur ein einziges Foto. Klara, mit der niemand mehr etwas zu tun haben wollte, weil sie sich nach dem Krieg so sehr mit den Roten gemein gemacht hat. Klara, die Kommunistenbraut. Das Russenflittchen. Meine Mutter hat mir Geschichten von all den anderen Müttern erzählt, und ich erzähle sie dir.

Juli legt das rechte Ohr ganz dicht an Svenjas Mund. Sie ist sich nicht sicher, was die Lebenszeichen eines Kindes sind. Atmen gehört offensichtlich zu den nicht erkennbaren. Man spürt nichts, nicht mal mit dem Ohr über dem Mund. Juli stupst mit dem Zeigefinger an die linke Wange des Mädchens. Es seufzt leise.

Keine Großmutter, keine Urgroßmutter, du wirst dein Taschengeld immer nur von mir bekommen, Svenja. Elisa und Henriette sind tot. Seit zwei Jahren schon. O Gott, wie ich sie vermisse.

Henriette ist unsicher. Bei allem, was sie tut, spürt sie diese Unsicherheit. Sie schafft es nicht einmal, ohne Angst allein mit der S-Bahn in die Stadt zu fahren. Und so passiert es natürlich auch prompt, dass sie sich verfährt. Zehn Mal hat sie sich auf dem Stadtplan alles angeschaut. Wie sie zu Elisa kommt, wo sie einsteigen und wann sie aussteigen muss. Und dann sitzt sie doch in der falschen Bahn. Oder in der richtigen, aber die zwingt sie zwischen zwei Stationen in den Schienenersatzverkehr. Und das Umsteigen in den Bus gerät zum Desaster. Henriette fährt in die falsche Richtung und landet irgendwo. Völlig unbekanntes Gelände für sie. Sie bittet einen Mitreisenden, ihr zu erklären, wie sie wieder an den Ausgangspunkt des Schienenersatzverkehrs kommt. Zurück zum Potsdamer Platz. Die Erklärung ist ganz einfach. Henriette schafft es, sich alles zu merken, steigt in den nächsten Bus, fährt zurück zum Potsdamer Platz, der in ihren Augen so groß wie die halbe Welt ist, und steht verloren zwischen zwei Kinos an einer Haltestelle, die ihr völlig unbekannt ist.

Henriette gibt auf und ruft bei Elisa an. Die wartet seit einer halben Stunde auf dem S-Bahnsteig und guckt nach allen Frauen, die ihre Mutter sein könnten.

Bleib da stehen, wo du bist, sagt sie. Ich komme. Wird vielleicht zehn Minuten dauern. Nicht ungeduldig werden und nicht fortlaufen.

Henriette nickt. Das kann Elisa nicht sehen. Aber sie

weiß, dass die Mutter stehen bleiben wird, wo sie ist. Schon aus Angst.

Zehn Minuten später ist Elisa da und Henriette fast erfroren. Wie sie da wartet, mit bläulichen Lippen und kreideweißer Haut, tut sie Elisa leid. Alles vergessen. Die Wut auf die noch so junge und schon so verwirrte Mutter. Nicht verwirrt, eher verunsichert bis ins Mark. Elisa kann sich das nicht erklären. Sie ist ganz anders und doch von gleichem Fleisch und Blut. Orientieren kann sie sich auch nicht. Aber ihr fällt immer etwas ein, und sie kennt nicht diese Angst an ihr unbekannten Orten. Henriette erstarrt dann völlig, wenn sie einen Ort nicht erkennt. Sie vergisst, dass man zur Not auch noch in ein Taxi steigen kann und die Adresse ansagt und gefahren wird, wohin man möchte.

Elisa sieht ihre bleiche, blaulippige Mutter an und fragt sich, wie es dazu kommen konnte. Hat Klara Schuld, die verschwundene, verleugnete, verdammte Großmutter? Hat sie aus Henriette dieses Nervenbündel gemacht, das Katastrophen herbeiredet und herbeidenkt, als seien alle nur für sie vorbereitet?

Elisa nimmt Henriette in den Arm und dann an die Hand und geht mit ihr in ein Café. Sie bestellt eine heiße Zitrone und eine heiße Schokolade und reibt Henriettes Finger, bis sie wieder Farbe bekommen und sich ein kleiner Glanz in Henriettes Augen schleicht.

Morgen gehen wir auf die Reise, sagt Elisa und lächelt. Auf die Reise in die Vergangenheit, freust du dich?

Es liegt viel Schnee dort, und ich glaube, das Haus steht nicht mehr. Was meinst du, Elisa, wird es noch stehen? Ich habe Bilder mitgebracht, von damals. Henriette kramt in ihrer schwarzledernen Handtasche und holt einen Briefumschlag heraus. Sie legt die Fotografien chronologisch auf dem Tisch aus. So sah das unbebaute Grundstück aus, diese vier Fichten mussten wir fällen, um Platz für das Häuschen zu schaffen, in dem Zelt haben wir geschlafen während der Bauzeit, hier ist das Fundament fertig und hier schon das ganze Haus, auf das Dach haben wir Pappe gelegt und sie geteert, dass es meilenweit stank. Unser erstes Frühstück auf der Terrasse, da konntest du nicht still sitzen und hast versucht, einen bunten Vogel zu fangen. Erinnerst du dich, Elisa?

Ich erinnere mich. Es war ein Eichelhäher, und ich bin gestürzt, als ich ihn fangen wollte. Habe mir das linke Knie aufgeschlagen und die Lippe. Und dann ist Großmutter Klara gekommen und hat mir ein Lied vorgesungen.

Henriette schweigt. Henriette schweigt immer, wenn von Klara die Rede ist. Sie schweigt, wie nur Töchter schweigen können, die sich vorgenommen haben, ihrer Mutter nie im Leben zu verzeihen. Elisa schaut aus dem Fenster und seufzt.

Ich habe mich umgehört, Henriette, Mutter. Ich weiß, wo Klara ist. Sie lebt. Und verliert gerade den Verstand. Oder das Gedächtnis, was wahrscheinlich auf das Gleiche hinausläuft.

Henriette steht auf und geht auf die Toilette. Mit ihrer schwarzledernen Tasche bahnt sie sich einen Weg durch das überfüllte Café, geht durch eine Tür, die zur Küche führt, kommt wieder raus, guckt verwirrt, geht durch eine andere Tür.

Wenn sie zurückkommt, wird sie wieder unseren Tisch nicht finden, denkt Elisa. Das hat sie nun wirklich geerbt, vom Fleisch und vom Blut. Diese Unfähigkeit, in einer Kneipe den Weg zurück an den richtigen Tisch zu finden. Sie merkt sich inzwischen immer genau, wie sie aufs Klo kommt. Rechts, geradeaus, links, links. Und zurück geht sie dann rechts, rechts, geradeaus, links. Das funktioniert.

Sie hat es Henriette schon oft erklärt und ihr gesagt, sie solle es genauso tun. Aber Henriette ist unfähig, so etwas zu lernen. Wenn sie einkaufen geht, läuft sie aus jedem Laden raus und in die falsche Richtung. Garantiert. Kein Zufall will es, dass sie auch einmal die richtige Richtung erwischt. Erst wenn sie dann vor dem nächsten Laden steht, sagt sie sich, hier war ich schon, und kehrt um.

Du musst einfach immer nur die entgegengesetzte Richtung von der nehmen, die du einschlagen willst, hatte Elisa empfohlen. Aber auch das funktionierte nicht. Plötzlich war die Richtung, die Henriette einschlagen wollte, die richtige und das Gegenteil verkehrt. Absolut verrückt.

Bei Elisa funktionierten fast alle Tricks, auch der mit der entgegengesetzten Richtung. Henriette aber war ein Phänomen und manövrierte sich ständig in unmögliche Situationen.

Jetzt kommt sie von der Toilette und biegt zehn Meter vom Tisch entfernt nach links ab. Mutter, ruft Elisa und hebt beide Arme. Eine Kellnerin eilt auf sie zu. Elisa schüttelt den Kopf, steht auf und läuft Henriette hinterher. Die steht verwirrt mitten im Raum und schaut sich hektisch nach allen Seiten um. Mutter, sagt Elisa und fasst Henriette am Arm.

Jemand ist gegen den Tisch gestoßen. Die Fotos liegen auf der Sitzbank und auf dem Fußboden. Elisa bückt sich und sammelt sie ein. Sie bestellt noch eine heiße Schokolade und einen Cappuccino für Henriette. Hast du gehört, was ich über Klara gesagt habe? Ich weiß, wo sie ist, und du hast nicht mehr viel Zeit, dich mit ihr zu versöhnen. Sie ist alt und dabei, ihr Leben zu vergessen. Ich habe mit einer.

Das will ich nicht hören, Elisa, schweig einfach. Ich habe alles in mein Tagebuch geschrieben, und wenn ich tot bin, kannst du nachlesen, warum ich das nicht hören will. Klara ist tot. Für mich. Du kannst ja, wenn du willst, kannst du ja mit ihr Kontakt aufnehmen. Aber erzähl es mir nicht. Ich will es nicht wissen, hörst du. Versprich mir, dass du nichts erzählst.

Elisa nimmt Blickkontakt mit einem Mann am Tresen auf und lächelt. Gut, ich werde es dir nicht erzählen. Aber Juli, die soll es wissen. Wenn wir von unserer Erinnerungsreise zurückkommen, gehe ich die alte Frau besuchen. Vielleicht erkennt sie mich, oder nein, sie kann mich nicht erkennen, aber vielleicht erinnert sie sich an mich. Schließlich hat sie mir damals Lieder vorgesungen und Geschichten erzählt. Und man sagt doch, das Langzeitgedächtnis funktioniert fast bis zum Schluss. Vielleicht heißt es ja deshalb so, Langzeitgedächtnis, weil es am längsten funktioniert.

Juli hat mich, ihre Großmutter.

Natürlich, aber eine Urgroßmutter ist auch nicht schlecht. Man kann gar nicht genug Großmütter haben.

Elisa winkt der Kellnerin. Wir fahren jetzt zu mir. Ich koche heute Abend. Juli wird auch kommen.

Sag ihr nichts heute Abend, bittet Henriette. Erst wenn wir zurück sind.

Elisa nickt und lächelt und nickt und lächelt. Gut, wenn wir zurück sind, rede ich mit Juli über Klara.

Alles hat wieder seine Richtigkeit. Sie heißt Klara, und das hier ist ihr Zimmer. In einem Pflegeheim. Die Kiste ist ein Fernseher, und gestern oder vor ein paar Tagen hat sie im Park eine dicke Frau kennengelernt. Sie. Nicht die Kiste. Konnte früher gut mit Worten umgehen und hat jeden falschen Zungenschlag gespürt. Mit grünen Haaren. Die Frau im Park. Was es alles gibt. Früher wurden die Haare nur grün, wenn irgendwas beim Bleichen schiefgelaufen war.

Außerdem drückt das Gebiss. Deshalb liegt es im Glas. Allerdings ist das Wasser sehr trübe. Sie wird es auskippen und neues Wasser für die Zähne holen. Oder die Zähne gleich in den Mund stecken. Da gehören sie ja wohl hin. Und zum Frühstück kann sie sowieso nicht ohne gehen. Auch wenn die Häppchen noch so klein geschnitten sind. Man sieht verdammt schrecklich aus ohne Zähne, und immerhin sitzen da noch ein paar Kerle mit am Tisch. Ohne Verstand zwar die meisten, aber Mann ist Mann. Denen zeigt man sich nicht mit eingefallenem Mund und hohlen Wangen.

Klara schiebt die Zähne in den Mund und steht auf. Frische Wäsche zieht sie an und das lange, etwas unförmige Wollkleid. Darüber eine Strickweste. Sie kämmt sich die Haare und steckt sie an den Seiten mit zwei kleinen Klemmen fest. Das sieht schon viel besser aus. Ihre Zimmernummer ist 18. Kann sie sich alles merken. Ob das wirklich grüne Haare waren? Verrückt. Und irgendetwas an dem Mädchen hat eine Erinnerung in ihr ausgelöst. Aber das geht jetzt wirklich zu weit. Das auch noch zu wissen. Reicht schon, wenn sie den Weg zum Frühstücksraum findet. Raum der Begegnung nennen die das hier. Diese Zicke mit den vielen Fragezeichen im Gepäck. Hoffentlich begegnet sie der nicht. Die wird wieder wissen wollen, was der Herrgott am siebten Tag gemacht hat.

Wenn Klara bei Verstand ist, hat sie eine große Wut im Bauch. Dafür fehlen ihr fast die Worte. Nur manchmal, wenn sie der Zicke begegnet, sprudeln sie aus ihr raus. Dann gibt es kein Halten, und die Zicke hat sich schon ein paar Mal beschwert deshalb. Dann sagt die andere, die Nette mit dem roten Zopf: Aber Frau Simon kann gar nicht böse sein. Nur manchmal, wenn sie etwas verwirrt ist. Das darf man ihr dann nicht übelnehmen. Und die Zicke sagt, sie sei auch nur ein Mensch und sie glaube nicht, dass die Frau Simon verwirrt ist. Die tut nur so, sagt die Zicke dann.

Na, soll sie erst mal in das Alter kommen. Dann wird sie wissen, wie das ist, wenn man sich morgens nicht im Spiegel erkennt. Besser wäre, der Verstand würde mit einem Mal ausgeschaltet. Klick, wie ein Lichtschalter. Diese ganzen Rückholanträge. Na, wo hat sie denn das Wort wieder her – Rückholanträge. Gehört überhaupt nicht zu ihrem Wortvorrat. Aber gut. Auf jeden Fall sind die grauenvoll. Wenn man da plötzlich einen Lichtblick hat und an was denken muss, was eigentlich schon verloren war. Schlimm ist das. Als würden sie einen an der Gänseleberpastete riechen lassen. Nur riechen und dann wegnehmen und einer anderen auf den Teller packen. So ist das, wenn man sich während des Vergessens wieder erinnert.

Klara geht durch den Flur, die Treppe runter, den Gang entlang in den Speisesaal. Der ist voll und totenstill. Wenn man mal von den Geräuschen absieht, die alte

Menschen beim Essen machen. Schmatzen, schlürfen, mit dem Besteck klappern, laut atmen.

Hinten in der Ecke die Alte. Summt immer vor sich hin. Selbst beim Kauen. Bei der hat sie zwei Mal gesessen. Das reicht für immer. Die summt ständig die gleiche Melodie. Kommt ein Vogel geflogen, setzt sich nieder auf mein' Fuß. Da verliert man den letzten Rest Verstand. Also setzt sie sich lieber an den großen Tisch. Da, wo auch der Alzheimer von heute Nacht sitzt. Scheint jetzt aber ganz fit zu sein. Lächelt ihr zu und erhebt sich kurz vom Stuhl, während sie sich setzt. Richtig feine Manieren hat der. Und offensichtlich einen guten Moment. Liegt vielleicht am Essen. Oder an den Weibern hier.

Klara lächelt dem Alzheimer zu und sagt was über die Morgensonne und die Nachrichten im Radio. Bei dem Wort Radio kriegt der Alzheimer dunkle Wolken in die Augen. Fängt an zu stottern und fragt, ob man jetzt schon ins Bett müsse.

War also nur ein kurzer lichter Moment, denkt Klara, und eine Träne tropft aus ihrem rechten Auge. Aber sie wird jetzt das ganze Frühstück durchhalten und erst im Zimmer wieder zu sabbern anfangen. Wer weiß, wie lange sie das noch hinkriegt. Es wäre wirklich besser, vorher zu sterben. Aber hier geht das nicht, man kann nicht mal Schlaftabletten sammeln, weil man keine bekommt. Der Alzheimer fängt sich wieder und fragt Klara, ob sie heute Nachmittag zum Tanztee kommt.

Natürlich, denkt Klara, wohin sollte ich sonst gehen. Und vielleicht kommt ja jemand, um Amok zu laufen. Und schießt uns alle tot. Sie lächelt dem Alzheimer zu und wünscht sich und ihm zwei lichte Momente beim Tanztee. Dann geht sie wieder ins Zimmer. Dort angekommen, weiß sie nicht einmal mehr ihren Namen.

Juli steht am Kopfende des Bettchens und beugt sich über Svenjas Gesicht.

Warum tust du das, fragt die Hebamme, während sie den Ölradiator in die Nähe der Wickelkommode schiebt.

Kinder sehen in den ersten Wochen alles verkehrt herum. Wenn ich mich so über Svenja beuge, bin ich in ihren Augen richtig. Die Hebamme guckt skeptisch. Wo hast du das gelesen?

Kinder müssen auf jeden Fall erst mal sehen lernen. Das schreiben sie alle. Und ich will nicht, dass Svenja mich auf dem Kopf sieht.

Wann willst du eigentlich all die Sachen von deiner Mutter wiederhaben? Sind zehn Kisten, glaube ich. Mein Keller ist ein wenig feucht, ich finde, die Kisten wären hier besser aufgehoben.

Juli streicht sich eine grüne Strähne aus dem Gesicht und schließt die Augen. Kannst du sie nicht noch ein paar Wochen bei dir behalten? Wenn Svenja richtig gucken kann, hole ich die Sachen ab. Dann zeige ich ihr alles.

Juli, sagt die Hebamme, Juli. Dann schweigt sie und nickt Zustimmung. Wir bringen dir dann die Kisten mit dem Auto vorbei. Mein Mann und ich. Jetzt lass mich die Kleine wiegen und den Nabel anschauen.

Ich vergesse sie. An Henriette kann ich mich noch gut erinnern, aber Elisa, meine Mutter, verschwindet immer mehr aus meinem Kopf. Obwohl sie an unserem letzten gemeinsamen Abend gekocht hat. Ich weiß auch noch, was. Ein Bauernhuhn. Mit unglaublich vielen Oliven. Ich mag ja Oliven nicht, nur den Geschmack, den sie an die Soße abgeben. Also habe ich an dem Abend alle schwarzen Oliven an den Tellerrand sortiert, und Elisa hat sie kopfschüttelnd, wie immer, auf ihren Teller geladen. Henriette war irgendwie durcheinander beim Essen. Obwohl sie sich auf die Fahrt freute, war sie. Schweigsam. Und sie hat immer ein wenig ängstlich geschaut, wenn Elisa was erzählte. Ich weiß nicht, warum. Auf jeden Fall sehe ich Henriette ganz deutlich vor mir mit ihren frisch gefärbten dunkelbraunen Haaren und dem leicht verwischten Lippenstift. Und ich weiß noch, dass ich an diesem Abend zum ersten Mal gedacht habe: Jetzt bekommt Henriette diese kleinen senkrechten Falten um den Mund herum. In denen sich der verwischte Lippenstift besonders gut hält. Henriette wird alt, dachte ich. Elisa muss besser auf sie aufpassen.

Svenja schließt die Augen, Juli reißt ihre weit auf. Sie kniet sich dicht vor der Wand auf den Boden, legt die Stirn auf den Flickenteppich und die Hände und macht einen Kopfstand. Siehst du, sagt sie zur Hebamme, so sieht Svenja die Welt.

Die Hebamme lächelt. Und, ist sie schön, die Welt?

Von hier aus betrachtet, bist du ein Monster und keine Hebamme mehr. Viel zu groß für Svenja, wir müssen in die Knie gehen, wenn wir uns ihr nähern.

Na klar, sagt die Hebamme, die Welt fängt an zu watscheln, damit es den Kindern bessergeht. Sie legt Svenja ins Bettchen und stellt sich an das Kopfende. Mach's gut, sagt sie, und pass auf deine kopfstehende Mutter auf. Leg sie einfach immer an, wenn sie schreit, empfiehlt sie Juli. Das wird sich alles einspielen. Jetzt kann sie dich schon riechen. Das habe ich gelesen. Nach vier Tagen riechen die Neugeborenen ihre Mutter.

Meine Milch, sagt Juli. Sie riecht meine Milch. Aber ist egal, Hauptsache, sie erkennt mich und vergisst mich nicht.

Die Hebamme geht. Juli denkt an die Kisten, die ihr bald ins Haus kommen werden. Zehn Kisten voller Erinnerungen. Dann wird sie auch wieder wissen, wie Elisa ausgesehen hat. Und vielleicht wird sie auch wissen, warum Henriette am letzten Abend so ängstlich war.

Elisa packt Henriette und alle Taschen ins Auto. Es hat geschneit in der Nacht, und die Stadt sieht wie neu aus. Wir haben, sagt Henriette, gute Winterreifen, vollendet Elisa. Du musst dir keine Sorgen machen.

Auf der Fahrt schweigen sie die meiste Zeit und hören Musik. Leonard Cohen und Mozart. Immer im Wechsel. Als zum dritten Mal »In my secret life« läuft, fängt Henriette an zu reden. Elisa stellt den CD-Player leiser und ordnet sich auf der rechten Spur ein. Zuhören kann sie nicht, wenn sie über hundertzwanzig fährt.

Klara war eine sonderbare Mutter, sagt Henriette. Sie hat sich breitgemacht und groß und stark, und alles, was je entschieden werden musste, war ihre Entscheidung. Mit siebzehn war ich noch ein vollkommen unselbständiges Mädchen und wusste nicht einmal genau, wie die Kinder in den Bauch kommen. Klara hat keine Gelegenheit genutzt, es mir zu erzählen. Als ich zehn war, wünschte ich mir eine Schwester, und um sie zu bekommen, habe ich zwei Gläser Senf genommen und mit dem Zeug die Wohnzimmerfenster eingeschmiert. Ich war festen Glaubens, dass der Klapperstorch kommt, wenn Senf an den Fenstern klebt, und dann ein Baby bringt. Mit zehn! Das muss man sich mal vorstellen. Klara hat mir den Hintern versohlt, aber sie hat mir nicht erzählt, dass der Klapperstorch keine Kinder bringt. Ich weiß nicht, warum. Ich weiß es einfach nicht.

Mein Vater hat ein sogenanntes Aufklärungsgespräch mit mir geführt, als ich vierzehn war. Er holte mich dafür extra in sein Arbeitszimmer. Saß hinter seinem Schreibtisch und erzählte tatsächlich etwas über die körperlichen Unterschiede zwischen Jungen und Mädchen. Nein, er redete nicht über Sex. Sondern darüber, dass ein Mann und eine Frau sich lieben müssen und dass dann die Kinder kämen. Als ich aus dem Arbeitszimmer rauskam, wusste ich immer noch nicht genau, wie das geht. Nur, dass man sich lieben muss. Du meine Güte. Wir waren eine so prüde Familie.

Ich habe irgendwann festgestellt, dass Klara sich ihren Büstenhalter mit Watte ausstopfte. Da dachte ich: Nicht alle Frauen kriegen eine Brust und war zutiefst enttäuscht. Erst viel später habe ich mir zusammengereimt, dass man ihr die Brüste amputiert hatte. Sie hat nie davon gesprochen. Aber vielleicht war das der Grund für ihre Prüderie. Die fehlenden Brüste.

Siehst du, mir fällt es heute noch schwer, über so etwas wie Brüste zu reden. Ich bin verlegen und merke manchmal an deinem Lächeln, wenn wir beide miteinander sprechen, dass ich das Wort Sex immer noch wie eine Zahl zwischen fünf und sieben ausspreche. Daran ist Klara schuld. Klara mit ihren fehlenden Brüsten und ihrer Strenge. Sie hat versucht, mir beizubringen, dass die politische Übereinstimmung in einer Partnerschaft das Wichtigste sei. Und wenn sie so etwas erzählte, dachte ich an ihre mit Watte ausgestopften Büstenhalter und die damit verbundene Abwesenheit von Weiblichkeit. Ich versuchte, zu ergründen, was mein Vater und meine Mutter miteinander taten, wenn sie allein in dem großen Schlafzimmer waren. Was machte mein Vater ohne begehrenswerte Brüste an seiner Seite?

Elisa blinkt rechts und fährt auf den Parkplatz einer großen Raststätte. Lass uns einen Kaffee trinken und etwas essen. Wir haben noch drei Stunden Fahrt vor uns.

In der Raststätte setzen sie sich zu einem Ehepaar an einen Ecktisch. Die Ehefrau hat ihrem Mann mit zwei winzigen Spielzeugwäscheklammern, eine pinkfarben und die andere grün, ein Lätzchen ans Hemd geheftet. Sie füttert ihn mit großer Geduld. Winzige Häppchen verschwinden in seinem Mund. Dabei redet die Frau unablässig auf den Mann ein. Sie plappert geradezu und tut, als bezöge sie Henriette und Elisa in das Gespräch mit ein. Dem können sich beide nicht erwehren. Henriette hört gar nicht mehr auf zu lächeln, Elisa versucht geschäftig, den Inhalt ihrer Handtasche zu sortieren, und tut, als müsse sie gleichzeitig intensiv die Straßenkarte studieren. Der Mann mit dem Lätzchen sagt nichts, isst nur ununterbrochen und sabbert gleichzeitig die Hälfte des Essens wieder aus. Ein ums andere Mal wischt die Ehefrau ihm den mit Essen vermischten Speichel aus den Mundwinkeln und vom Lätzchen. Henriettes Lächeln zerspringt alle paar Sekunden in tausend Stücke, um von ihr sogleich sorgsam wieder aufgesetzt zu werden. Elisa spürt, wie ihr langsam übel wird und ein leichter Würgereiz in ihre Kehle steigt.

Als das Ehepaar geht, der Mann händchenhaltend hinter seiner Ehefrau herschlurfend, sind Elisa und Henriette gleichermaßen erschöpft. Du wirst Klara so vorfinden, sagt Henriette. Wenn sie es wirklich ist, die du da gefunden zu haben glaubst. Sie wird sabbern und Eiter in den Augenwinkeln haben. Ihre Hände werden zittern, und sie wird nicht wissen, mit wem sie es zu tun hat. Geh da nicht hin. Tu das dir und ihr nicht an.

Sie ist meine Großmutter, Julis Urgroßmutter. Ich habe keinen Kampf mit ihr ausgefochten, mich hat sie nicht verletzt und nicht allein gelassen. Ich will nur wissen, wie sie ist und wie sie riecht. Was sie erzählt, vielleicht. Du musst das verstehen, Mutter. Elisa macht eine Pause. Mutter sagt sie selten, und wenn sie es sagt, fühlt sich das Wort immer ganz fremd in ihrem Mund an. Sie weiß, dass Henriette es mag, wenn sie Mutter zu ihr sagt. Aber sie sagt es trotzdem selten.

Henriette schweigt.

Als sie ins Auto steigen, hat es wieder angefangen zu schneien. Elisa dreht die Heizung hoch und legt noch einmal Leonard Cohen ein. Henriette schläft nach zehn Minuten Fahrt ein. Ihr Kopf sackt nach vorn, bis das Kinn fast die Brust berührt. Der Halswirbel, denkt Elisa. Damit wird sie mich heute Abend quälen. Sie lächelt und denkt an frühere Zeiten, als Henriette noch unter unsäglichen Migräneanfällen litt. Wie sie dann auf der etwas schäbigen Couch im Wohnzimmer lag, einen Plastikeimer neben sich und ein Tuch über die Augen gelegt. Still sollte man sein und nicht hinhören, wenn Henriette sich über den Eimer beugte, um zu kotzen. Die Geräusche, die ein leerer Magen macht, der sich trotzdem erheben will. Der Schweiß auf der Stirn, das gequälte Lächeln, die leicht vergrößerten Pupillen. Henriette hat fast nichts ausgelassen an Symptomen, und ein Anfall dauerte meist mindestens zwei Tage. Jetzt bekam sie nur noch selten Migräne. Und wenn, dann schob sie es immer auf den Halswirbel. Man hatte ihr die Gebärmutter entfernt und damit auch die Schmerzattacken beseitigt. Toll, denkt Elisa, das sollte ich auch so machen. Drei kleine Löcher in den Bauch schneiden lassen, Gebärmutter raus und vielleicht nie wieder Kopfschmerzen. Scheiß auf die Lust, die vielleicht auch noch flöten geht.

Nach einer Stunde wacht Henriette auf und guckt so verwirrt um sich, als hätte sie sich wieder irgendwo verlaufen.

Wir sind gleich da, erkennst du die Landschaft schon? Elisa streckt sich nach der Decke und gähnt. Henriette ist verzückt. Sie erkennt nicht nur die Landschaft, sie erkennt alles. Wie bei einem Autorennen sagt sie vor jeder Kurve, mit welcher Geschwindigkeit Elisa sie nehmen soll. Sie zeigt auf Bäume und kleine Felshöhlen rechts und links. Waldwege sind ihr bekannt und Futterkrippen. Als sei nichts geschehen in den vielen vergangenen Jahren.

Elisa fühlt sich gut dabei. Sie glaubt, Henriette zum Reden zu bringen, wenn sie erst oben an der Hütte sind, oder vorher schon, im Hotel. Sie will das mit Klara endlich ins Reine kriegen. Bevor die vollends den Verstand verliert.

Das Dorf ist immer noch das Dorf. Fast unverändert, wenn man mal davon absieht, dass aus dem einstigen Konsum ein Spar geworden ist und aus dem einzigen Hotel ein Sport- und TouristCenter. Der protzige Name passt nicht zur schäbigen Fassade, und im Foyer des Hotels überkommt Elisa eine unerklärliche Sehnsucht nach früher. Die ist so stark und verbündet sich mit dem Geruch, der aus dem Hotelrestaurant kommt, dass Elisa fast in Panik gerät. Sie fasst Henriette am Arm und sagt, wenn es dir nicht gefällt, fahren wir noch woandershin. In die Kreisstadt. Dort gibt es ein paar nette kleine Hotels. Henriette schüttelt den Kopf und schaut verzückt auf eine Reihe verstaubter Zwiebelzöpfe, die über dem Restauranteingang hängen. Kannst du dich erinnern, sagt sie. Dass ich mal mit einer Freundin nach Weimar auf den Zwiebelmarkt gefahren bin und dort drei Stunden angestanden habe, um zwei Zwiebelzöpfe zu kaufen? Elisa verneint und atmet flach durch den Mund, um sich von der Sehnsucht zu befreien. Du hast sie alle von den Zöpfen geschnitten und in den Tontopf gelegt, den wir in der Küche stehen hatten. Als ich von der Versammlung nach Hause kam, war es passiert, und ich habe geheult wie ein Schlosshund. Kannst du dich nicht erinnern?

In Elisas Kopf puzzelt sich ein Bild zusammen, von ihrer

heulenden Mutter in der Küche und einem braunen Tontopf voller Zwiebeln. Du hast mir eine Ohrfeige verpasst. Henriette guckt erschrocken. So was habe ich fast nie getan.

Das Doppelzimmer in der zweiten Etage macht Elisa vollends traurig. So viel Früher, denkt sie, verkrafte selbst ich nicht. Sie geht zum Fenster und schaut auf die Berge und die schneebedeckte Wiese vor dem Hotel.

Massage, ruft Henriette, Kosmetik und Fitness. Kann man alles hier machen. Kostet nicht viel. Sauna, schiebt sie ehrfürchtig hinterher. Wollen wir?

Elisa nickt und lächelt und nickt und lächelt. Sauna machen wir gleich heute Abend noch. Vor dem Essen. Ich rufe an.

An der Rezeption sind sie unwillig, versprechen aber, die Sauna anzuheizen. In einer Stunde, sagt Elisa und legt sich aufs Bett. Erzähl mir weiter von Klara.

Henriette geht ins Bad, und Elisa kann hören, wie sie pinkelt. Es klingt fast wütend, wie sie das tut.

Klara, ruft Henriette noch aus dem Badezimmer, hatte ihre eigenen Gespenster, was Männer und all das Drumherum anbelangte. Sie konnte mir gar nichts sagen dazu. In der Stadt, sagt Henriette, spült und dröhnt den Satz zu. Als sie ins Zimmer kommt, schaut Elisa fragend und hebt die rechte Augenbraue, bis sie einen kleinen stumpfen Winkel bildet.

In der Stadt, fängt Henriette den zugespülten Satz noch einmal von vorn an, war Klara eine bekannte Person. Nomenklatura hat man das damals genannt. Sie gehörte zum eingeweihten Kreis, und als Stalin im März dreiundfünfzig starb, stand sie an seinem Ehrenmal zwei Nächte lang Wache. Vor der dritten Nacht hat sie gesagt, sie könne mich nicht noch einmal allein lassen. Da war ich ja erst elf und fürchtete mich vor der Dunkelheit.

Wenn Klara abends fortging, habe ich mit allen Dingen in der Wohnung geredet, um mich zu vergewissern, dass sie keine Gespenster waren. Ich habe lange Gespräche mit dem Radio und der Kaffeekanne geführt. Kriegskinder sind so, hat Klara immer gesagt. Sie geraten in Panik, wenn einer laut pupst. Immerhin, pupsen hat sie sagen können, obwohl ihr sonst kein solches Wort über die Lippen geriet. Sie hat die Waschlappen nach Farbe und die Farben nach obenrum und untenrum eingeteilt. Aber pupsen konnte sie sagen.

Henriette malt sich selbst bei dem Wort kleine rote Kreise auf die Wangen. Elisa lächelt und schaut weg.

Also, sie hat gesagt, eine dritte Nacht Ehrenwache für Stalin geht nicht, und dafür haben sie ihr ein Parteiverfahren und sonst was Schlimmes angedroht. Da ist sie die dritte Nacht auch noch zum Ehrenmal. In der Stadt haben sie hinter ihrem Rücken Russenflittchen geflüstert. Ich bekam das manchmal in der Schule zu hören. Deine Mutter ist doch ein Russenflittchen, haben sie gesagt, und ich bin losgegangen wie eine Furie und habe mich geprügelt. Woher die das hatten? Ich weiß es nicht. Vielleicht war ja etwas dran, in den Nachkriegsmonaten sind viele Frauen zum Fliegerhorst gegangen, um sich Essen zu besorgen. Umsonst werden sie es nicht bekommen haben, denke ich. Und mein Vater, der kam ja erst achtundvierzig aus der Gefangenschaft. Ich glaube, es war achtundvierzig. Und als er kam, wog er dreiundvierzig Kilo und sah aus wie ein Hungerleider. Klara hat ihn gefüttert und gemästet und wie eine Gans gestopft. Wo immer sie das ganze Zeug her hatte, das kann es nicht für Geld gegeben haben. Und Klara war eine schöne blonde Frau. Mit zwei intakten Brüsten. Damals noch. Blonde Frauen mit intakten Brüsten haben den Russen gefallen.

Henriette packt eine Saunatasche, und Elisa erhebt sich

seufzend vom Bett. Sie ist müde, aber Sauna ist versprochen. Und danach ein Abendessen im Hotelrestaurant.

Morgen, sagt Henriette, wollen wir sehen, ob das Haus noch steht.

Elisa hofft, dass es so sein möge. Kein Haus mehr wäre eine Katastrophe. Henriette würde wieder schweigen. Während Klaras Verstand weiter verschwindet.

Den Tanztee hat sie wunderbar überstanden. Zwei Hänger nur und eine wirklich peinliche Situation. Alles in allem eine gute Bilanz. Der Alzheimer konnte immerhin drei Runden mit ihr aufs Parkett legen. Gut hat er das gemacht, muss früher mal ein richtiger Charmeur gewesen sein. Wenn nur dieser Mensch da vorn nicht gewesen wäre. Der die Musik machte und dabei tat, als sei er in einen Kindergarten geraten. Drei Mal hat er dieses Lied vom Abschied gespielt. Abschied ist ein scharfes Schwert oder so ähnlich. Drei Mal zusehen müssen, wie jemand mit einem Mikrofon in der Hand über die Tanzfläche hampelt, um senilen alten Frauen irgendwelche Liedzeilen ins Ohr zu säuseln, und dabei aussieht wie Jack the Ripper. Dass sie sich den gemerkt hat, diesen Prostituiertenmörder. Wenn ihr nur mal jemand sagen könnte, welchem Prinzip die Dinge folgen, die im Kopf bleiben und die verschwinden. Da wäre schon viel gewonnen.

Sie hangelt sich die Treppen hoch. Kein Fahrstuhl, solange sie bei Verstand ist. Treppen laufen tut gut, auch wenn es nur ganz langsam vorangeht. Sie hat sich die Zimmernummer von dem Alzheimer gemerkt. Wird jetzt gleich bei ihm klopfen und noch ein wenig plaudern vor dem Abendessen. Sieht gut aus, der Mann. Außer wenn er sabbert. Aber sabbern tut sie auch hin und wieder, und wenn sie die Zähne aus dem Mund nimmt, sieht sie aus wie diese Baba Jaga aus dem russischen Märchen. Allzu wählerisch sollte man nicht mehr sein.

Zimmer 22, da ist es. Sie klopft und legt das rechte Ohr an die Tür. Interpretiert das Gemurmel von drinnen als Herein. Da sitzt er, der gutaussehende Alzheimer, in seinem großen Sessel am Fenster, und lächelt. Wollen wir einen Likör trinken, fragt er, und sie nickt. Was er da aus dem Schrank holt, sieht allerdings eher nach harten Sachen aus. Wodka. Auch gut. Sie nimmt das Zahnputzglas, das er ihr reicht, mit königlicher Geste und kippt die wahrscheinlich hundert Gramm in einem Zug runter. Na also, das kann sie noch. Das hat sie mal gelernt. Beim Russen. Und irgendwie muss das auch ein Grund dafür sein, dass sie heute so allein ist. Und den Verstand verliert. Der Russe ist schuld.

Und der Alzheimer legt seine Hand auf ihr Knie. Das ist mutig, schließlich sehen weder ihre Knie noch irgendwelche anderen Körperteile an ihr besonders schön aus. Und ein paar fehlen vollständig. Schon seit Ewigkeiten, wenn sie das richtig in Erinnerung hat. Gut, sie hat ein paar Falten rausgegessen in den letzten Jahren. Das sieht vielleicht ganz proper aus. Aber ob es wirklich reicht für? Sie erinnert sich vage an Zeiten, wo ihr schon bei dem Gedanken an. Schlecht wurde. Hat sich verloren mit den Jahren. Wenn es dem Alzheimer Spaß macht, soll er ihr ans Knie fassen. Fühlt sich wahrscheinlich zwanzig Jahre jünger dabei. Und ihr macht es nichts aus. Sie kann einfach ein bisschen blöde grinsen und so tun, als kriegte sie das gar nicht mit. Alles besser als allein im Zimmer hocken und darauf warten, dass die Welt verschwindet.

Der Alzheimer schiebt seine Hand ein wenig höher und lächelt dabei wie ein kleiner Junge. Dann fängt er an zu reden und tippt dazu mit den Fingern den passenden Rhythmus auf ihren Oberschenkel. Das ist schön. Wie eine kleine Massage.

Du heißt Klara, nicht wahr? Ich habe dich schon oft

hier gesehen. Im Speisesaal. Und heute Nachmittag haben wir doch miteinander getanzt, wenn ich mich recht erinnere. Wir beide sollten uns zusammentun, Klara. Wir sind zwar ziemlich gaga, aber ich habe festgestellt, zu unterschiedlichen Zeiten. Das ist doch nicht schlecht, oder? Ich könnte auf dich aufpassen und du auf mich. Dass wir nicht in die Hosen und Schlüpfer pinkeln oder uns vor anderen nackig machen, nicht mit Essen schmeißen und keine obszönen Worte sagen. Ich finde es fürchterlich, so die Contenance zu verlieren. Obwohl man sich ja zum Glück kaum daran erinnern kann. Hinterher. Aber man sieht es in den Augen der anderen. Der Schwestern und Pfleger und alten Kerle und senilen Weiber. Man sieht in ihren Augen, wenn man sich gerade wieder unmöglich benommen hat. Sie haben dann diesen beschämten Blick und bekommen diese betonte Fröhlichkeit. Kennst du doch, Klara. Dann fangen sie an, rumzusäuseln und irgendwelchen Unsinn vom Wetter zu reden und vom Essen und davon, dass dies aber ein ganz zauberhafter Morgen sei. Ich hasse sie, ich werde sie umbringen, wenn mein Verstand noch dafür reicht, mir ein Brotmesser aus der Küche zu mopsen. Sie sollen uns sagen, wenn wir aus dem Rahmen fallen. Und nicht diskret mit Zellstoff den Speichel aus unseren Mundwinkeln wischen. Wer sind wir denn, Klara? Wer? Ich war mal Ingenieur und Erfinder und danach Lehrer. Habe die tollsten Sachen gebaut. Und Tennis gespielt. Ich hatte eine Wohnung, in der ein Klavier stand. Für wen, weiß ich im Moment nicht, aber es fällt mir wieder ein. Ich glaube sogar, ich konnte selbst Klavier spielen. Ich habe Kinder. Zwei Jungen. Männer sind das, ja. Die kommen einmal im Monat her und begucken mich argwöhnisch. Einer von beiden zahlt einen Teil des Geldes für dieses schöne Zimmer hier und dafür, dass sie mich gut behandeln und nicht rausschmeißen oder vergiften. Der andere ist wohl arbeitslos. Ein Harzer Knaller, hat er letztens gesagt. Hängt irgendwie mit den neuen Regeln zusammen. Mittelgebirge plus Nummer. Ich hab's mir nicht gemerkt.

Wie heißt du eigentlich, fragt Klara, denn nun kommt es ihr auf einmal komisch vor, ihn immer Alzheimer zu nennen. Der spricht ja gestochen scharf, wenn er will.

Aaron, sagt der Alzheimer.

Du bist ein Jude, sagt Klara und kneift die Augen zusammen.

Ja, aber das sollte uns in unserem Alter nicht mehr stören, sagt Aaron und lächelt.

Ganz bestimmt nicht, antwortet Klara, aber die Russen haben solche wie dich nicht leiden können. Da waren die biestig. Im Zweifelsfall haben die eher einen kleinen Nazi in eine Funktion geschickt als einen Juden.

Aaron staunt Klara an. Du kannst ja richtig gut am Stück reden. Vorhin beim Tanztee habe ich gedacht, du bist noch schlimmer dran als ich.

Früher geht gut, sagt Klara. Früher geht sogar sehr gut. Aber wenn ich morgens aufwache, weiß ich oft nicht, was ein Stuhl oder ein Lichtschalter ist. Ich kann Geschichten erzählen, die liegen fünfzig Jahre zurück, und vergesse manchmal, wie man aufs Klo geht.

Klara wundert sich. Dass sie das alles erzählt und dann noch einem Mann. Einem Juden. Der ihr ans Knie fasst und ganz nah gerückt ist. Das hat sicher auch etwas mit dem Alter zu tun. Man wird schamlos. Und mit wem soll man sonst reden. Hier ist doch niemand freiwillig. Bist du freiwillig hier?

Aaron lächelt und sagt ja. Ich finde es beruhigend zu wissen, dass mir jemand den Hosenstall zumacht, wenn ich es vergessen habe. Da draußen hatte ich immer Angst. Ausgelacht zu werden oder misshandelt. Ja, ich weiß, hier wird man manchmal auch misshandelt. Aber was sollen sie tun, wenn sie den ganzen Tag solche wie uns zu versorgen haben?

Klara macht die Augen zu und schläft ein. Sie spürt noch, wie Aaron ihr einen Hocker unter die Füße schiebt und sie mit einer Decke zudeckt. Hoffentlich vergisst er mich nicht in der Zwischenzeit, denkt Klara.

Hoffentlich weiß sie nach dem Aufwachen noch, wer ich bin, denkt Aaron.

Heute gehen wir raus, sagt Juli und packt Svenja in warme Sachen.

Die Hebamme lächelt. Eine Stunde, hörst du, nicht länger. Es ist immer noch ziemlich kalt da draußen.

Aber sie ist ganz warm eingepackt.

Es geht nicht um Svenja, sondern um dich. Du bist noch schwach und darfst dich nicht erkälten. Wer soll sich um das Kind kümmern, wenn du krank bist?

Ich besorg mir eine Mutter, sagt Juli. Die gibt's doch jetzt zu kaufen.

Endlich ist sie fertig. Zu Svenjas Füßen kommt noch eine Wärmflasche, und Juli nimmt die dicken Fäustlinge vom Flurschrank. Der Kinderwagen ist ein wenig altmodisch und schwer. Die Flecken hat sie alle gut rausbekommen, aber trotzdem sieht der Wagen etwas schäbig aus. Sind wahrscheinlich schon eine Menge Kinder drin gefahren worden.

Wir suchen uns eine Großmutter, Svenja, eine, die stundenlang auf Parkbänken sitzt und nicht mehr weiß, was eine Mütze ist.

Die Hebamme hilft den Kinderwagen runtertragen. Die Treppen sind steil und schmutzig. Unten im Hausflur ist Svenja schon eingeschlafen. Juli drückt die Hebamme und schaukelt mit dem Wagen davon.

Im Park ist es still und weiß. Ein paar Kinder quälen sich auf Plastikschlitten flache Hügel hinauf und hinunter. Beides dauert fast gleich lang. Keine richtigen Berge hier, murmelt Juli, nur Trümmer unter Schnee, da kann man nicht gut rodeln.

Ein großer Hund kommt, um den Kinderwagen zu beschnüffeln. Juli pustet wütend eine weiße Wolke in die Luft, als er ein Bein hebt, und schiebt die Karre ein Stück zur Seite. Pinkeln darfst du nicht, nur gucken. Von Svenja ist so gut wie nichts zu sehen. Ihre erste Ausfahrt, und sie verschläft alles. Den hellblauen Winterhimmel, die Kinder, den Hund, nichts davon bekommt sie mit.

So kann man nicht lernen, sagt Juli, es sei denn, du lernst im Schlaf. Sie stupst Svenja mit dem Fäustlingsdaumen an die Nase. Keine Reaktion. Du verschläfst dein halbes Leben, habe ich gelesen. So wie eine Alte. Die Alten verschlafen auch 'ne Menge Zeit. Aber bei denen macht es Sinn. Wenn die wach sind, vergessen sie nur. Du musst lernen.

Juli stupst noch einmal und lässt Svenja dann in Ruhe. Soll sie schlafen. Außer dem blauen Himmel ist nichts zu sehen. Die Kinder zu weit weg und keine alten Damen auf den Bänken. Juli fängt an zu frieren.

Die Wörterfrau ist nicht da, Svenja. Dann laufen wir eben nur einmal um den Ententeich und wieder nach Hause. Ich fühle mich einsam mit dir hier im Park.

Der Weg zurück ist zwei Mal so lang. Im Hausflur überlegt Juli, wie sie den Kinderwagen die Treppen raufbekommt. Das hat sie vorher nicht bedacht. Und die Hebamme auch nicht, obwohl die sonst an alles denkt.

Eins nach dem anderen, sagt Juli. Erst das Kind und dann der Wagen. Sie nimmt Svenja auf den Arm, und die fängt an zu schreien. Brüll nicht, sagt Juli, ich muss mich konzentrieren. Sie schafft die Stufen, ohne abzusetzen, schafft es, mit Svenja im Arm die Wohnungstür aufzuschließen, schafft es, mit Svenja im Arm die Stiefel von den Füßen zu schleudern und das schreiende Kind im

Zimmer auf den Futon zu legen. Dann schaut sie ratlos in die Runde. Ein schreiendes Kind kann sie jetzt nicht allein lassen, um den Kinderwagen zu holen. Aber im Kinderwagen ist ihre Tasche und in der Tasche ihre Geldbörse, und in der Geldbörse stecken vierzig Euro.

Juli hält die Luft an und rennt die Treppe runter. Sogar unten im Hauflur hört sie Svenja noch schreien. Sie schnappt sich die Tasche und die Wärmflasche und das dicke Kissen und rennt all die Stufen wieder rauf. Als sie in die Wohnung kommt, ist Svenja plötzlich still. Nein, ruft Juli und läuft zum Futon. Svenja guckt aus blauen Augen. Und lächelt. Juli fühlt ihr Herz. Wie es schlägt. Laut und ein wenig schmerzhaft.

Ich muss ruhiger werden, ich darf mir keine Sorgen machen, ich muss mich konzentrieren. Sonst geht die Milch weg. Ich bin noch nicht alt genug, sagt Juli und setzt sich zu Svenja auf den Futon. Dann kommt die Angst, und danach kommen die Tränen.

Ich bin zu jung, und ich könnte wirklich eine Mutter brauchen. Oder eine Großmutter. Oder eine Urgroßmutter. Egal. Irgendeine, aus deren Fleisch und Blut ich gemacht bin.

Svenja macht die Augen auf und zu. Juli schläft ein.

Klara wacht auf und sieht Aaron neben sich sitzen. Dich kenne ich, sagt sie und grinst. Ihre Zähne sind ein wenig verrutscht. Sie schiebt vorsichtig mit der Zunge, bis der Kladderadatsch wieder sitzt. Kladderadatsch, denkt sie. Ist doch nun wirklich ein komisches Wort.

Aaron ist nicht bei ihr. Er guckt in die Luft und murmelt irgendwas vor sich hin. Klara steht vorsichtig auf, um ihn nicht zu erschrecken, legt die Decke zusammen, stellt den Wodka weg und geht aus dem Zimmer. Vielleicht beim Abendessen. Vorhin war er ja auch gut beisammen.

Auf dem Gang trifft Klara die nette Pflegerin. Die mit dem roten Zopf. Gut so, sie hat ihre Zimmernummer vergessen und auch, warum sie hier in diesem fremden Haus herumläuft. Die nette Pflegerin bringt Klara dahin, wo sie hingehört. Sie schaltet das Radio ein und sagt nichts zu dem Alkoholgeruch, der Klaras altem Mund entweicht.

Morgen gehe ich in den Park, sagt Klara. Da laufen Frauen mit grünen Haaren rum. Die Pflegerin lächelt. Ein weiblicher Pumuckl? Klara guckt betrübt. Pumuckl sagt ihr auch nichts. Gar nichts. Aber die Frau mit den grünen Haaren hat sie nicht vergessen. Die hat so was. Vertrautes. Klara ist froh über das Wort. Vertrautes. Ein schwieriges Wort, und sie hat es im Kopf.

Als die Pflegerin fort ist, nimmt Klara ihre hellbraune Holzkiste, die auf dem Tisch steht. Immer in ihrer Nähe ist die Holzkiste, solange Klara denken kann. Sie klappt den Deckel hoch und holt die kleine Papiertüte raus. Aus der fischt sie den Goldzahn und hält ihn hoch und gegen das Fensterlicht. Ein bisschen glitzert er noch. War mal in ihrem Mund. Ihr erster und einziger Goldzahn, den Henriette immer haben wollte. Henriette, da ist es. Mit dem Goldzahn ist der Name wieder da. Henriette, ihre Tochter, die ihr nie verziehen hat.

Wenn das Aaron sehen würde, sagt Klara und kichert. So ein Goldzahn würde ihn in Rage bringen. Warum, ist Klara nicht richtig klar, aber sie ist sicher, dass Aaron beim Anblick des Goldzahns böse würde.

Henriette. Wenn die ihr nicht böse gewesen wäre, hätte sie den Zahn bekommen. Wie sie es immer wollte. Oder war das Elisa? Jetzt gerät die Welt ins Rutschen. Henriette, Elisa, hat sie die wirklich gekannt? Doch. Sie ist sich sicher. Zumindest bei Henriette. Aber Elisa. Wie kommt der Name in ihren Kopf, verdammt und zugenäht. Verflixt. So ist es richtig. Zu zugenäht gehört verflixt.

Klara runzelt eine Faust um den Goldzahn und denkt nach. Gleich fällt ihr wieder eine Geschichte ein. Sie spürt es.

*

Inzwischen ist sie wer in der Stadt. Der Besatzer, der Bestimmer, hat bestimmt, dass aus ihr etwas wird. Zuerst einmal eine Agitatorin. Der Mann mit dem immer glänzenden Koppel und den immer geputzten Stiefeln, für den sie nun schon oft die Beine breit gemacht hat, kommt eines Tages mit einem alten Fahrrad an. Er weist seinen Soldaten, den flachgesichtigen, zweidimensionalen Soldaten, an, das Fahrrad zu reparieren. Für Klara. Sie darf zusehen, wie aus dem untüchtigen Drahtesel ein richtiges Gefährt wird. Ein wenig zu groß für sie zwar, aber es geht noch. Gerade so geht es. Beim Fahren muss

Klara auf dem Sattel hin und her rutschen, um mit den Zehenspitzen auf die Pedale zu kommen. Der Sattel ließ sich nicht niedriger stellen. Trotz des Geschicks, mit dem der Flachgesichtige geschraubt und gebaut hatte. Zu viel Rost und dazu ein wenig eingedellt die Stange, auf der ein alter, weicher Ledersattel steckt. Also rutscht Klara auf ihrer Probefahrt draußen am Fliegerhorst auf dem weichen Leder hin und her, um in die Pedale zu treten.

Am Anfang ist das ein schönes, fast unbekanntes, kribbliges Gefühl zwischen den Beinen. Aber schon nach der dritten Runde beginnt es weh zu tun. Und am Abend nach der Probefahrt kann Klara nicht mal leicht mit dem Finger zwischen die Beine, da brennt es schon wie Feuer. Aber sie hat ein Fahrrad, und weil sie ein Fahrrad hat und der Offizier beginnt, sie ein bisschen zu mögen, wird sie nun Agitatorin. Sie fährt übers Land und versucht, den Menschen zu erklären, was sie tun müssen. Zum Beispiel müssen sie die Enteignung der Nazi- und Kriegsverbrecher fordern. Und sie müssen fordern, dass Arbeiterkinder und Bauernmädels an die Hochschulen kommen.

Klara nimmt ihre Aufgabe ernst. Sie ist jeden Tag unterwegs, und dafür gibt es Essen und ein Paar Schuhe für Henriette. Die wächst, dass man dabei zusehen kann. Und ist dünn wie eine Bohnenstange. Und viel zu viel allein, wenn Klara unterwegs ist. Aber noch reicht es nicht vorn und hinten auch nicht, und deshalb kann niemand ins Haus kommen, um am Tage aufzupassen. Obwohl es gut für Henriette wäre, die schon, routiniert wie eine Alte, mit den Dingen in der Wohnung redet. Hat eine Freundschaft mit dem ächzenden Radio aufgebaut und eine mit der Kaffeekanne, die immer, wenn Klara von ihrer Arbeit nach Hause kommt, auf dem Tisch steht. Klara vergeht oft vor Sorge, wenn Henriette so lange allein zu Hause ist. Manchmal schaut die Nachbarin vorbei, und dafür bekommt die dann ein paar Kartoffeln oder ein Stück Uniformstoff, aus dem sie sich was nähen kann.

Hinter Klaras Rücken reden die Leute, was das Zeug hält. Zerreißen sich die Mäuler über das Russenflittchen. Kein Erbarmen haben sie, denn schließlich fehlt es auch bei ihnen an allen Ecken und Enden, nur ist keiner da, der Konserven oder Kartoffeln bringt. Keiner, der einen flachgesichtigen Soldaten vorbeischickt, damit der die kaputten Möbel repariert und das Wasser zum Laufen bringt. Sogar eine neue Brille für den Lokus hat er Klara gebaut. Wahrscheinlich zahlt sie den auch in Naturalien. Diesen grusligen flachnasigen Mann, der immer nur komisch grinst und dessen Haut nie blass wird. Wer weiß, was solche Männer zwischen den Beinen tragen. Und wer weiß, ob es Klara nicht vielleicht gefällt. Und ob sie nicht irgendwann, wie eine Zigeunerbraut, ihr kleines Mädchen mit verkauft. Wenn der Russe es will.

Jetzt fährt sie also auf einem alten Fahrrad, wer hat hier sonst noch ein funktionierendes Fahrrad, fährt damit auf die Dörfer und redet zu den Leuten, was sie tun und was sie lassen sollen. Redet, als wär sie schon immer eine Kommunistenbraut gewesen. Dabei ist ihr Mann doch auch irgendwo in der Fremde in einem Bergwerk gefangen, um seine Schuld abzutragen. Seine Schuld am Krieg und dem ganzen Unglück, das sie jetzt hier ausbaden mit dem Russen, oder besser, unter seiner Fuchtel.

So reden die Leute hinter Klaras Rücken. Und Klara steigt jeden Morgen aufs Fahrrad, eine Hornhaut hat sie schon zwischen den Beinen, so viele Kilometer ist sie gestrampelt. Zum Glück immer über flaches Land, denn hier gibt es weit und breit keine Berge und keine Hügel. Nur flaches Land und schweren Boden.

Freundlich empfangen wird sie selten, wenn sie über die Dörfer zieht. Die meisten schließen ihre Fenster und

Türen, wenn das Russenflittchen kommt. Wollen nichts hören von Kämpfen und Gewerkschaftswahlen. Und wenn es geht, bitte schön, auch nichts aus dieser fernen Stadt Nürnberg, wo sie angefangen haben, die großen Nazis zu verurteilen.

Klara weiß das. Sie weiß mehr, als die Leute glauben, aber sie hat auch keine Wahl. Und so schlecht ist der Offizier nicht. Er nimmt sie jetzt ernst, und manchmal redet er mit ihr über Politik. Fragt, was sie von diesem und von jenem hält. Ob man hier schon beginnen könne, den Leuten ihr Schicksal in die eigenen Hände zu legen. Oder ob die noch kackbraun seien in den Köpfen. Dafür hat er extra nachgeschaut im Wörterbuch, um kackbraun sagen zu können. Klara hat gelacht, wie lange nicht mehr, über dieses Wort aus dem Mund des Offiziers.

Kackbraun, das hätten wir mal früher wissen müssen, hat sie gesagt und gelacht. Dann wären wir denen vielleicht nicht auf den Leim gegangen.

Doch, hat der Offizier gesagt. Ihr wärt immer auf den Leim gegangen. Wartet nur ab, bald folgt ihr unserem roten Stern.

Der kann uns noch weniger leiden, als ich immer geglaubt habe, hat Klara da gedacht, und in ihrem Bauch hat es weh getan, denn irgendwie mochte sie den Offizier inzwischen. Er war der Schlechteste nicht.

Die Leute aber hassen Klara, oder neiden ihr, was sie hat. Einen Kerl im Bett, Konserven im Schrank, eine Arbeit, die dem Russen gefällt.

Einmal fährt Klara in ein Dorf, da waren sie fast alle braun im Krieg. Und die es nicht waren, sind schnell vertrieben worden oder abgeholt. Das will heute auch keiner mehr so genau wissen. Und den Baum, an dem sie den Kommunisten aufgeknüpft hatten, den haben sie gefällt. Um Feuerholz zu bekommen, wie sie sagen. Aber vielleicht liegt ihnen auch der Kommunist auf der Seele. Denn sie hatten fast alle zugeschaut, als er da oben baumelte und seine letzten Zuckungen tat. Aber bestraft worden ist keiner dafür.

Als Klara in das Dorf kommt, sind sie also vorsichtig und freundlich. Das kann nicht schaden, auch wenn es hier um ein Russenflittchen geht. Nur einer will nicht freundlich sein. Auch nicht aus rein taktischen Gründen. Er sieht zu, wie Klara auf ihrem wackligen Fahrrad auf seinen Hof fährt, und hört, wie sie nach ihm ruft und sich dann auf die Suche macht. Von der Scheune aus kann er das alles sehen. Wie sie erst ins Haus geht, aber da ist niemand. Die Frau und die Kinder hat er weggeschickt. Weg vom Russen zu den Verwandten, die bei den anderen Besatzern leben. Er ist allein und will eigentlich nur noch schauen, dass er ein paar Sachen versilbert kriegt, bevor er der Familie nachreist. Hier beim Russen sollte er nicht mehr lange bleiben. Noch herrscht Chaos, und noch halten alle im Dorf die Klappe. Weil sie alle Dreck am Stecken haben. Aber lass erst mal die heimkommen, die man ins Lager geschickt hat, dann wird es hier ungemütlich.

Klara kommt aus dem Haus und schaut sich suchend um. Er kann sehen, wie sie nachdenkt und dann Richtung Waschküche geht. Aber auch dort ist niemand, also wendet sie sich der Scheune zu. Er zieht sich ins Innere zurück, dahin, wo nur Schatten ist, und atmet leise. Als Klara die Scheune betritt, scheint sie zwar zu spüren, dass hier jemand ist, aber sie sieht ihn nicht.

Hallo, ruft sie und kommt näher. Sie bewegt sich in seine Richtung, und dann ist sie ganz nah. Er streckt einen Arm aus und hält ihr den Mund zu und streckt den anderen Arm und umschlingt ihren Oberkörper, der sich kurz aufbäumt. Klaras Beine schlagen in die Luft, und er flüstert ihr ins Ohr, sie solle stillhalten, sonst werde er sie gleich hier erwürgen und den Schweinen zum Fraß vorwerfen.

Klara wird still und schlaff in seinen Armen, und er tastet mit der rechten Hand unter ihre Bluse, und was er da vorfindet, fasst sich nicht schlecht an. Gar nicht schlecht.

Na, du kleines Russenflittchen, flüstert er ihr ins Ohr, das wird dir doch sicher Spaß machen. Mal wieder einen deutschen Schwanz zwischen den Beinen zu haben.

Dann besorgt er es ihr, so wie es das Russenflittchen verdient hat. Und als er fertig ist, hebt er sie hoch, immer noch eine willenlose schlaffe Puppe in seinen Armen, zieht ihr den Schlüpfer hoch und knöpft ihr die Bluse zu. Das glaubt dir sowieso keiner, flüstert er ihr ins Ohr. Die wissen doch alle, dass du die Beine breit machst, wenn man dich nur auffordert. Also überleg dir, was du erzählst. Meine Schöne, sagt er und streicht ihr übers Haar. Und grinst, so dass Klara denkt, wenn er grinst, sieht er aus wie ein braver Mann.

Sie geht aus der Scheune und steigt auf ihr Fahrrad und fährt aus dem Dorf und schafft es nach Hause. Da legt sie sich ins Bett und hört noch Henriette mit der Kaffeekanne flüstern. Dann schläft sie ein. Nicht mal gewaschen hat sie sich, aber das tut jetzt auch nichts mehr zur Sache, Flittchen müssen sich nicht waschen.

Am nächsten Tag dann hat sie einen Entschluss gefasst. Sie geht zum Offizier und erzählt ihm die Geschichte. Wie der Kerl sie in der Scheune gepackt hat und was er gesagt hat. Dann weint sie und weint, und der Offizier steht neben ihr und knirscht mit den Zähnen und klackt mit dem Koppel und geht.

Fünf Tage sieht sie ihn nicht, dann steht er vor ihrer Tür und sagt: Der ist tot. Erschossen. Vergewaltiger werden von uns erschossen. Also ist er tot. Dann geht der Offizier und fasst Klara nie wieder an.

Juli ruft die Hebamme an. Sie hat schon ein Lieblingsspielzeug, sagt sie ins Telefon, und die Hebamme lacht. Die bunten Schlüssel sind es, sagt Juli. Wenn ich die über ihrem Gesicht hinschwenke und herschwenke, freut sie sich. Glaub mir. Und sie greift danach.

Die Hebamme lacht noch mehr. Du bist so eine typische Mutter, Juli, darüber bin ich wirklich froh. Alle typischen Mütter glauben, dass ihre Babys schon nach ein paar Tagen fast sprechen können.

So doof bin ich nicht, sagt Juli beleidigt. Ich habe gelesen, dass die bunten Sachen schon von den Neugeborenen gemocht werden. Wenn sie sich nur bewegen. Deshalb bewege ich jetzt alle halbe Stunde etwas über Svenjas Gesicht. Damit sie lernt, dass es mehr als eine bunte Sache gibt auf der Welt.

Du könntest zwischendurch mal mit dem Kopf wackeln, die grünen Haare gefallen Svenja bestimmt auch.

Klar, sagt Juli und zieht an ihren grünen Haaren, bis sie zehn oder zwanzig davon zwischen den Fingern hat. Ich will die Kisten haben, sagt sie. So schnell wie möglich. Es muss doch irgendjemanden geben. Von meiner Familie können ja nicht alle tot sein.

Mach dir keine falschen Hoffnungen, Juli. Du warst Elisas einziges Kind.

Ja, und meinen Vater, den muss es doch geben, oder? Vielleicht hat der noch Kinder, dann bekomme ich Halbgeschwister zuhauf. Oder Henriette hatte Brüder und

Schwestern, von denen ich nichts weiß. Oder Klara lebt noch.

Klara ist sicher tot, überleg doch mal, wie alt sie heute wäre.

Gerade mal achtzig, da kenne ich eine Menge, die so alt werden. Habe erst letztens eine Frau im Park getroffen, die war mindestens achtzig, obwohl sie eine glatte, rosige Haut hatte. Zumindest an manchen Stellen. Aber sie wusste nicht mehr, was eine Mütze ist. Also bitte, es kann gut möglich sein, dass Klara lebt. Dann hätte ich wenigstens eine Urgroßmutter.

Da könntest du recht haben. Ich will nur nicht, dass du zu große Hoffnung hast. Klara, wenn sie noch lebt, weiß ja nicht mal, dass es dich gibt. Aber ich bringe dir die Kisten. Morgen früh, wenn ich das Auto bekomme.

Bitte, sagt Juli und fängt schon wieder an zu weinen. Ich fühle mich allein hier. Ich will zu jemandem gehören.

Die Hebamme seufzt und schweigt und seufzt und sagt: Du hast eine leichte Depression, Juli, das ist nicht unüblich nach einer Geburt. Lass dich nicht so sehr drauf ein. Morgen früh komme ich, und dann überlegen wir, wie wir dich aus der Wohnung kriegen. Dich und Svenja. Das ist nicht gut für euch, da in diesem Loch und ohne Nachbarn. Außerdem zu kalt. Wenn keiner heizt im Haus, ist es einfach zu kalt. Und du musst wieder in die Schule. So schnell wie möglich. Hast du jetzt noch etwas im Kühlschrank?

Juli schnieft und geht in die Küche, macht den Kühlschrank auf und berichtet ins Telefon: einen Liter Milch, drei Mohrrüben, zwei Eier, eine halben Salatkopf, Margarine, und im Schrank ist noch Brot. Die Konfitüre, die du mir geschenkt hast, ist auch noch nicht alle.

Viel ist das nicht, seufzt die Hebamme. Am besten, du machst dir ein paar Eierkuchen. Mehl ist doch da, oder?

Juli schweigt.
Weißt du, wie Eierkuchen gemacht werden?
Juli schweigt.
Hol Stift und Papier, ich erklär's dir. Und ein Kochbuch bringe ich dir morgen auch mit. Wir müssen ganz von vorn anfangen, Juli. Irgendetwas wird uns einfallen. Ich komme morgen mit den Kisten und dem Kochbuch.
Juli braucht fast eine Stunde für die Eierkuchen. Es sind ihre ersten, und sie werden erst zu dick und zu klebrig, und dann brennt noch einer an, bevor das, was aus der Pfanne kommt, endlich essbar aussieht. Aber nun hat sie es ein wenig gelernt, und das ist ein ganz kleiner Trost. Eierkuchen kann sie also schon machen, mit Konfitüre. Und plötzlich hat sie so ein Gefühl, als wäre nichts wichtiger auf der Welt. Wenn sie später für Svenja Eierkuchen machen kann, wird ihr nichts passieren. Und Svenja auch nicht.

In der Sauna sind sie allein. Elisa schaut sich an, was aus Henriette geworden ist. Die hat erst ein Handtuch um den Körper geschlungen und dann gemerkt, dass es dafür wirklich zu warm ist. Also legt sie das Handtuch auf die untere Holzbank und setzt sich drauf. Die Beine übereinandergeschlagen, als wäre dies hier ein Bewerbungsgespräch.

Trotzdem kann Elisa sehen, was aus ihrer Mutter geworden ist. In einem Jahr wird sie sechzig, dann ist sie schon fast eine alte Frau. Aber so sieht das alles noch sehr gut aus. Auch hier in der Sauna. Die Haut fast faltenlos, der Bauch etwas groß und schwer, die Brüste ebenso.

Gehst du auch regelmäßig zur Mammografie, fragt Henriette und fasst sich mit der rechten Hand an die linke Brust.

Wegen Klara, meinst du?

Man muss vorsichtig sein, die wissen nicht, ob es erblich ist. Die Veranlagung und so. Ich mach das jedes Jahr. So kann man gut vergleichen. Aber du solltest immer zum selben Arzt gehen.

Elisa will dieses Gespräch nicht. Sie hat es zu oft geführt, und sie hat sich oft darüber geärgert, dass es nur ein mögliches Thema gab, wenn man über Klara reden wollte. Brustkrebs und die sich daraus ergebenden Gefahren für alle weiblichen Nachkommen. Als hätte ihre Großmutter nur aus zwei Brüsten bestanden.

Wann hast du Klara denn zum letzten Mal gesehen?

Als du zehn Jahre alt warst, Elisa. Daran solltest du dich noch erinnern. An dieses letzte Mal.

Elisa schweigt. Sie weiß bis heute nicht, warum Klara damals aus ihrem Leben verschwand. Die Großmutter, die großmütterlicher nicht sein konnte. Zu der sie morgens ins Bett kriechen durfte, und wenn der Großvater kam, spielten sie immer das gleiche Märchen. Rotkäppchen und der Wolf. Sie das Rotkäppchen, Großmutter die Großmutter und Großvater der Wolf. Heute würde einem jeder Psychologe dazu eine Scheißgeschichte erzählen. Aber Elisa fand es schön, dieses gruselige Gefühl, dass aus Großvätern sehr wohl, wenn sie es nur wollen, Wölfe werden können.

Es stimmt, ich erinnere mich an das letzte Mal. Aber erst seit kurzem wieder. Seit ich angefangen habe, Klara zu suchen. Sie war damals ein bisschen älter als ich heute. Und sie hat mir eine Puppenstube geschenkt. Wahrscheinlich zum Abschied, aber das konnte ich ja nicht wissen. Die Puppenstube hatte zwei Zimmer, ein rotes Dach und eine Terrasse. Alle Möbel waren aus Holz, und Klara hatte die Gardinen und Tischdeckchen und Teppiche selbst genäht.

Die war wirklich zauberhaft, diese Puppenstube, und die Übergardinen an den Fenstern waren gehäkelt, aus roter Wolle. Henriette wischt sich Schweiß von den Brüsten und schüttelt ihn mit leicht angeekeltem Gesichtsausdruck von ihren Fingern. Elisa fährt mit dem Zeigefinger in den Spalt zwischen ihren Brüsten und steckt ihn dann in den Mund. Woher kommt nur das viele Salz, denkt sie und beobachtet Henriette, die sich bemüht, nicht zu ihr hinzuschauen.

Ich war achtundzwanzig, Elisa, und ich hatte mich mit meinen Eltern gestritten. Überworfen, sagt man wohl besser. Eigentlich nicht so sehr mit meinem Vater, obwohl der es wahrscheinlich mehr verdient hätte als Klara. Sie waren beide so stur und so staatstreu, und ich war so stur und aufmüpfig. Das erste Mal in meinem Leben. Bis dahin, bis zu diesem Streit hatte ich alles übernommen, was sie mir an Überzeugungen beibogen. Da auf dem Dorf, in dem wir damals lebten, du, ich und dein Vater, habe ich einen heiligen Krieg gegen alle geführt, die ihre Kinder zum Pastor in die Jugendstunde schickten und sonntags in die Kirche gingen. Ich, die kommunistische Dorflehrerin, gegen den Rest der dörflichen Welt. Und dein Vater war noch eifriger. Wir beide zusammen waren eine fanatischere Bande als der Pastor mit seinen ganzen Schäflein. Der war nur ein lieber weißhaariger Mann mit schönen Zähnen und kleinen Händen. Sah ein bisschen wie Heinz Rühmann aus. Die Leute haben ihn gerngehabt, und er hat sich um sie gekümmert. Vor allem dann, wenn sie Hinterbliebene waren. In diesem Dorf wurde ja andauernd gestorben. Ich weiß auch nicht, warum. Lag vielleicht am Dreck und an der Inzucht. Ich kann dir sagen, Elisa, dort war der Vater eines Mädchens oder Jungen oft auch der Großvater oder der Onkel des Kindes. Mittelalterliche Zustände haben auf diesem Dorf geherrscht, und die Debilen starben meistens früh.

Jetzt übertreibt sie aber, denkt Elisa. Wir reden hier vom Zwanzigsten Jahrhundert. Sie steht auf mit dem Gefühl, mindestens zwei Liter Wasser ausgeschwitzt zu haben. Komm, wir gehen uns abkühlen.

Das Wasser im Tauchbecken wirkt etwas klebrig, aber kalt genug ist es. Henriette steigt mit allergrößter Vorsicht die eiserne Leiter hinunter. Als das Wasser ihre Brüste berührt, stöhnt sie kurz auf und steigt die Leiter wieder hoch. Ich gehe unter die Dusche, murmelt sie.

Elisa schafft zwanzig Sekunden im Becken, dann verlässt sie der Mut. Sie stellt sich neben Henriette unter die

Dusche und lässt lauwarmes Wasser über ihren Körper laufen. Mit vierzig verändern sich die Konturen, denkt sie. Alles wird ein wenig weicher und unscharf an den Rändern. Sogar die Knie bekommen kleine Falten. Oder Grübchen, je nach Ansicht und Leidenschaft. Sie nimmt die nach Lavendel duftende Seife und schäumt ihre Knie ein. Henriette schaut zu und lächelt, stellt die Dusche ab und wickelt sich in das große weiße Badetuch.

Als Elisa in den Ruheraum kommt, ist Henriette schon eingeschlafen. Immerhin, den Ruheraum hat sie gefunden, obwohl es um zwei Ecken ging.

Das werden lange Tage, murmelt Elisa und legt sich auf den Stuhl neben Henriette. Die Geschichten vertragen wohl keine Eile. Sie nimmt eine von den zerlesenen Zeitschriften, die auf einem Tischchen neben ihrem Stuhl liegen. Super Illu, das war zu erwarten in so einem Hotel mit Zwiebelzöpfen an den Deckenbalken. Von der Titelseite strahlt eine vergessene Schlagerlegende ihr neues Glück in den Ruheraum. Das Glück steht neben ihr und sieht aus wie ein Autoverkäufer. Der ganze, ganze Rest von uns, denkt Elisa. Mit Autoverkäufern verheiratete Schlagersängerinnen und Zwiebelzöpfe. Und ich bin richtig schlecht drauf.

Henriette sieht erschöpft aus. So erschöpft, dass Elisa beschließt, keinen zweiten Saunagang mit ihr zu wagen. Lieber noch ein Abendessen im Hotelrestaurant und dann ins Bett. Morgen würde man sich das Haus ansehen. Eigentlich hatte sie vorgehabt, sich heimlich davon zu überzeugen, ob es überhaupt noch steht. Aber das würde jetzt nicht mehr zu schaffen sein.

Aus Henriettes Mundwinkel läuft ein dünner Speichelfaden, den Elisa vorsichtig mit dem Zipfel ihres Handtuches abwischt.

Hab ich gesabbert, schreckt Henriette auf.

Elisa lächelt. Du wirst eben alt, und schnarchen tust du auch.

Beim Abendessen wählen sie einen Tisch für zwei Personen an einem der großen Fenster. Obwohl man in der Dunkelheit draußen nichts sehen kann. Vielleicht beim Frühstück oder wenigstens nachmittags beim Kaffeetrinken. Es gibt schweres warmes Essen, und auf dem Tisch beschreibt ein Kärtchen die Belustigung des Abends. Eine Liveband wird zum Tanz spielen. Henriette schiebt das Kärtchen schüchtern an den Rand des Tisches und sagt: Wenigstens mal vorbeischauen könnten wir. Elisa nickt und lächelt und nickt und lächelt und sieht sich schon mit einem der Kegelbrüder tanzen, die am hinteren langen Tisch sitzen. Kegelbrüder fliegen auf sie, aus ihr völlig unerfindlichen Gründen.

Hast du dich denn irgendwann mit Heinz Rühmann vertragen? Die Geschichte muss weitergehen, sonst ist man morgen noch kein Stück weiter.

Elisa spürt Ungeduld im Leib. Sie kann ihre Beine nicht mehr stillhalten und scharrt mit den Füßen über den Boden. Aus den Beinen, die nicht stillzuhalten sind, steigt eine leichte Übelkeit in Bauch und Magen. Elisa kennt das, hat schon als junges Mädchen darunter gelitten. Und wenn dann irgendjemand am Tisch befahl, sie möge jetzt endlich ihre Beine stillhalten, hat sie angefangen zu weinen und gesagt, ihr sei aber schlecht in den Beinen. Plötzlich erinnert sie sich daran, dass es meist Henriette war, die dann unwirsch und laut wurde. Niemandem könne in den Beinen schlecht werden, hat sie immer gesagt und Elisa böse angeschaut. Später ist Elisa dann auf den Trick mit den Schmerzen gekommen. Wenn sie sich nur stark genug mit ihren langen Fingernägeln in die Oberschenkel kniff, wich die Übelkeit den Schmerzen. Das war für Schule und Kino wie eine Erlösung. Elisa konnte von da an sitzen bleiben, wenn ihr schlecht in den Beinen wurde, und musste nicht fluchtartig Raum oder Saal verlassen. Irgendwann steckte sie sich sogar eigens für diese Situationen eine Sicherheitsnadel in die Geldbörse. Deren Nadel stach sie dann tief ins Fleisch. Manchmal entzündeten sich die kleinen Einstiche, aber nie so schlimm, dass Elisa auf diese Art der Erlösung verzichtete.

Jetzt schiebt sie ihre rechte Hand unter die Tischdecke und nimmt ein Stück festes Oberschenkelfleisch zwischen zwei Finger. Das wird wieder blaue Flecke geben.

Henriette merkt nichts. Sie ist verstrickt in ihre Vergangenheit.

Einmal, an einem Sonntag, bist du in die Kirche von ihm gegangen. Du hast deine weißen Kniestrümpfe angezogen und einen dunkelblauen Faltenrock und hast dich in der Kirche weit vorn in eine Bank gesetzt. Ich war beim Wäscheaufhängen auf dem Hof, und irgendeines von diesen gehässigen Dorfweibern hat es mir gesteckt. Ihre Tochter sitzt in der Kirche, hat sie gekichert. Ich bin in Kittelschürze und ausgelatschten Schuhen wie eine Furie in die Kirche, habe dich aus der Bank gezerrt und rausgeschleift. Dem Pastor habe ich angedroht, ihn anzuzeigen.

Du meine Güte, daran kann ich mich nicht erinnern.

Es war dir auch peinlich. Du hast auf dem ganzen Weg nach Hause geweint und wolltest am nächsten Tag nicht in die Schule. Am Abend kam der Pastor zu mir und wollte reden. Ich habe ihn nicht reingelassen.

Aber was hat Klara damit zu tun?

Sie hat mich so erzogen, verdammt.

Wenn Henriette fluchte, schien die Welt immer ein Stück zu verrutschen, aus den Fugen zu geraten. Elisa nahm ihre Hand vom Oberschenkel und legte sie auf Henriettes Finger. Und dein Mann, mein Vater, der war also auch so verbohrt?

Mehr noch, der hat es dann zur Not auch mit Fäusten ausgetragen. Du wirst es nicht glauben, aber er hat den Pastor verprügelt.

Nein, das glaube ich wirklich nicht. Einen Mann Gottes zu verprügeln muss doch selbst im Sozialismus bei den Leuten Abscheu erregt haben.

Nicht bei deinem Vater. Der Pastor hat in einer seiner nächsten Sonntagspredigten über Mütter und Väter geredet, die ihren Kindern verwehren, zu Gott zu finden. Oder so. Ich war nicht dabei und dein Vater auch nicht. Ist uns nur zugetragen worden, so um sieben Ecken, wie das halt auf Dörfern war. Oder immer noch ist. Alle wussten ja von den ewigen Streitereien. Dein Vater hat den Mann zur Rede gestellt, auf dem Kirchplatz unter einer großen Kastanie, vor dem Pfarrhaus. Ein paar Zuschauer fanden sich schnell, und das Gespräch geriet wohl völlig außer Kontrolle. Der Pastor blieb ruhig, aber dein Vater nicht. Irgendwann versetzte er dem Mann einen Faustschlag ins Gesicht, und der fiel sofort wie gefällt zu Boden. Und dann ist dein Vater völlig ausgerastet. Er hat auf den Pastor eingeschlagen und eingetreten, bis andere dazwischengegangen sind. Sechs Wochen musste der Mann im Krankenhaus bleiben. Dein Vater bekam dafür eine Bewährungsstrafe, und die Partei sprach ihm eine Rüge aus. Wir sind weggezogen, in ein anderes Dorf. Eins ohne Pastor. Und ich habe angefangen nachzudenken.

Elisa stellt die Teller übereinander, legt das Besteck drauf, deckt alles mit zwei Servietten zu und schiebt den kleinen Stapel an den Rand des Tisches. Als die Kellnerin kommt, bestellt sie zwei Gläser Weißwein, trocken. Sie weiß, dass man an solchen Orten ungefragt immer halbtrockenen Wein bekommt.

Fand Klara die Prügelei denn gut?

Nein, natürlich nicht. Sie war für Recht und Gesetz

und konnte deinen Vater sowieso nicht gut leiden. Sie hat uns im Prinzip recht gegeben und die Prügelei verurteilt. Und als ich dann nach diesem Gespräch mit ihr in der Küche beim Abwasch war, hat sie noch beiläufig gesagt: Du bist durch eigene Schuld an diesen Bauern geraten, Henriette. Er sieht nicht gut aus, er hat keine Manieren, aber er hat dich geheiratet. Mit dem Bastard. Du bist selbst für dein Leben verantwortlich, das du jetzt führst.

Da habe ich dann meine Tasche gepackt, den Bauern und dich genommen und bin wieder aufs Dorf gefahren.

Und du hast nie wieder mit Klara geredet?

Doch, einmal noch. Aber das kann ich dir jetzt nicht erzählen, Elisa. Wir sind hier schließlich im Urlaub, und ich möchte mich wohl fühlen, hörst du. Morgen, wenn wir das Haus gesehen haben. Aber nur, wenn es noch steht.

Elisa betrachtet ihre Mutter und sieht die kleinen senkrechten Fältchen am Mund. Der Lippenstift, den Henriette vor dem Abendessen aufgelegt hat, ist verschwunden. Abgegessen. Henriette hat sich sogar die Mühe gemacht und mit grauem Kajal die Konturen ihrer Augen betont. Das gab ihrem Gesicht eine weinerliche Ausstrahlung.

Willst du noch tanzen?

Ja, wir gehen uns umziehen, und dann tanzen wir mit den Kegelbrüdern da hinten.

Elisa lächelt. Mal sehen, ob sie uns wollen.

Wir können das nicht mehr gestatten, Frau Simon. Sie werden sich verirren. Es ist ja schon im Haus schwierig für Sie. Die Orientierung. Da draußen ist dann niemand, der Ihnen helfen kann. Wir können Ihnen doch kein Schild um den Hals hängen, wie einem Hund, mit Adresse und Telefonnummer drauf.

Die nette Pflegerin mit dem roten Zopf lächelt ein wenig bei dem Gedanken an einen großen Zettel um den Hals der alten Frau.

Natürlich können Sie das. Ich trage diesen Zettel. Aber ich will raus. Allein. Wenn ich bei Verstand bin, und das bin ich doch noch oft, werde ich verrückt in diesem Heim. Sie können mich hier doch nicht festnageln. Und wenn ich draußen verlorengehe, wen interessiert's? Ich bin doch völlig allein. Niemand würde Ihnen böse sein, wenn Sie mich verlieren. Ich will nur in den Park an den kleinen See.

Ich werde fragen, murmelt die Rothaarige. Wir können Sie ja auch begleiten beim Spazieren.

Keine Begleitung, lieber mit Zettel um den Hals. Vielleicht nehme ich Aaron mit. Wir sind nie zeitgleich gaga. Also kann einer immer aufpassen, dass nichts passiert. Klara schiebt die rechte Hand nach vorn und legt sie der Rothaarigen auf das Knie. Die lächelt und legt ihre Hand auf Klaras Hand. Sie ist immer wieder verwundert darüber, wie trocken sich die Haut alter Menschen anfühlt. Und wie weich. Und dass ab einem bestimmten Alter Sommersprossen Altersflecken heißen. Und dass Alte so viel Energie aufbringen, Scherereien zu machen. Klara hier macht eine ganze Menge Ärger. Aber sie ist lieb. Nicht wie die Alzheimer, die sich schon im bösen Stadium befinden und vor denen sie manchmal regelrecht Angst hat. Bei Klara scheint das Böse zuerst aus dem Kopf zu verschwinden, und das Gute hält sich noch wacker. Jetzt also eine Liebesgeschichte mit Aaron. Das können die hier im Heim überhaupt nicht leiden. Die meisten finden es unanständig, wenn die Alten zueinander ins Bett kriechen. Bei den Alzheimern ist das ja auch manchmal in einer Art und Weise hemmungslos, dass selbst sie Alpträume davon bekommt. Es sieht eklig aus, wenn sich faltige Haut auf faltige Haut legt und arthritische Finger im Fleisch wühlen. Bei Klara hier kann sie sich das nicht vorstellen. Der haben sie doch schon als junger Frau die Brüste amputiert. Die Narben sehen fürchterlich aus, kreuz und quer, als hätte jemand überhaupt nicht gewusst, wie es geht. Dagegen sieht Aaron richtig gut aus. Der hat an vielen Körperstellen eine ganz glatte Haut und muss früher mal richtig muskulös gewesen sein.

Aaron ist nur ein Freund, murmelt Klara, als hätte sie erraten, woran die nette rothaarige Pflegerin denkt. Außerdem ist er Jude. Die Rothaarige erschrickt und nimmt ihre Hand von Klaras Hand.

Weiß auch nicht, warum ich das immer sage. Ist doch völlig egal, wenn man alt ist. Ob man Jude ist oder eine Frau ohne Brüste. Niemand will einen haben. Wollen wir Schach spielen?

Ich muss arbeiten, Frau Simon. Außerdem kann ich gar nicht Schach spielen. Vielleicht sollten Sie Herrn Goldstein fragen.

Klaras Augen bleiben leer. Sie schiebt das Gebiss ein wenig nach vorn und lächelt unverbindlich.

Aaron meine ich, er heißt Goldstein.

Wirklich ein richtiger Jude, murmelt Klara. Hätte ich nicht gedacht. Dass es die in unseren Heimen gibt und dass die auch den Verstand verlieren.

Die nette Rothaarige seufzt und steht auf und knöpft Klara die Strickweste zu und streicht ihr über den Kopf. Ich werde fragen, ob Sie in den Park gehen können. Allein oder mit Aaron. Aber es ist kalt zurzeit. Da würde es Ihnen nicht gefallen. Vielleicht wenn der Frühling anfängt.

Dann sind alle tot, wenn der Frühling anfängt. Schätzchen, wir schleichen hier doch nur um unser Grab. Ich zieh mich warm an und setz mich an den Teich. Klara grinst ihr Gebissgrinsen. Das mit richtig vielen Zähnen und leeren Augen. Wo ist meine Schachtel?

Neben Ihrem Bett. Aber gleich ist Schlafenszeit. Ich komme dann noch mal schauen. Sie schließt die Tür behutsam. So behutsam, dass Klara nicht einmal spürt, dass sie nun allein im Zimmer ist. Aber selbst wenn die Rothaarige noch da wäre. Die dürfte die Schachtel sehen. Nicht anfassen, aber sehen schon. Die würde nichts verraten, schon gar nicht dieser Furie mit den großen Brüsten.

Klara schiebt die linke Hand vom Bauch nach oben. Dahin, wo die Reste ihrer Weiblichkeit hängen müssten. Nichts. Gar nichts. In den ersten Jahren nach der Operation hat sie oft geträumt, dass ihr neue Brüste wachsen. Aber nun doch schon lange nicht mehr. Obwohl dieser Aaron sicher seinen Spaß an neuen Brüsten hätte. Goldstein. Das gibt es doch nicht, dass der Goldstein heißt. So einen hatten sie auch in diesem Komitee. Wo die ganzen Antifaschisten saßen und sich darüber Gedanken machten, wie sie die Nazis wegkriegen. Der hieß aber nicht Goldstein, oder? Der hieß irgendwas mit einem Tier. Ganz einfacher Name. Wolff. Genau, Wolff, das stimmt jetzt. Und der war Jude und hat es auch noch immer gesagt.

Dass er aus dem Lager kommt und Jude ist. Dafür hat ihn keiner gemocht. Für das Lager nicht und für den Juden schon gar nicht. Der Russe.

Klara rutscht vom Stuhl und auf die Knie und beugt den Rücken, so weit es noch geht, um an die Schachtel zu kommen. Wolff, murmelt sie und schiebt das Gebiss mit der Zunge nach vorn. Den haben die doch nach Sibirien, oder ist der.

Klara greift die Schachtel und braucht zwei Minuten, um wieder hochzukommen von den Knien und vom Boden. Sie legt sich aufs Bett und stellt die Schachtel auf ihren Bauch. Wolff ist aus ihrem Kopf verschwunden. So schnell, wie er reingekommen war, ist er wieder rausgerutscht. Klara macht die Schachtel auf und nimmt das Foto. Das, auf dem der hübsche junge Mann zu sehen ist. Der aussieht wie Johannes Heesters. Jedenfalls fast. Die blauen Augen und die Frisur, alles wie bei Heesters. Nur dass dieser Mann hier ihr gehörte. Jedenfalls zeitweilig. Kam in Friedenszeiten aus dem Krieg zurück. Mager wie eine kranke Ziege.

*

Der Russe fasst Klara nicht mehr an, seit sie in der Scheune ihre Unschuld verloren hat. Als wäre ihm der deutsche Vergewaltiger einer zu viel gewesen. Sonst hat es ihn nicht gekümmert, ob Klara noch für andere die Beine breit macht. Er hat jedenfalls nie gefragt. Aber der deutsche Vergewaltiger, mit dem wollte er wohl nicht teilen. Klara ist es nur recht. Auch wenn sie am Ende ganz gern mit dem Russen. Aber so reden die Leute weniger, vielleicht. Und vielleicht hören sie irgendwann ganz auf. Außerdem bleibt mehr Zeit für das Kind. Das muss langsam mal von der Kaffeekanne entwöhnt werden. Redet immer noch, selbst wenn Klara zu Hause ist, mit dem Teil, als sei es die beste Freundin. Außerdem benimmt sich der Russe anständig. Hat ihr das Fahrrad gelassen und spricht sie nun mit Genossin Klara an.

In die Partei ist sie gegangen, damit alles seine Ordnung hat und wegen dem Russen. Aber eigentlich gefällt ihr auch die Strenge, mit der hier alles gesehen wird. Wer nicht für uns ist, ist gegen uns. Das sind doch klare Sätze. Und nicht unvertraut. Haben die Nazis auch gesagt, nur eben anders gemeint. Klara ist jetzt so was wie eine Funktionärin. Muss sich um die Frauen kümmern, nicht mehr um die Bauern. Dafür hat der Russe auch noch gesorgt. Dass sie nicht mehr in Scheunen kriechen muss, wo Vergewaltiger lauern.

Die Frauen sind freundlicher. Die meisten haben ja auch mal die Beine breit gemacht, oder machen müssen, für den Besatzer oder Befreier. Je nachdem, wie sie es halt betrachten. Manchen ist sogar ein Kind im Bauch gewachsen. Ein kleiner Iwan. Über die wird natürlich eine Menge geredet. Die sind Flittchen, wie Klara, der es so viele Vorteile gebracht hat, beim Russen im Bett zu liegen.

Klara kümmert sich um die Frauen, so gut es ihr möglich ist. Meist geht es um die Versorgung. Mit allem, mit wenigem. Essen, Medizin, ein bisschen Wäsche für die Kinder, Bücher. Klara ist nur unterwegs, um zu versorgen. Und sie macht das gut. Zweigt nie was für sich und das Kind ab, das immer magerer wird und immer größer. Die Kaffeekanne hat sie hoch auf das Küchenbord gestellt. Damit das Kind nicht mehr redet mit dem Stück. Dann ist es auf einen Stuhl geklettert und weiter auf die Stuhllehne und umgekippt. Hat sich den Arm verstaucht und eine Gehirnerschütterung geholt. Also nimmt Klara die Kaffeekanne wieder vom Regal und stellt sie auf den Küchentisch.

Manches bessert sich sogar. Aus Trümmern sind sortierte und geputzte Steine geworden, aus Uniformen Röcke und Mäntel für die Frauen. Am letzten Sonntag haben im Dom die Glocken geläutet. Irgendjemand muss sie repariert haben. Klara hatte gedacht, die Glocken wären der Kriegsproduktion zum Opfer gefallen. Und dann stellte sich raus, dass der Pastor und noch ein paar Gläubige sie versteckt hatten. Klara hört ihren Klang zum ersten Mal. Sie ist ja noch nicht lange in der Stadt, erst spät im Krieg mit dem Treck gekommen, und da läuteten schon keine Glocken mehr.

Die Frauen mögen sie. Einige jedenfalls. Sie finden, dass Klara sich einsetzt und dass die Kommunisten es vielleicht gar nicht so schlecht mit ihnen meinen. Immerhin sollen sie arbeiten und Verantwortung bekommen und Geld verdienen können. Und wenn sie Interessen haben, dann wird Klara die vertreten. So ist es ausgemacht mit dem Russen und mit den neuen Führern im Rathaus.

Klara wird jetzt eine richtige Funktionärin beim Demokratischen Frauenbund. Kaum gegründet, ist sie schon eine Vorsitzende. Und fängt an, von Kindergärten zu reden und Schulspeisung und von Bildung für Frauen.

Sie bekommt ein Büro. In dem stehen eine schöne schwarze Schreibmaschine und ein eichener Schreibtisch, auf dessen Rückwand noch ein fettes Hakenkreuz prangt. Das überpinselt Klara mit brauner Fußbodenfarbe.

Und dann sitzt sie an einem richtig heißen Sommertag in ihrem Büro. Hat ihre Bluse einen Knopf mehr aufgemacht als sonst und die derben Schuhe von den Füßen gestreift. Hämmert mit vier Fingern einen Bericht in die Maschine und auf schlechtes Papier, da geht die Tür auf, und Franz steht dort wie ein Gespenst. Er ist so mager und klein geworden, dass Klara ihn nicht erkennt. Ihren

Johannes Heesters, ihren Liebsten, ihren Mann, den Vater ihrer kaffeekannenverrückten Tochter.

Klara sieht das Hämeken da im Türrahmen stehen und fragt freundlich, was es denn wünsche, und da flüstert das Hämeken: Klara, du lebst wirklich. Und fängt an zu weinen. Klara steht auf, geht hin zu der schmalen Gestalt und findet Franz vor, ihren Franz, und fällt ihm um den Hals und greift ihm gleich unter die Arme, als sie merkt, dass eine Frau am Hals diesen Mann zu Fall bringen wird. Sie setzt ihn auf ihren einzigen Gästestuhl und rennt los nach einem Schluck Muckefuck oder wenigstens Wasser. Und als sie zurückkommt, weint das Hämeken immer noch leise vor sich hin.

Klara kniet sich vor den Gästestuhl, drückt Franz die Tasse in die Hand und fragt, wo er herkommt. Aus dem Bergwerk, sagt er. Die haben mich schnell entlassen, weil ich immer so ein fröhlicher Kerl war, und gut geführt habe ich mich auch.

Klara nimmt sich frei für diesen Tag. Alle sagen, nimm dir gleich zwei oder drei Tage frei, schließlich hast du Glück, und da braucht man erst mal Zeit, um das zu verdauen.

Das Kind zu Hause fängt vor Schreck an zu weinen, als der dünne fremde Mann seine Hand nach ihm ausstreckt. Es versteckt sich hinter der Kaffeekanne, und Klara erklärt, dass man ja nun nicht erwarten könne, dass einem das Mädchen gleich alle Liebe entgegenbringt. Schließlich habe es seinen Vater nur ein Mal gesehen, und da war es gerade mal ein halbes Jahr alt.

Klara bringt das Mädchen zur Nachbarin, die hat Verständnis und verspricht, bis zum Abend aufzupassen.

Dann geht Klara, um sich die Schäden anzugucken, die an Franz passiert sind. Sie zieht ihm die verschmutzten Sachen aus, und was zum Vorschein kommt, sind bloß noch blasse Haut und viele Knochen. Kein Fleisch auf den Rippen, Beine so dünn wie Stelzen aus Holz und ein Bauch, der die Bezeichnung nicht verdient. Klara wäscht den Mann, ihren Franz, der mal aussah wie Johannes Heesters und auch ein wenig so singen konnte. Zumindest das Lied vom Klavierspielen, das Glück bei den Frauen verspricht. Sie rasiert ihrem Mann die stoppeldunklen Wangen und schneidet sein Haar an den Seiten und im Nacken kürzer. Sie schaut sich seine Zähne an und staunt, dass alle da sind. Sie blickt ihm in die Augen und stellt fest, dass die noch immer so blau leuchten können wie die vom Hans Albers. Nur nicht fröhlich eben. Aber das könnte sich einrenken, wenn erst alles wieder in die Bahnen kommt. Sie holt das letzte Stück Brot aus dem Schrank und die Margarine und das Stück Wurst, das fürs Wochenende vorrätig bleiben sollte. Aber nun ist alles anders, und Franz muss wohl was essen.

Nach vier Happen schiebt er das Brot zur Seite und sagt: Ich muss langsam machen, sonst geht das alles wieder von mir. Mein Magen ist klein geworden auf der Reise, Klara.

Dann nimmt er sie an die Hand und geht mit ihr zum Bett, legt sie hin und sich neben sie und schläft ein.

Klara bleibt wach neben ihrem Mann, der nicht mal die Hälfte des Bettes braucht, um bequem zu liegen. Sie denkt daran, dass sie ihn immer geliebt hat und jetzt wieder lieben wird. Wenn sie ihn nur erst erkennt, wird das mit der Liebe schon wieder werden. Schließlich war er der Schönste weit und breit, und alle haben sie beneidet im Dorf, dass er ihr das Eheversprechen gab. Und dass sie den schwierigen Namen ablegen konnte. Simon. Wo die schon schief geguckt haben und gefragt, ob der nicht eher jüdisch sei. Plötzlich wurde sie dann Klara Helmstedter, und alles war gut. Franz hat ihr durch den Krieg geholfen mit seinem Namen. Obwohl nie in ihrer Familie jemand etwas von

Juden erzählt hat. Gute Christen waren sie alle, keine Juden. Christen und ein bisschen sozialdemokratisch. Aber Namen konnten halt ein Makel sein. Und Franz hat den Makel weggewischt. So gut, dass sogar ein Ariernachweis dabei herauskam.

Wie das geklappt hat, ist Klara nicht ganz klar. Da muss der Franz gemauschelt haben. Der kannte ja Gott und alle Männer im Ort und in der Kreisstadt.

Manchmal, wenn Klara sich das Bild ihrer toten Mutter anschaut, die auf dem Treck an Schlagfluss gestorben ist, dann denkt sie schon, dass der Name Simon auch was zu tun hat mit dem Blut. Die Mutter sah aus wie eine Zigeunerin. Oder Jüdin. Vom Aussehen her hat Klara da keine Unterschiede gekannt. Ihre Mutter hat nie die Wäsche von der Leine genommen, wenn das fahrende Volk ins Dorf kam. Eher noch ein Stück Brot vorbeigebracht und ein bisschen Milch für die Kinder. Die essen ihre Kinder nicht, Klara, hat sie gesagt, als die mal danach fragte. Nur der Krieg frisst Kinder.

Als Franz Helmstedter in die Familie kam, war Klaras Mutter noch eine schöne, schwarzhaarige und stolze Frau. So schwarzhaarig wie Klara blond. Das konnte sich niemand erklären. Grau geworden ist die Mutter erst auf der Flucht, dann aber in einem Tempo, dass keiner es begreifen wollte. Als sie der Schlag traf, sah sie schon aus wie eine Greisin.

Franz bewegt sich nicht neben Klara. Er schläft mit leichtem, flatterndem Atem. Wie ein Vogel atmet er, schnell und hastig, als wäre nicht ausreichend Zeit, um tiefer Luft zu holen. Klara legt ihre rechte Hand auf seinen schmalen Rücken, spürt die Knochen und das hastige Atmen.

Sie werden ihm das mit dem Russen erzählen, denkt sie und seufzt leise. Hier sind sie doch immer darauf aus,

Schlimmes über andere zu erzählen. Franz wird es verstehen. Er war im Krieg, und im Krieg haben sie sich noch in ganz andere Betten gelegt.

Klara schläft ein, und Franz wacht auf. Er sieht sich seine schöne blonde Frau an und spürt, dass nichts sich regt. Dabei hat er immer gedacht, das Erste, was sich regen würde, wenn er nach Hause käme, wäre das Begehren. Er wagt einen Blick in Klaras Bluse, und was er sieht, lässt doch ein leichtes Ziehen in den Lenden zu. Dann wird wohl alles gut, denkt Franz erleichtert. Ihre Brüste haben mich doch stets auf Trab gebracht.

Juli überlegt, ob sie Svenja schon etwas vorlesen sollte. Ein einfaches Buch mit einer einfachen Geschichte. Nicht, dass sie glaubt, Svenja könnte sie verstehen. Aber schließlich hat sie schon ein Unterbewusstsein, und da kann sich so einiges festsetzen. Ansonsten macht sich Juli keine große Hoffnung. Erst ab dem fünften Monat, hat sie gelesen, können Babys auf ihren Namen reagieren und ein paar Worte verstehen.

Jetzt, sagt Juli zu Svenja und stupst mit dem Zeigefinger auf die kleinen Lippen, kannst du gerade mal Laute unterscheiden.

Die Hebamme klingelt an der Tür und macht Juli glücklich. Unten steht der Mann der Hebamme am vollgepackten Auto und wartet auf Hilfe.

Ich trage, sagt Juli, und zieht sich einen dicken Anorak über den Pullover. Svenja liegt im Bett und wartet auf mein nächstes Ah und Oh.

Übst du schon sprechen mit ihr?

Nicht ganz. Nur Ah und Oh und Muh und He. Mehr kann sie ja wohl nicht verstehen. Juli fährt sich mit beiden Händen durch die grasgrünen Haare, die am Ansatz blond nachwachsen und dadurch ein wenig schlampig aussehen. Kannst du mir nachher die Haare?

Die Hebamme lächelt. Willst du nicht endlich vom Grün wegkommen und wieder reif für Blondinenwitze werden?

Dann erkennt mich die Alte im Park nicht mehr, sagt Juli und zerrt an den Haaren.

Die Kisten sind schwer und unhandlich. Eine rutscht Juli im Wohnungsflur aus der Hand und geht kaputt. Briefe und grässlich braune Keramik aus Bulgarien machen sich auf dem Flurboden breit. Ein Likörbecher zerbricht, und Juli fragt sich, wie ihre Mutter jemals solche Hässlichkeiten in ihrer Wohnung dulden konnte.

Die haben wir fast alle gehabt, diese bulgarische Keramik. War zu nichts nütze, und dieses Braun, na ja, wir haben es in die braunen Schrankwände gestellt, und da fiel es dann plötzlich nicht mehr so auf. Ich kenne niemanden, der es je benutzt hat, außer vielleicht als Aschenbecher.

Du, sagt Juli, kannst gar keine braune bulgarische Keramik gehabt haben. Du bist Hebamme.

Die Hebamme lächelt, und der Mann der Hebamme lacht. Sie hat sogar Sammeltassen gehabt, die standen in einer Vitrine und waren nach Farben sortiert. Und einen Flaschenöffner, auf dem »Ökonomischer Hebel« stand, hatten wir auch. Du kennst deine Hebamme nicht richtig, Juli. Sie war eine richtige Zonengabi.

Die Hebamme schnauft und stupst ihren Mann in die Seite und schiebt Juli ins Wohnzimmer, um Briefe und Keramik einzusammeln. Auf einer Kiste steht groß und fett »Fotos«. Juli ist glücklich. Bilder sind also auch dabei, da kann sie ihre Mutter in den Kopf zurückholen und vielleicht auch ihre Großmutter und alle, die davor waren.

Svenja gibt in ihrem Bett einen kleinen fetten Laut von sich. Juli beugt sich über das Kind, fängt an zu gurren und zu schnalzen und Unsinnigkeiten zu plaudern.

Ammensprache, sagt die Hebamme und schiebt ihren Mann in die Küche. Geh und schau dir den Herd an, beim letzten Mal hat es nach Gas gerochen, das ist nicht gut für's Kind.

Ich habe gelesen, sagt Juli, und die Hebamme hebt die

Hände. Hör auf, so viel zu lesen, du wirst noch alles falsch machen, wenn du dich nur an Buchstaben hältst.

Ammensprache, redet Juli weiter, mehr will ich doch nicht sagen. Sie findet, dass es nicht schadet, diesen Blödsinn von sich zu geben, weil die Ammensprache, wie sie das nennen, zwei Oktaven umfasst. So etwas gefällt den Kindern. Da lernen sie besser. Ihre Mutter kennen. Väter quatschen nicht so.

Die Hebamme schweigt und stapelt Kisten zu einem hohen Turm.

Wir reden nur in sieben Halbtönen miteinander. Nichts mehr mit zwei Oktaven. Juli klopft mit der flachen Hand auf einen Karton und hört, dass er voll ist.

Hat sich der Vater eigentlich mal gemeldet?

Juli geht in die Küche und schaut zu, wie der Mann der Hebamme den Gasherd auseinandernimmt. Ich weiß doch gar nicht genau, wer es ist, ruft sie aus der Küche in Richtung Hebamme.

Einer muss es ja wohl sein, schreit die zurück. Du brauchst den Unterhalt, Juli, wenn du wieder zur Schule gehen willst.

Der Herd ist im Eimer, sagt der Mann und zieht den Kopf zwischen die Schultern. Juli schaut fassungslos. Ohne Herd geht es gar nicht. Die Hebamme kommt in die Küche und blickt ihrem Mann in die Augen.

Das ist jetzt wirklich das letzte Zeichen. Juli, du musst hier raus. Die Wohnung ist grauenvoll. Wir haben.

Der Mann übernimmt spielend den Augenblick und die Rede. Wir werden dich erst mal zu uns nehmen. Du kannst das Zimmer von Roland haben. Er braucht es nun wirklich nicht mehr. Und die Kleine kriegt in der Kammer daneben dreieinhalb Quadratmeter für sich. Das reicht zum Schlafen und Windeln. Die Hebamme lächelt, und Juli fängt an zu weinen.

Jetzt sind die ganzen Kisten hier. Und der grüne Kachelofen. Aber ich freu mich. Ich freu mich, wenn ich nachts nicht mehr allein bin mit Svenja.

Der Mann fängt an, die Kisten wieder nach unten zu tragen. Ich bring dir heute Nachmittag Kartons, da kannst du deinen Kram reinpacken, und dann mieten wir einen Pritschenwagen.

Mein süßer Handwerker, surrt die Hebamme und lächelt Juli an. In zwei Tagen bist du hier raus und bei uns. Dann kannst du dir in Ruhe eine Schule suchen und eine Wohnung, wenn du willst.

Juli greift in die Fotokiste und nimmt einen großen Stapel. Nur zum Gucken. Während sie packt. Ein paar Bilder. Plötzlich hat sie das Gefühl, schnell machen zu müssen mit dem Kennenlernen ihrer Familie. Und sie muss wieder in den Park. Die alte Dame mit dem löchrigen Kopf finden. Nicht dass eins aufs andere folgen muss. Aber wenn sie sich doch nun mal beide erinnern wollen. Die alte Dame und sie. Dann könnte man das auch zusammen tun. Juli staunt über ihren Gedanken, aber sie findet ihn nicht schlecht.

Die Kegelbrüder sind genau so, wie Elisa es vorausgesehen hatte. Stürzen sich auf die beiden alleinreisenden Frauen, als hätten sie gerade einen Fronteinsatz hinter sich. Henriette lässt sich auf der Tanzfläche hin und her schieben. Manchmal lacht sie, wenn einer der tanzenden Männer einen Witz macht. Man sieht ihr an, dass sie gern tanzt und dass die lauten Kegelbrüder sie dabei nicht stören. Elisa hat es da schwerer. Sie kann nicht mit jemandem tanzen, den sie ganz und gar fürchterlich findet. Und Kegelbrüder sind fürchterlich. Obwohl diese hier gar nicht wirklich kegeln. Sie spielen allesamt mit Modelleisenbahnen, sind auf Abenteuerurlaub, die Hanuller. Hanull, sagt einer, der schon die zweite Runde mit Elisa tanzt. Das sind ganz besondere Eisenbahnfreunde, die Hanull bevorzugen, wissen Sie. Die besten natürlich.

Elisa kann beisteuern, dass sie immerhin auch mal eine Modelleisenbahn dieser Art hatte. Das bringt das Blut des Hanullers in Wallung. Elisa muss genau erklären, welchen Trafo sie besaß und ob sie die Tunnel selbst gebaut hat und welche Lokomotiven ihre Waggons zogen. An nichts kann sie sich erinnern, außer an das Geräusch, das der kleine Güterzug gemacht hatte, wenn sie ihn auf die Schienen schickte.

Sie glauben doch nicht ernsthaft, dass mein Vater mir die Eisenbahn zu meinem Vergnügen geschenkt hat? Die meiste Zeit hat er damit gespielt.

Elisa erinnert sich, wie sie stundenlang und akribisch

selbstgesammeltes Moos auf Tunnel geklebt hat. Und wie mühevoll diese Tunnel entstanden waren. Aus zig Schichten Zeitungspapier, die auf eine Kuchenrolle gelegt und übereinandergeklebt wurden, so lange, bis die vielen Schichten ein stabiles Halbrund ergaben, das man bemalen und bekleben und beschneiden konnte.

Der Eisenbahnbruder juchzt vor Freude bei diesen Erzählungen und schwenkt Elisa energisch über die Tanzfläche.

Sie müssen an unseren Tisch kommen, sagt er und zwinkert ihr zu. Eine Frau wird uns aufmöbeln, glauben Sie mir.

Elisa will nicht aufmöbeln. Sie sieht sich hilflos nach Henriette um, die immer noch hin und her geschwenkt wird und sich immer noch dabei amüsiert. Aber dann nimmt sie Elisas gequälte Miene war und kommt zurück an den Tisch.

Die spielen mit Eisenbahnen, wie dein Vater. Hanull, hast du gehört?

Elisa nickt und trinkt ein halbes Glas vom angeblich trockenen Weißwein. In den Schläfen geben die Vorboten einer Migräne Klopfzeichen.

Ich muss, sagt Elisa, und legt ihre Zeigefinger auf die Schläfen. Das versteht Henriette sofort. Nichts versteht sie so gut wie die Handzeichen für eine anklopfende Migräne. Sie winkt der Kellnerin und bezahlt den Wein und winkt den Hanullern und nimmt Elisa an die Hand.

Im Zimmer kramt Elisa mit fahrigen Händen in der Waschtasche. Kulturbeutel, murmelt sie und prüft den Inhalt eines Tablettenfläschchens. Sie nimmt fünf Tabletten mit Wasser und hofft, sich noch rechtzeitig gedopt zu haben. Henriette fragt, wie viel so ein Anfall braucht.

Mindestens zwei Gramm oder zweieinhalb. Aber nur, wenn ich es früh genug nehme. Morgen ist alles überstanden.

Elisa legt sich ins Bett und wartet auf die Wirkung. Sie liebt diesen Augenblick, wenn die Tabletten anfangen zu wirken. Nichts schafft größere Erleichterung, eine fast schon orgiastische Freude, als dieser Augenblick, wenn klar ist, dass die Schmerzen jetzt weniger werden und bald verschwunden sind.

Warum, fragt sie in Henriettes Richtung, nennen wir meinen Stiefvater eigentlich immer meinen Vater?

Du hast ihn nie anders genannt, auch nicht, als du wusstest.

Und wer, fragt Elisa, als gäben ihr die Kopfschmerzen plötzlich jedes Recht der Welt, ist mein Vater?

Henriette schweigt und atmet nur ein wenig schneller. Wieso willst du das jetzt plötzlich wissen?

Weil wir zum Haus fahren und damit Klara wieder ausgraben und eine Menge anderer Geschichten. Ein leiblicher Vater würde da gut reinpassen. Er würde es. Rund machen. Finde ich.

Was fingest du denn jetzt mit einem Namen an, Elisa, ein Name, ein Fremder für dich, gar nichts. Kein Gesicht, keine Stimme, keine Biografie, nur ein Name. Was willst du damit?

Den Namen kannst du meinetwegen für dich behalten. Ich will die Biografie oder wenigstens den Ausschnitt, den du kennst.

Ich kenne keinen, sagt Henriette und fängt an zu heulen. Ich habe ihn nur ein einziges Mal gesehen. Bei einem Tanzabend.

Elisa richtet sich auf und überlegt, was es da jetzt zu weinen gibt. Einundvierzig Jahre später. Bist du etwa. Vergewaltigt?

Nein, murmelt Henriette und beruhigt sich wieder. Freiwillig und betrunken. In einem Park, hinter einem großen Rhododendron. Ich war ja noch nicht mal siebzehn, und

Klara hatte mich ziemlich kurz gehalten in diesen ganzen Angelegenheiten. Nach meiner, offensichtlich falschen, Rechnerei hätte ich drei Tage später meine Regel bekommen müssen. Und weißt du, woher ich das noch weiß? Weil er mich gefragt hat. Er hat mich hinter den Rhododendron gelegt und gefragt, wann ich meine nächste Regel bekomme. Und ich muss gesagt haben, in drei Tagen. Was ja vielleicht auch stimmte. Aber schiefgelaufen ist es trotzdem. Beim ersten Mal überhaupt in meinem Leben.

Du warst noch Jungfrau?

Ja.

Henriette dreht sich auf die Seite und zieht die Decke bis zu den Ohren hoch. Elisa spürt, wie der Kick kommt. Die Tabletten wirken, und hinter den Schläfen wird es ruhig. Glück gehabt, denkt sie und legt die rechte Hand auf eine leichte Übelkeit im Magen. Mit der kann sie leben und schlafen. Sie versucht an ihren Vater zu denken, der nur ein Stiefvater war, sich aber Mühe gegeben hat. Mit ihr und mit ihrem Bruder, der sein eigenes Fleisch und Blut gewesen ist. Sogar ziemlich viel Mühe. Wenn sie es recht beschaut, verdankt sie ihrem Vater, der nur ein Stiefvater war, fast alle Grundlagen ihres Wissens. Er war ein Wissensfanatiker und ein Naturmensch. Hat alles, was draußen wuchs und wucherte, wenigstens einmal versucht zu essen. Außer Vogelbeeren und Tollkirschen wahrscheinlich. Aber sonst. Elisa erinnert sich plötzlich an die eine oder andere Rettungsaktion, bei der ihrem Vater der Magen ausgepumpt werden musste. Und an Durchfälle und Verstopfungen und Krämpfe erinnert sie sich auch. Henriette hat immer versucht, die Kinder vor den Experimenten zu bewahren. Brennnesselsuppe ja, aber keinen Gundermannsalat. Gänseblümchen durften sein, aber die unbestimmbaren dunkelgrünen und fleischigen Blätter aus dem nahe gelegenen Wäldchen kamen nicht auf den Tisch.

Hat immer Glück gehabt, der Alte, murmelt Elisa und dreht sich auch zur Seite. Außer einmal bei den Pilzen. Da wär er fast draufgegangen.

Elisa schläft ein, und Henriette drückt noch ein paar Tränen in ihr viel zu weiches Kissen. Ihr ist das Bild eines Draufgängers in den Kopf gekommen, der ihr heikle Sachen ins Ohr flüsterte. Und sie erinnert sich an die paar Tropfen Blut, die am nächsten Morgen in ihrem Schlüpfer waren. Und von denen sie ernsthaft glaubte, sie seien der Garant dafür, dass nichts passiert war hinterm Rhododendron.

Klara hat Franz wieder im Kopf, und da ist er nun und macht sich breit. Nimmt Plätze ein, die überlebenswichtig für den Tag sind. Zumindest glaubt Klara das. Plötzlich weiß sie den Weg zum Ausgang nicht mehr und auch nicht, ob draußen Winter oder Sommer ist. Franz versperrt ihr den Weg. Beides ließe sich ganz einfach klären. Sie könnte jemanden fragen. Aber wenn sie das tut, darf sie sicher nicht das Haus verlassen.

Klara steht auf dem Flur, der immer nach Putzmittel riecht und an dessen Wänden lustige Bilder aus traurigen Malkursen hängen, und versucht nachzudenken. Sie ist wütend auf Franz und die halbe Welt dazu. Und dann sieht sie ein bekanntes Gesicht. Der Jude. Der nette Jude mit den flinken Händen. Klara lächelt und sucht im Kopf nach dem Namen. Schließlich kann sie ihn nicht mit Jude anreden. Das ist kein Name, so viel hat sie noch parat.

Hallo, Klara, sagt der Jude und nimmt ihre Hand. Schön, dass ich dich treffe. Aaron, habe ich heute früh gedacht, du wirst ganz bestimmt Klara treffen, wenn du dir Mühe gibst.

Das hat er lieb eingefädelt, denkt Klara und lächelt noch mehr. Wusste wahrscheinlich, dass ich hin und wieder Namen vergesse. Und seine Hand fühlt sich auch gut an.

Ich will spazieren gehen. Habe gefragt, und sie haben es mir erlaubt. In den Park. Allerdings. Klara lässt das schwierige Wort allerdings in der Luft hängen. Sie müsste jetzt erklären, dass ihr die Jahreszeit und der Weg nach draußen fehlen.

So kannst du nicht gehen, Klara, es ist sehr kalt, liegt noch viel Schnee. Ich habe heute meinen guten Tag, deshalb weiß ich das alles. Wenn du gestattest, dass ich dich begleite, gehen wir uns warme Sachen holen und zusammen in den Park.

Darfst du denn in den Park?

O ja, an meinen guten Tagen. Aaron drückt und schiebt und geleitet und dirigiert Klara zum richtigen Zimmer. Er geht an ihren Kleiderschrank und holt eine warme Wollweste raus und den dicken Mantel, Handschuhe und eine von den beiden Mützen. Hast du keinen Schal?

Klara guckt angestrengt und fängt an, ein bisschen zu schielen. Aaron lächelt und sucht einfach das ganze Zimmer ab. So etwas geht schnell, schließlich sind all diese Zimmer, in denen sie bis ans Ende ihrer Tage sein werden, absolut überschaubar. Er findet den Schal am Fußende des Bettes.

Klara ist inzwischen angezogen.

Jetzt müssen wir das Gleiche noch mit mir machen, sagt Aaron und nimmt Klara wieder an die Hand, drückt und schiebt und geleitet und dirigiert sie ein Stockwerk höher in sein Zimmer. Als er angezogen ist, stellt er sich mit Klara vor den Spiegel, der am Kleiderschrank befestigt und so groß wie eine halbe Tür ist. Wir sehen aus wie ein nettes altes Ehepaar, findest du nicht?

Klara findet nicht, sie kann sich noch nicht an Aaron gewöhnen. Weil Franz wieder in ihrem Kopf ist. Aber nett, da hat Aaron recht, sehen sie beide schon aus. Ein bisschen verwegen sogar. Wie Aaron seinen Schal um den dünnen Hals drapiert hat. Wie das Phantom der Oper. Jetzt ist Klara wieder völlig verblüfft über ihren Kopf. Das Phantom der Oper. Hat sie bestimmt nie gesehen oder gehört. Vielleicht was drüber gelesen.

Du siehst aus, sagt sie zu Aaron, um ihr Wissen auszuprobieren, wie das Phantom der Oper.

Er lächelt. Ich sehe aus wie ein reicher alter Jude. Er bringt Klara und sich zum Ausgang und durch die große Glastür und auf den Weg zum Park. Es ist sehr kalt. Klara steckt ihre Hände in die Taschen des dicken Mantels und fühlt Aarons Hand an ihrem Ellenbogen und wie er sie sanft mit dieser Hand in die hoffentlich richtige Richtung schiebt. Das gefällt ihr sehr gut. So hat es Franz auch gemacht in ihren besseren Jahren. Immer weg vom Bordstein die Frau und leicht geschoben und dirigiert.

Spielst du Schach, fragt Klara, und bei dem Wort Schach entsteht vor ihrem Altfrauenmund eine weiße kalte Wolke.

Ich müsste sehen, ob dieser Teil meines Hirns noch funktioniert. Wir können es gern probieren, Klara. Wo willst du hin im Park?

An den kleinen Teich. Ich muss jemanden finden. Ein Mädchen mit grünen Haaren und einem Bauch.

Einem Bauch. Wie meiner oder deiner?

Klara lächelt und hat das Gefühl, gleich wieder aus dem Leben zu fallen. Er war dick der Bauch, sehr dick, und ich habe.

Die ersten Tränen tropfen ihr aus den Augen. Wenn sie in diesen Augenblicken noch ein bisschen denken kann, wundert sie sich immer, dass die Tränen fließen, als sei sie in Trauer. Tränen sind das sicherste Zeichen dafür, dass sie gleich anfangen wird zu brabbeln und zu sabbern. Klara dreht sich von Aaron weg und läuft mit schnellen Tippelschritten in die entgegengesetzte Richtung. Aber sie ist nicht schnell genug, Aaron hat heute wirklich seine beste Form gefunden. Er fängt sie ein und ab und nimmt sie am Arm und drückt und schiebt und geleitet sie zu einem kleinen Café am Teich. Das ist offen, aber leer. Ganz und gar. Nur eine etwas krank aussehende Kellnerin steht am Tresen und schaut die beiden Alten verwundert an, die da ins Haus schneien. Erst vor einer Minute hat sie die Tür aufgeschlossen, pünktlich, wie es der Geschäftsführer verlangt. Aber noch nie ist im Winter gleich ein Gast erschienen. Nicht mal an einem sonnigen Tag.

Und sie sieht auch gleich das Dilemma. Der Alte macht ja noch einen ganz fitten Eindruck, aber sie ist nicht mehr von hier. Wird geschoben und platziert, als hätte sie gar keinen Verstand. Dann lächelt der Alte in ihre Richtung.

Die Kellnerin nimmt zwei Karten, ein bisschen Anstand muss sein, auch wenn eine Karte wahrscheinlich ausreichen würde, und geht zum Tisch.

Guten Tag, meine Liebe, es ist schön, dass Sie schon aufhaben. Meine. Frau hier brauchte dringend eine kleine Pause.

Ja, denkt die Kellnerin, sie sieht aus, als stünde sie kurz vor der ganz großen. Und dann ärgert sie sich über diese gedachte Grobheit und lächelt dem Alten freundlich zu, als Wiedergutmachung sozusagen. Der fängt an, die ganze Karte laut und deutlich vorzulesen und Empfehlungen abzugeben, als sei die Frau bei Sinnen. Nach fünf Minuten schlägt er die Karte zu und winkt und bestellt zwei Kännchen Tee und zwei Stück Käsetorte. Die sind schnell gebracht, und die Kellnerin schaut im Schutz des Tresens zu, wie der Alte die Situation meistert. Immer im Wechsel nimmt er ein Schlückchen und ein Stück vom Kuchen, legt seine Gabel hin, um seiner Frau ein Schlückchen Tee einzuflößen und ein Stück vom Kuchen in den Mund zu schieben. Und wenn sie sabbert, wischt er ihr vorsichtig den Mund ab.

Die Kellnerin wird rührselig und mutlos. Sie bringt dem Alten zwei neue Servietten. Und der lächelt sie an und sagt: Das ist wahrscheinlich in ein paar Minuten wieder vorbei. Sie werden sich wundern, wie gut Klara dann wieder ins Leben passt.

Ach, denkt die Kellnerin und fühlt sich wie die Hauptfigur in einem Film von Jim Jarmusch. Ins Leben passen wir doch alle nicht. Sie setzt sich hinter dem Tresen auf einen kleinen Hocker und zündet sich eine Zigarette an. Der Rauch steigt senkrecht auf. Eine müde Kapitulation.

Im Kopf der Kellnerin, die es bislang ob all der widrigen Umstände, die ihr Leben bestimmen, nur auf drei Studiensemester gebracht hat, entsteht ein Bild vom Bild, Dennis Hopper oder Edward, denkt sie und ärgert sich wieder einmal über ihr schlechtes Gedächtnis für Namen. Anthony Hopkins. Nein, der gehört zum »Schweigen der Lämmer«. Eine Tankstelle malt sich in den Kellnerinnenkopf, ein Wohnzimmer mit einem mehr oder weniger toten Ehepaar darin, ein Tresen, an dem einsame Menschen sitzen. Edward, sagt die Kellnerin und steht auf, um die Zigarette im Aschenbecher auszudrücken.

Sie schaut zu den beiden Alten und ist erstaunt, dass die sich unterhalten. Also schiebt sie sich neugierig an den Tisch und setzt auf den Vorwand nachzufragen, ob man noch etwas wünsche.

Natürlich, sagt der Alte fröhlich und zwinkert seiner Frau zu, deren Augen plötzlich wieder Leben haben und eine kleine Traurigkeit dazu. Aber immerhin, sie redet und lächelt und sagt, Schokolade, eine heiße Schokolade bitte.

Warum er das wohl nicht gewusst hat, denkt die Kellnerin und lächelt zurück, dass seine Frau lieber heiße Schokolade trinkt. Sie geht und braut eine aus echter Milch, obwohl nur heißes Wasser erlaubt ist. Dem Ehemann bringt sie, wie gewünscht, einen Grog und die heiße Schokolade mit echter Milch hinterher. Dann verschanzt sie sich wieder hinterm Tresen und hört mit halbem Ohr, wie die Alte von jemandem mit grünen Haaren redet. Meint vielleicht die kleine Schwangere, denkt die Kellnerin träge. Dieses Kind, das ein Kind erwartet. Vor ein paar

Wochen noch ist die immer mal um den Teich gelaufen, das konnte man vom Küchenfenster aus sehen, und hin und wieder kam sie rein, bestellte das Preiswerteste und wärmte sich auf. Hat nie ein Wort geredet. Aber unglücklich sah sie auch nicht aus. So dick, wie die war, müsste das Kind inzwischen da sein, denkt die Kellnerin und fragt sich, ob sie das den beiden Alten da erzählen sollte. So viele, die hier mit grünen Haaren rumlaufen, gibt es nicht. Zu anständig, die Gegend. Sie geht an den Tisch und steht einige Sekunden unschlüssig da und nimmt dann die Teller und die Tassen und geht wieder. Nichteinmischung ist immer besser, denkt sie und zündet sich die nächste Zigarette an. Vielleicht will die Grünhaarige ja gar nicht gefunden werden.

Elisa erwacht ohne Migräne. Ihr Kopf ist wieder ganz, und draußen scheint die Sonne. Vorsichtig wagt sie einen Blick auf die immer noch vermummte Henriette. Scheint sich in der ganzen langen Nacht nicht einmal bewegt zu haben. Elisa denkt über die Rhododendrongeschichte nach und findet sie rührend. Obwohl ihr das völlig unpassend erscheint. Schließlich begann hinterm Rhododendron das Unglück ihrer Mutter. Aber auch ihr eigenes Leben. Das hat ja was, denkt Elisa und steht vorsichtig auf, um ins Bad zu gehen. Henriette rührt sich nicht, und das macht Elisa ein bisschen nervös. Sie geht ins Bad, setzt sich aufs Klo und wundert sich, wie jeden Morgen, wie viel Flüssigkeit sich in einer kurzen Nacht in ihrer Blase sammeln kann. Und zum hundertsten Mal überlegt sie, ob die Tabletten vielleicht zusätzlich Wasser produzieren, das den Körper verlassen muss. Hätte schon längst mal einen Arzt fragen können, murmelt sie. Oder den Beipackzettel lesen.

Sie spült und weckt Henriette damit auf. Die guckt aus rotgeränderten Augen aus dem Fenster und auf die sonnig weiße Wiese und erschrickt über die Uhrzeit.

So lange haben wir geschlafen?

Ist doch gut, du hast offensichtlich viel Nachholbedarf. Elisa staunt darüber, sagt aber nichts. Schließlich hat Henriette zu Hause alle Zeit der Welt zum Schlafen.

Henriette steht auf und schaut an sich hinab, als sähe sie ihren Körper zum ersten Mal. Sie schiebt das Nachthemd hoch und bewegt ihre Knie aufeinander zu und voneinander weg. Es kommt mir vor, sagt sie und knallt die Knie aneinander, als hätte ich dich gestern Abend zum unerwünschten Kind abgestempelt. Das ist natürlich nicht richtig.

Für Elisa schon. Sie kann nicht glauben, dass hinter einem großen Rhododendron Wunschkinder gemacht werden.

Henriette nimmt Haut und Gewebe ihres rechten Oberschenkels zwischen zwei Finger und drückt zu. Für ein paar Sekunden bleiben die Druckstellen tief im Fleisch, bevor sie wieder Farbe bekommen und ihre Gestalt verlieren.

Elisa scharrt vorsichtig mit den Füßen auf blankem Linoleum und spürt die schrundigen Stellen unter den Fußsohlen. Als Kind musste sie oft Handschuhe im Bett tragen. Dicke unförmige Fausthandschuhe, damit sie sich nicht Schicht für Schicht die Haut von den Fußsohlen riss. So lange, bis es anfing zu bluten und jeder schmale Streifen Haut, der abgezogen wurde, mit einem brennenden Schmerz verbunden war. Niemand wusste, warum sie das tat, sie selbst am wenigsten. Aber das befriedigende Gefühl, wenn die Hornhaut sich löste und dann die Haut darunter, kennt sie noch heute. Hin und wieder fällt sie dem alten Drang, ihre Fußsohlen zu verstümmeln, zum Opfer.

Wir gehen jetzt frühstücken, und dann fahren wir los. Oder wir laufen, das ist besser.

Henriette nickt und schiebt das Nachthemd zurück über ihre rundlichen Knie, steht auf und geht ins Bad. Elisa nimmt ihre wärmsten Sachen aus dem Koffer und den Fotoapparat. Vor dem Fenster kreischt ein Elsternpaar, und im Nachbarzimmer wird die Dusche angestellt. Elisa nimmt die Fernbedienung vom Tisch und drückt auf die eins und dann weiter im Programm, bis Musik kommt.

Beim Frühstück redet nur Henriette, als gelte es, allem Ungewohnten die Krone aufzusetzen. Zwei Tische weiter sitzen die Hanuller, schweigsam und verkatert. Nur Elisas letzter Tanzpartner schaut einmal herüber, lächelt matt und beugt leicht den Kopf, als wären ihm morgens mehr Manieren zu eigen als an späten Abenden. Elisa lächelt zurück und greift nach ihrer Kaffeetasse. Sie ist fast die Jüngste im Raum, was den Zwiebelzöpfen an den Decken und den öligen Bildern an den Wänden etwas von der Traurigkeit nimmt. Elisa weiß nicht, warum.

Henriette malt mit der linken Hand ein Halbrund in die Luft, um zu zeigen, wann Klara ihren dicker werdenden Bauch bemerkte. Der wölbte sich schnell, sagt sie, wahrscheinlich, weil ich in Panik war. Klara hat mich in die Küche geholt, auf den eisernen Mülleimer gesetzt und gefragt, ob ich schwanger sei. Und ich habe gesagt, ich wisse es nicht, aber mir sei morgens übel und das Blut wäre nicht gekommen. Dann bin ich in Ohnmacht gefallen, wie eigentlich immer, wenn die Dinge sich gegen mich wendeten. Ich rutschte vom Mülleimer, und als ich nach ein paar Sekunden wach wurde, lag ich immer noch auf dem Fußboden. Klara stand am Fenster und starrte raus, ohne sich zu rühren oder was zu sagen. Dann holte sie einen Kochtopf aus dem Schrank und Rotwein aus der Kammer. Sie hat mir drei Gläser von dem heißen Gesöff eingetrichtert, mich dann in die Wanne gesetzt, in der das Wasser fast noch heißer war. Da bin ich dann wieder in Ohnmacht gefallen. Klara hielt meinen Kopf über Wasser, und bei all dem sagte sie nicht ein Wort.

Sie zog mich, besoffen, wie ich war, aus der Wanne, trocknete mich ab und legte mich ins Bett auf ein weißes Laken. Und dann kam sie alle paar Minuten, um zu schauen, ob sich blutige Flecken zeigten.

Elisa schaute fasziniert auf ihre Mutter. Du beschreibst ein Monster. Das kann nicht Klara gewesen sein.

Aber genau so hat sie es gemacht. Stell dir doch vor,

Elisa. Sie war wer in dieser Stadt. Eine kleine Funktionärin nur, aber das galt doch viel in diesen Zeiten. Noch immer haben sie die Leute hinter ihrem Rücken Russenflittchen genannt, obwohl die Russen sich schon lange in ihre Kasernen zurückgezogen hatten. Man sah sie noch in der Stadt, aber sie hielten sich abseits. Geliebt hat sie ja sowieso niemand. Umso schlimmer für Klara, die mit dem Russen im Bett gelegen hatte. Und deren Tochter nun plötzlich mit einem dicken Bauch rumlaufen würde. Minderjährig noch. Die nächste Hure in der Familie. Klara konnte und wollte das nicht akzeptieren.

Später hat sie immer geleugnet, dass sie dich abtreiben wollte. Zu Beginn aber. Alle Hausmittel, die sie kannte, nur die Stricknadel nicht, hat sie ausprobiert. Sie steckte mich bis zur Erschöpfung in heiße Bäder und dröhnte mich mit Alkohol und was weiß ich für Kräutermischungen zu. Sie hat mir eiskalte Umschläge auf den Bauch gelegt und mich vom Küchentisch springen lassen. Am liebsten, glaube ich, hätte sie mich gleich noch die Treppe im Hausflur runtergeschubst.

Elisa schaut an sich hinab und fängt an, ihre körperlichen Blessuren und inneren Defekte zu überdenken. Könnten alles Folgen dieser Experimente sein. Sie steht auf und geht ins Hotelfoyer, wo gestern noch ein Zigarettenautomat stand. Sie zieht sich die ersten Marlboros ihres Lebens und denkt, dass es nun egal sei, bei solchen Nachrichten müsse man einfach anfangen mit dem Rauchen. Die Kellnerin hat ein Streichholzheftchen in ihrer großen Geldbörse, und Elisa zündet sich noch am Frühstückstisch eine Zigarette an.

Henriette schaut fasziniert, wie ihre Tochter vorsichtig einen Zug nimmt, den Rauch im Mund hält, ohne ihm den Weg in ihren Körper zu gestatten, und dann wieder ausstößt. Das macht ein Geräusch, bei dem man lächeln kann. Sie wird Elisa nicht ausreden, was sie da tut, schließlich sind das alles keine guten Nachrichten. Aber besser, Elisa findet sich mit schlechten Nachrichten ab und hört auf, Klara zu suchen. Die Raucherei wird ihr nicht gefallen. Hofft Henriette.

Es hat nicht geklappt. Du warst so fest verankert in meinem Bauch, dass Klara nichts tun konnte. Für einen kurzen Moment haben sie und Franz noch überlegt, ob sie mich, wie in ganz alten Zeiten, aufs Land schicken und so tun könnten, als sei das Kind ein spätes und würde ihnen gehören. Aber dagegen hat sich Franz, mein Vater, gewehrt. Ich weiß nicht, warum. Nicht mir und nicht dir zuliebe. Es war ihm wohl einfach zuwider, sich so sehr in Lügen zu verstricken. Nachdem diese ganzen Debatten vorbei waren und alle wussten, dass sich nichts mehr ändern lässt, hat Franz ein Jahr lang kein Wort mehr mit mir gesprochen.

Elisa versucht sich das vorzustellen. Dieses Schweigen. In einer Familie, in einer Wohnung. So oft hat Henriette von dieser Wohnung gesprochen, dass Elisa sich vieles vorstellen kann. Das kleine Zimmer, in dem Henriette schlief und von dem aus eine Tür ins Elternschlafzimmer führte. Als Kind hat Elisa einmal gefragt, ob Henriette sich manchmal nachts an den schlafenden Eltern vorbeigeschlichen habe, um heimlich in eine Disko zu gehen. Oder in eine Bar. Henriette hat das immer verneint.

Jetzt gerät doch ein wenig Rauch in Elisas Lunge, und ihr wird sofort schlecht. Sie blinzelt und drückt die Kippe auf ihrem Frühstücksteller aus, zwischen Eierschalen und einem Brötchenrest.

Ein Jahr, sagt sie und hustet, ist eine lange Zeit. So etwas würde ich nie verzeihen. Niemals.

Die Spielzeugeisenbahner beenden ihr Frühstück, und Elisas Tanzpartner schleicht mit bedeutungsvollem Blick an ihren Tisch. Sein Gesicht glänzt, am Kinn kann man sehen, wie schlampig er sich am Morgen rasiert hat. Er lächelt Elisa hilflos an und reicht ihr die Hand, als sei ein offizieller Termin an ihrem Frühstückstisch anberaumt. Henriette erhebt sich halb vom Stuhl, mit einer leichten Röte im Gesicht. Wie eine Gouvernante, denkt Elisa und lächelt. Das macht dem Modelleisenbahner Mut, und er fragt, ob man am Abend nicht zusammen etwas trinken könne, in der Bar. Henriette nickt sofort eifrig, und Elisa sieht ein kleines Glänzen in ihren Augen.

Warum nicht, denkt sie, wenn es Glanz in Mutters Augen bringt. Dann schmiert sie noch drei Brote für den Ausflug zum Haus und wickelt zwei Bananen in Servietten ein. Die Kellnerin schaut skeptisch zu und schiebt sich langsam mit dem Tablett heran.

Sie dürfen nicht, sagt sie und schaut ein bisschen verlegen auf das braune Tablett. Man kann, holt sie noch einmal aus, ein Lunchpaket bei uns bestellen. Das bekommen Sie in zehn Minuten, und es kostet sieben Euro.

Sieben Euro, murmelt Elisa, wickelt die Bananen wieder aus, legt sie der Kellnerin aufs Tablett und schüttelt den Kopf. Dann schmeißen Sie mal lieber alle Reste in den Müll, wie es sich gehört.

Steht vorne am Eingang, das mit dem Lunchpaket. Ich habe die Regeln nicht gemacht, sagt die Kellnerin. Sie wendet sich ab und schiebt sich Richtung Küche.

Elisa fragt sich, ob ein Rücken wirklich beleidigt aussehen kann, aber der Kellnerinnenrücken spannt einen Bogen und geht ins Hohlkreuz, und was soll das anderes sein als Wut oder Beleidigtsein. Vorhin noch war das Hohlkreuz nicht zu sehen.

Die Betten im Zimmer sind schon gemacht. Auf den glattgestrichenen Decken liegen die Nachthemden von Henriette und Elisa, lang ausgestreckt, als hätte eine Wäscheverkäuferin sie auf dem Verkaufstresen ausgebreitet.

Elisas Nachthemd sieht lebendig aus. Die Stelle über dem Venushügel wird von der Bettdecke ein wenig aufgebauscht. Henriette schiebt die Nachthemden mit zwei schnellen Griffen unter die Decken. Dann packt sie ihren Rucksack und schielt dabei zu Elisa. Willst du nicht Juli anrufen, fragt sie und stopft eine Strickjacke in den Rucksack.

Die ist doch in der Schule. Elisa hat ein Gefühl im Bauch. Juli verschwindet gerade aus ihrem Leben. So fühlt es sich an. Es wäre besser gewesen, ihr vor der Abreise alles zu erzählen. Dass Klara gefunden ist oder, besser, nie verschwunden war. Und dass sie den Verstand verliert.

So oft schon hat Elisa versucht, sich vorzustellen, wie es ist, den Verstand zu verlieren. Oder besser, das Leben nach und nach zu vergessen. So wie man es vorher Stück für Stück gelernt hat. Schließlich wird es sie alle treffen. Wenn sich nichts anderes findet, denkt Elisa, werden wir alt und verlieren den Verstand.

Henriette ist angezogen und aufgeregt. Sie nimmt sich den Rucksack und steckt die Wanderkarte in ihre Jackentasche. Fünf Kilometer durch den Wald, sagt sie und lächelt Elisa an. In zwei Stunden sind wir da.

Elisa greift noch einmal in ihre Reisetasche und holt vier Fläschchen Kümmerling raus.

Im Hotelfoyer ist großer Bahnhof. Zwei neue Reisegruppen sind angekommen, ein Kegelklub und eine Truppe ehemaliger Steuerbeamter.

Jetzt schaffe ich es auch nicht mehr, das Durchschnittsalter zu senken, sagt Elisa zu Henriette. Ein Glück, dass wir heute Abend unsere Modelleisenbahner haben.

Henriette nickt, als sei dies kein Scherz, und öffnet die große Glastür, durch die man gehen muss, wenn die Vergangenheit winkt.

Juli entdeckt einen Mord in der Kiste, und das macht sie ganz wuschig. Sie versteht nicht, welchem System die Briefe und Dokumente und Fotos folgen, aber irgendwo mittendrin taucht ein hingerichteter Vergewaltiger auf, über den sich Klara Gedanken macht. Die Tagebucheintragungen der Urgroßmutter sind sowieso kaum zu verstehen. Aufgeschrieben in winziger Handschrift, die auf den Seiten der kleinen Vokabelheftchen große Geheimnisse malt. Keine Geschichte hat ein Ende, Klara mochte es offensichtlich, alles bei Andeutungen zu belassen. Als sei ihr die Vorstellung suspekt gewesen, irgendjemand könnte später wirklich begreifen, was gewesen war. Und so liest Juli drei Sätze über einen Mann, der vom Russen die gerechte Strafe bekommt, nachdem er einer Frau Gewalt angetan hat. Aber wer ist die Frau? Und woher kannte Klara den Russen?

Drei Fotos hat Juli beiseitegelegt. Auf einem ist Elisa als Kind zu sehen. Mit einer Zahnlücke, vielleicht am Tag ihrer Einschulung. Juli erkennt sich wieder auf dem Bild. Diese viel zu sehr abstehenden Ohren, das kurze feine Haar und die ungleich großen Augen. Wie ein Heimkind, murmelt Juli und wirft einen ängstlichen Blick auf Svenja. Die liegt auf der Seite und schläft, und plötzlich weiß Juli, wer der Vater des Kindes ist. Nicht der tätowierte blauhaarige Streuner, sondern der dunkelblond gelockte Abiturient mit der Zahnspange.

O Gott, sagt Juli, du wirst später eine Zahnspange brauchen, Svenja.

Sie erinnert sich an die zehn warmen Nächte, in denen der Abiturient bei ihr schlief. Immer kam er mit seinen Schulbüchern und Malsachen. Und stets blieb er bis morgens um vier, zog sich dann leise an und ging in den Park, um zu malen. Dann kam er noch einmal zum Frühstück und mit frischen Brötchen, und dann ging er zur Schule. Ihr hatte es gefallen so. Unverbindlich, aber verlässlich, und die Nächte waren gut. Aber nach zehn guten Nächten hat sie den Abiturienten nach Hause geschickt und ist auf Trebe gegangen. Schon nach vier Tagen lag der blauhaarige tätowierte Streuner bei ihr. Und vier Wochen darauf war klar, dass vorerst kein Blut mehr fließt.

Der Streuner hat an einem halben Tag das Geld für einen Schwangerschaftstest zusammengebettelt. Mit dem ist Juli auf die Bahnhofstoilette. Und weil sie so aufgeregt war, musste sie noch die Toilettenfrau fragen, was der rote Punkt im winzigen Sichtfenster zu bedeuten habe. Die hat ihr dann gesagt, dass er das denkbar Schlimmste verkündet. Zumindest für Juli und ihr Leben auf der Straße, in abbruchreifen Häusern. Der tätowierte Streuner wollte alles auf sich nehmen. Das Kind, wenn Juli es denn kriegen mochte, die Abtreibung, wenn ihr das andere Leben lieber war. Die Schuld, die Verantwortung.

Aber es war der Abiturient, dem die Verantwortung gehörte. Nur konnte das niemand ahnen. Juli nicht und auch nicht der tätowierte Streuner. Juli wusste nicht. Damals. Gar nichts wusste sie. Mit so einem Kind und ohne Familie. Wie das gehen sollte. Gerade erst hatte sie sich doch vom Tod ihrer Mutter und der Mutter ihrer Mutter erholt. Noch nicht lange war das her.

Am Anfang, als die Nachricht kam vom Doppeltod, Unfall mit Todesfolge, wie es in einer Zeitung hieß, obwohl manche einen erweiterten Selbstmord vermuteten, war sie einfach abgetaucht. Erst in den Kummer, dann in den Alkohol, dann in die Verzweiflung, dann in Lethargie und danach in eine Klinik. Dort haben sie ihr Tabletten gegen die Lethargie und die Verzweiflung gegeben und viel auf sie eingeredet.

Der Mann, der viel auf Juli einreden musste, war selbst genauso verzweifelt wie sie. Zumindest kam es ihr so vor. Als säße sie jeden Tag einem verzweifelten Psychiater gegenüber, bei dem sich an der rechten Schläfe eine Schuppenflechte langsam Richtung Hals arbeitete. Oder ein Ekzem, davon verstand Juli nichts. Aber sie konnte sehen, wie sich die Echsenhaut von der Schläfe zum Hals und unter den Hemdkragen arbeitete und wie der Mann, der eigentlich auf sie einreden sollte, immer verzweifelter wurde.

Er empfahl Juli nach sieben Wochen wieder dem Leben. Mit ausreichend Medikamenten würde sie es schaffen. Und mit Reden natürlich. Reden müsse sie schon weiterhin mit solchen wie ihm, hat er gesagt, und auf seinem rechten Hemdkragen lagen kleine weiße Schuppen, die sich von der Schläfe gelöst hatten.

Juli hat die Medikamente genommen und das Reden gelassen. Worüber sollte sie sprechen, tote Mütter und tote Großmütter sind nun mal ein Fakt, über den sich nicht mehr diskutieren lässt.

Juli schaut auf Svenja, die noch immer schläft, und erkennt den Abiturienten in deren unfertigen Gesichtszügen. Der winzige Leberfleck an der rechten Schläfe. Den hätte sie gleich richtig deuten können. Alles andere ist noch zu konturlos. Ein Gesicht muss auch erst lernen, bevor man es erkennt. Aber so, im Profil, lässt sich die andere Hälfte von Svenja ahnen.

Wo wird der Abiturient sein, denkt Juli. Sie steht auf und geht zum Regal. Sie zieht eine kleine bunte Holzkiste raus, in der früher zwei Qigong-Kugeln gelegen hatten. Die könnte sie auch gleich suchen, der Klang wäre etwas für Svenja. Gut zum Einschlafen und zum Wachwerden. In der Holzkiste liegen ein paar Schnipsel aus Julis Leben. Auf irgendeinem dieser vielen kleinen Zettel vermutet sie die Adresse des Abiturienten. Er hat sie ihr aufgeschrieben, bevor er ging. Mit einem dieser kleinen IKEA-Bleistifte hingekritzelt. Juli erinnert sich, dass sie seine Schrift kaum lesen konnte, so winzig war sie. Für einen Maler, hat sie damals gedacht, schreibt er viel zu klein. Und alle Buchstaben kippen nach links, als fürchteten sie sich davor, ans Ende der Zeile zu geraten.

Und da ist er dann, der Abiturient. Auf einem kleinen karierten Zettel stehen seine Adresse und eine Telefonnummer. Hier in der Stadt, auf der anderen Seite des Parks muss er wohnen. Vielleicht. Bestimmt. Juli hat zwar ein Telefon, aber vielleicht sollte sie ja auch besser einen Brief schreiben. Oder mit Svenja an seinem Haus vorbeigehen. Sie stellt sich vor, wie sie Svenjas Wagen an der Haustür vorbeischiebt und der Abiturient gerade in diesem Moment rauskommt. Mit seinen Malsachen. Sicher nicht, sagt Juli und legt Svenja einen Zeigefinger auf das kleine Muttermal. Es ist zu kalt zum Malen, und er ist bestimmt schon ein richtiger Maler geworden. Oder wenigstens Student. Und was nützt es, sagt Juli und legt sich neben Svenja. Ich werde nicht einfach hingehen und einen Vater aus ihm machen können. So etwas tut man nicht. Aber wenn wir wieder rausgehen, schauen wir uns das Haus an, Svenja. Wir überlassen alles dem Zufall. Laufen erst durch den Park und dann zum Haus. Und wenn er wirklich rauskommt, der Abiturient, spreche ich ihn vielleicht an. Mal sehen.

Juli legt ihren Mund ganz dicht an Svenjas rechtes Ohr. Er heißt Jakob, flüstert sie. Ich glaube, das ist ein jüdischer Name.

Aaron bringt Klara sicher zurück ins Heim. Sie ist durchfroren, und ihre Füße schmerzen, aber alles ist noch da und dran. Nicht einmal den Schal hat sie verloren.

Darauf kann er stolz sein, denkt sie und schaut ihren Kavalier von der Seite an. Man erkennt euch doch an den Nasen, murmelt sie, die sind aristokratisch und hochmütig.

Aaron grinst fröhlich und knotet den Schal um Klaras Hals etwas fester. Wenn es früher schon Schönheitschirurgen gegeben hätte, wäre meine Nase heute deutsch. Dann hätte ich nicht so viel reisen müssen im Krieg.

Meinen Franz hat es nicht gestört. Der Name war ihm egal und meine Mutter mit ihren schwarzen Haaren auch. Er hat mir sogar seinen gegeben. Helmstedter. Ist doch ein guter Name.

Natürlich, sagt Aaron. So gut wie jeder andere.

Im Heim sind sie froh, dass alles gut gelaufen ist. Kann man die beiden Alten also wirklich allein rauslassen. Dann werden sie ruhiger sein. Und man selbst hat auch ein bisschen weniger Arbeit.

Wir haben sie nicht gefunden, sagt Klara zu der netten Pflegerin. Der mit dem Zopf und dem Lächeln.

Obwohl grüne Haare doch einfach zu finden sind. Im Winter, wenn alles weiß ist, sollte man die doch sehen. Die grünen Haare. Aber vielleicht ist sie auch gar nicht mehr da.

Scheint eine fixe Idee zu sein, denkt die Pflegerin und klopft Klara den Schnee vom Mantel. Am Ende werde ich mir noch die Haare grün färben, um der alten Dame eine Freude zu machen. Bei dem Gedanken kommt der Pflegerin ein Lächeln ins Gesicht, das Aaron erfreut. Sie sehen aus wie meine Schwester. Meine kleine schöne Schwester.

Die Pflegerin weiß schon, dass man bei dem alten Mann besser nie nachfragt, wenn er von seiner Familie spricht. Einmal hat sie es getan und. Nein danke. Den Satz mit dem Schornstein und dem Gas will sie nicht noch mal hören. Was soll man denn darauf sagen außer. Oh, das tut mir aber leid, Herr Goldstein.

Aaron bringt Klara in ihr Zimmer. Er hilft ihr aus Mantel und Wollweste und hängt alles ordentlich in den Schrank. Dies ist wirklich ein guter Tag für ihn. Alles läuft ohne Aussetzer. Er weiß noch nicht genau, was er von Klara will. Für die einzig wahre Geschichte sind sie wirklich zu alt. Und Klara haben sie die Brüste amputiert. Das hat er mal gesehen, als sie ohne Verstand und Kleider über den Flur lief und die blöde Hexe von Pflegerin sie dabei erwischte. Hat ihr doch tatsächlich ein Kaffeetablett vor den Leib gehalten und sie zurück ins Zimmer geschoben. Als spielte das alles hier noch eine Rolle. Wie man herumläuft und ob man faltige oder gar keine Brüste hat. Auf jeden Fall hat er damals gedacht, dass ihm Klara dann wohl nicht gefallen könnte. Er war früher so scharf auf schöne Brüste. Hat sich die Frauen immer auch danach ausgesucht. Wie sie obenrum gebaut waren. Und dann dieser flache vernarbte Torso. Das hat ihn abgeschreckt. Obwohl Klara sonst wirklich passabel aussieht. Hat noch einen guten Glanz in den Augen, wenn sie bei Verstand ist. Und kann mehr als drei Sätze hintereinander reden. Das ist hier Gold wert. Mit Juden scheint sie es zwar nicht so zu haben, aber andererseits ist das vielleicht auch nicht mehr wichtig. Früher, da hätte er sich ganz gewiss nicht mit einer arischen Frau abgegeben. Jede von ihnen hätte schuld sein können. Wer wusste das schon.

Klara setzt sich auf ihren Sessel und schaut zu Aaron auf. Von hier aus betrachtet, ist seine Nase noch größer. Aber die Haare sehen sehr schön aus, weiß und wellig. Für einen Moment schiebt sich vor Klaras Augen ein Totenschädel mit welligen weißen Haaren. Aaron lächelt. Klara seufzt. Wir werden sterben, Aaron. Bald. Vielleicht erinnern wir uns ja vorher noch an alles, was uns jemals passiert ist.

Hoffentlich nicht, murmelt Aaron und sieht plötzlich ganz klein und erschöpft aus. Er streichelt Klaras Hand, winkt ihr ein Bisbald und geht zur Tür.

Aaron, sagt Klara. Ich weiß nicht, was der Helmstedter mit einem wie dir gemacht hätte. Vielleicht wärst du tot. Sie wundert sich, woher dieser Gedanke kommt, aber er schiebt sich dick und fett in ihre Stirn. Nicht der Helmstedter, denkt sie. Der war ein guter Mensch, hat mir seinen Namen gegeben und sich nicht über den Russen beschwert. Aber wo er vorher war, das hat er mir nicht erzählt. Vielleicht hat er Aaron gesucht.

Klara fängt an zu mümmeln. Sie schiebt ihren Unterkiefer nach vorn und zieht die Prothese mit einem klatschenden Geräusch wieder an die rechte Stelle im Mund. Vor und zurück, das Geräusch beruhigt sie. Und dann schiebt sie die falschen weißen Zähne zu weit nach vorn. Die rutschen aus dem Mund und bleiben auf ihrer flachen Brust liegen. Wie ich aussehe, wie ich aussehe. Klara linst erschrocken zu Aaron, der ihr den Rücken zukehrt und an der Tür steht, als wüsste er nicht, wie man sie aufmacht. Aaron, nuschelt Klara und schiebt sich mit einer schnellen Bewegung die Zähne wieder ins Gesicht.

Aaron geht raus, wandert vier Mal den langen Gang rauf und runter und summt dabei ein kleines Lied. Die wird mir jetzt nicht die ganze Geschichte von ihrem Helmstedter erzählen. Das will ich nicht hören. Oder doch. Oder nicht. Man ist froh, wenn einem hier all diese

Gedanken nicht mehr so oft kommen. Andererseits. Klara könnte die letzte Liebe seines Lebens sein. Doch, das ist möglich. Sie ist weich und schön und vielleicht auch klug. Das kriegt man hier so schwer raus. Klugheit wird in Altenheimen nicht abgefragt.

Aarons rechte Hand ballt sich zu einer kleinen runzligen Faust. Mit der haut er an jede Tür, die an ihm vorbeikommt. Aus manchen Zimmern murmelt sich irgendwas an sein Ohr, aber er kann es zum Glück nicht verstehen. Als er zum dritten Mal den Weg zurücknimmt, öffnet sich eine Tür, und der Alte mit dem Warzengesicht schiebt sich vor Aaron. Haste auch schon gemerkt, dass die uns hier Viagra ins Essen mischen? Mir steht er jeden Morgen und jeden Abend. Nur die Weiber, die geben sie uns nicht dazu.

Aaron versucht, das Warzengesicht beiseitezuschieben. Der schweinigelt immer rum. Die Pflegerinnen gehen nur noch zu zweit in sein Zimmer. Wie die das wohl abrechnen. Ist doch bestimmt nicht enthalten im Pflegesatz, dass sich zwei um einen schweinigelnden Alten kümmern dürfen.

Bleib hier, murmelt das Warzengesicht und sieht traurig aus. Ein Gespräch unter Männern. Hier redet doch keiner mit einem. Aaron schaut und fragt: Warst du Nazi, früher?

Der alte Mann fängt an zu lächeln, und aus seinen Warzen werden lustige kleine Kullern, die sich hin und her bewegen. Ne, Kommunist. Die hatten die schöneren Bräute. Keine Flintenweiber, sag ich dir. Nur ein bisschen fanatisch. Aber ich hab sie alle. Das Lächeln fällt aus dem Gesicht, und aus den Kullern wird wieder eklige Haut. Willstn das wissen?

Wegen Klara, murmelt Aaron und geht nun wirklich am Warzengesicht vorbei zur Treppe und rauf in sein Zimmer. Wird Zeit für einen Aussetzer, flüstert er und legt sich aufs Bett. Wenigstens bis zum Abendessen. Da muss er dann nicht mehr über Klara und ihren Helmstedter nachdenken. Was redet sie auch solche Sachen. Als ob das jetzt noch eine Rolle spielt. So kurz bevor auch er in den Ofen geht, um den Kreis der Familie zu schließen. Wo hab ich nur mein Testament. Steht doch Feuerbestattung drin, oder? Feuerbestattung. Wie sie die ganze Familie bekommen hat. Ist doch egal, ob sich das heute für uns Juden gehört oder nicht. Ich nehm den Weg, den sie alle gehen mussten.

Aaron schläft ein und träumt von Klara, wie sie im Schnee läuft und sich dabei die Sachen vom Leib reißt. Und dann sieht er im Traum Klaras große schwere Brüste.

Elisa und Henriette brauchen fast drei Stunden. Alles scheint anders zu sein. Zumindest sieht es so aus. Die Bäume sind gewachsen. Wo früher Schonung war, steht heute dichter Wald. Und der Schnee liegt wirklich hoch. Henriette fürchtet sich ein wenig. Manchmal versinkt sie bis zu den Knien. Elisa bleibt immer einen Schritt hinter ihr, um aufzupassen. Dafür muss Henriette die Spur laufen, und das macht die Sache schwer.

Warum hat Franz nach einem Jahr wieder angefangen, mit dir zu sprechen?

Weil du angeblich Papa zu ihm gesagt hast.

Elisa rechnet nach. Das ist nicht möglich. Mit fünf Monaten.

Natürlich nicht, er brauchte einen Grund. Es lag ihm nicht, dieses Schweigen, auch wenn er es so lange durchgehalten hat. Manchmal habe ich sie abends reden hören, über mich. Klara, die immer wieder versuchte, Franz von seinem Schweigen abzubringen. Aber es schien, als wäre mehr zwischen ihnen als mit mir. Ich war nur der Weg, den Franz eingeschlagen hatte, um Klara etwas mitzuteilen. Sie hatten sich seit zehn Jahren nicht mehr angefasst.

Woher wusstest du das?

Ich wusste es nicht. Erst später. Ich wusste ja nicht mal, was mit Klaras Körper wirklich los war. Sie ist ins Krankenhaus verschwunden, als ich sieben war. Niemand hat mir gesagt, warum. Franz, mein Vater, murmelte immer was von einer Frauensache und dass ich es noch nicht verstehen würde, wenn ich nachfragte. Ich war fünfzehn, glaube ich, als ich diesen mit Watte ausgestopften Büstenhalter fand. Da hab ich mir dann was zusammengereimt. Viel später erst, als Franz sich schon fast um den Verstand gesoffen hatte. Da hat er dann mal gesagt, dass ihm ja nichts anderes übriggeblieben wäre, als zur Sekretärin ins Bett zu kriechen, wo ihn Klara nie wieder gelassen habe. Ich weiß nicht, wie das die Frauen heute machen, wenn sie die Brüste verlieren. Ob sie dann noch. Als ich dich gestillt habe jedenfalls, musste ich mich immer bedecken. Eine blütenweiße Baumwollwindel hat mir Klara auf die Brust und über deinen Kopf gelegt. Deshalb weiß ich nicht, ob du glücklich ausgesehen hast beim Trinken.

Elisa hat ein Gefühl, als sei diese ganze Geschichte nichts für sie. Als hätte das alles mit ihr nichts zu tun. Ihre Erinnerung an Franz ist verschwommen und. Großväterlich. Henriette stolpert und geht auf die Knie. Das sieht zumindest so komisch aus, dass Elisa lachen kann. Sie hilft ihrer Mutter, die nur siebzehn Jahre älter ist, auf die Beine und schaut ihr ins Gesicht. Hast du sie deshalb später so gehasst? Weil sie dir dieses Jahr nicht erspart hat. Weil sie Franz nicht dazu bringen konnte, mit dir zu reden?

Nein, deshalb nicht. Ich habe Klara überhaupt nicht gehasst. Sie.

Du meinst, sie hasst dich?

Hör auf, in der Gegenwart von ihr zu reden. Sie ist tot oder ohne Verstand. Beides läuft aufs Gleiche hinaus. Wir können uns ohne Verstand nicht miteinander versöhnen. Meinst du, ich erzähle einer sabbernden alten Frau, die mich nicht erkennt, was sie mir vielleicht einmal angetan hat? In einem anderen Jahrhundert, in einem anderen Leben? Ich weiß genug über Demenz, um mir das zu ersparen. Und jetzt erklär mir nicht, dass ein Teil von ihr schon spüren wird, wenn ich da bin. Oder dass irgendwo in ihrem Hirn noch Platz wäre für Wiedererkennen oder Verstehen. Als ich Klara das letzte Mal sah, war sie eine schöne, kluge, harte und amputierte Frau. Mit Watte im Büstenhalter und einer Körperhaltung, als hätte sie einen Stock verschluckt. Sie hatte frisch blondierte Haare, und sie hat mir förmlich die Hand gereicht zum Abschied und auf Wiedersehen gesagt, als sei ich eine Kollegin oder entfernte Bekannte.

Auf Henriettes Wangen blüht es kreisrund und rot. Elisa putzt mit dem Fäustling über die hektischen Flecken und lächelt. Ich möchte wissen, warum wir hier durch den Schnee laufen und uns eine zerfallene Hütte ansehen wollen. Du bist doch nicht auf Gespensterjagd, Mutter.

Henriette dreht sich um und beginnt erneut, Spuren in den Schnee zu stapfen.

Klopf, klopf, versucht es Elisa mit einem alten Witz. Doch von vorn kommt keine Reaktion. Also steigt sie schweigend in Henriettes Fußstapfen und holt die erste Flasche Kümmerling aus der Jackentasche.

Das Haus steht tatsächlich noch. Rechts und links davon die aufgeplüschten Lebensträume, beheizbar jetzt und mit Türen und Fenstern aus dem Baumarkt verschönert. Kaum noch Provisorien, wie sie früher gang und gäbe waren. Alles sieht auf heftig provinzielle Art schick aus. Nur das Haus nicht, in dem Klara, Franz und Henriette so viel Zeit verbracht haben. Es steht zwischen zwei perfekten Lebensentwürfen wie eine windschiefe Trutzburg.

Der alte Jägerzaun weist Lücken auf, die groß genug sind für Henriette und Elisa. Elisa geht vor, ihr muss nichts heilig sein. Sie steigt durch den Zaun, stampft eine Traktorspur in den Schnee und hüpft auf die unebene Terrasse, deren Fliesen kreuz und schief herumliegen.

Das Haus, gebaut aus langen, gleich dicken Baumstämmen, hat kaum noch Farbe. Die Fenster sind heil, und die

Tür ist verschlossen. Vom Dach hängt an drei Stellen schwere, geteerte Pappe, und durch die schmutzigen Fenster kann Elisa rote, gehäkelte Übergardinen sehen. Das haut sie nun doch um. Sie winkt Henriette ran und zeigt auf die Gardinen und wartet auf die Tränen, die jetzt gleich aus den Mutteraugen fließen werden, und da sind sie auch schon.

So was, sagt Henriette und schnieft laut. Die haben tatsächlich die Gardinen von Klara drangelassen. Ein Stäbchen, zwei Luftmaschen, ein Stäbchen, zwei Luftmaschen. Henriette zieht ein Taschentuch aus der Jackentasche und wischt mit kreisrunden Bewegungen am Fenster. Nebenan hört man eine Tür aufgehen und zugehen.

Elisa wühlt in ihrem Rucksack. Das Schweizer Taschenmesser hat sie auf jeden Fall. Sie findet es und wählt die stärkste Klinge und macht sich an der Tür zu schaffen, da fragt ein Fremder hinter ihnen, was sie hier zu suchen hätten. Er sieht nicht unfreundlich aus mit seiner grünrot gestreiften Bommelmütze und dem dicken roten Anorak. Ganz und gar nicht unfreundlich. Aber neugierig ist er schon.

Wir sind, wir waren, ich habe hier mal mit meinen Eltern. Denen hat das Haus gehört. Sie haben es 1952 gebaut, als diese Siedlung. Da war ich noch. Henriette hat ein wenig den Verstand verloren und die Sprache dazu. Aber dem Mann ist alles klar. Er kommt näher und lächelt und reicht die Hand über den kaputten Zaun und sagt, er sei der Sohn vom Anselm, der hier auch 1952 gebaut hat, und da müsse man sich doch kennen, weil man doch immer zusammen gespielt hätte. Henriette?, sagt er und grinst jetzt ein bisschen töricht.

Die fängt sich nun gar nicht wieder. Olaf, du musst Olaf sein, der mit den Feuersalamandern und den Kaulquappen.

Elisa geht vorsichtig die Terrassenstufen runter und rauf aufs verwahrloste Grundstück. Hier kann sie jetzt nur dumm rumstehen, wenn die zwei sich ihre Kindheitserinnerungen um die Ohren hauen. An einer der riesigen Fichten hängt eine verrottete Schaukel, und darüber kann Elisa die Reste eines Baumhauses erkennen. Das weckt eine Erinnerung an irgendetwas, von dem Henriette erzählt hat. Baumhaus und Kaulquappen und Olaf vermengen sich zu einer Geschichte. Die von dem Nachbarsjungen, der Kaulquappen erst fängt und dann isst, um seinen Mut zu beweisen. Und Henriette hat, verliebt in den Jungen, wie sie war, drei der schwarzen kleinen Viecher mit viel Wasser runtergeschluckt. Danach hat der Junge ihr dann erklärt, dass aus den Kaulquappen in ihrem warmen Bauch Frösche werden würden, die dann bei jedem Wort, das Henriette von sich gäbe, anfangen würden zu quaken. So oder so ähnlich war die Geschichte. Elisa hat sie oft gehört als Kind und sich immer darüber lustig gemacht, dass Henriette tatsächlich tagelang bei jedem Wort gefürchtet hatte, aus ihrem Bauch ein Quaken zu hören. Andererseits konnte sie sich als Kind bei dem Märchen von der Pechmarie und der Goldmarie nicht einkriegen, wenn es an die Stelle ging, wo der Pechmarie bei jedem Wort ein Frosch aus dem Mund springt. Oder war es eine Maus? Und die Goldmarie hat Taler gespuckt. Eine orale Goldeselin.

Elisa lächelt und schubst die Schaukel sachte an. Henriette und der Fremde, mit dem sie mal auf dem Baumhaus gesessen und vielleicht sogar rumgeknutscht hat, reden hinter ihr leise miteinander. Richtig verstehen kann sie nicht, worum es geht. Aber sie ist neugierig. Nun doch und ein bisschen.

Elisa, ruft Henriette und wedelt mit der linken Hand. Komm her, Olaf weiß, was mit dem Haus ist.

Olaf also, denkt Elisa, die Hanuller sind wohl gerade zehn Plätze nach unten gerutscht. Wer weiß, wo meine Mutter den heutigen Abend verbringt.

Olaf nimmt die beiden Frauen mit in sein Haus, das mal eine Laube war und seinen Eltern gehörte. Er zeigt, was geschehen ist in der langen Zwischenzeit. IKEA ist geschehen und eine kleine Lust auf alte Möbel. Keine Frau weit und breit, aber ein prachtvoller Teppich auf dem Wohnzimmerboden und eine Küche, in der offensichtlich gekocht wird. Elisa beginnt ernsthaft darüber nachzudenken, ob sie den Weg allein wird laufen müssen. Zurück ins Hotel und zu den Zwiebelzöpfen. Aber eigentlich traut sie ihrer Mutter derart spontane Sachen nicht zu. Nur, wie dieser Olaf schaut. Und wie hektisch er mit der Kaffeemaschine rummacht. Elisa lächelt und hat plötzlich das Gefühl, hier könnte sich alles lösen und zum Besten wenden.

Tatsächlich ist mit diesem Haus nebenan, mit eurem Haus, ein Geheimnis verbunden. Wir halten es zumindest für ein Geheimnis, sagt Olaf und dreht sich zu Henriette um. Die schaut ihn an, als sei er ihr nun wieder ganz vertraut. So wie in Baumhaustagen und Kaulquappenzeiten. Elisa gießt sich Kaffee ein. Um sie kümmert sich jetzt erst mal niemand mehr.

Der Mann der Hebamme bringt zwanzig Kartons. In die soll Julis ganzes Leben rein. Und Svenjas kurzes noch dazu.

Kein Problem, sagt Juli und fängt energisch an, die Kartons zusammenzubauen. Der Mann der Hebamme hilft ihr. Er hat dickes braunes Paketklebeband mitgebracht, das ratscht aus einer ganz und gar praktischen Vorrichtung und macht dabei ein sattes Geräusch. Juli findet es schön. Es klingt nach Aufbruch und Anfang.

Du schreibst am besten auf die Kartons drauf, was drin ist, dann packt es sich leichter aus. Der Mann der Hebamme lächelt und denkt, solche Ratschläge sind bei dem Mädchen wahrscheinlich verlorene Müh. Sie ist eine Chaotin und traurig noch dazu.

Juli fängt an, ein paar Bücher aus den Regalen zu nehmen, und betrachtet jedes einzelne so ernsthaft, als müsse sie erst jetzt prüfen, ob es tauglich für ihren Verstand ist. Meine Mutter hat ihre Bücher alphabetisch geordnet. Das erste Buch im Regal war von Paul Auster und das letzte von Stefan Zweig. Ich habe oft in ihrem Bücherzimmer geschlafen, wenn wir Besuch bekamen. Besuch durfte immer in meinem Zimmer übernachten, weil das nach hinten raus ging. Da wurde dann eine Matratze neben mein Bett gelegt, und ich zog ins kleine Zimmer um. Und wenn ich nicht einschlafen konnte, habe ich die Schrift auf den Buchrücken gelesen, von oben links nach unten rechts. Und auswendig gelernt, mit welchem Namen jeder Buchstabe anfing. Auster, Balzac, Calvino, Duras, Enzensberger, Faulkner, Gandhi, Heine, Ionesco, Jandl, Kant, Lewis, Moravia, Nexö, Orwell, Perec, Queneau, Rabelais, Saint-Exupéry, Tabori, Updike, Vautrin, Wallraff, Xanu, Yoga, Zola. Ich habe oft in diesem Zimmer geschlafen. Jetzt liegen die Bücher meiner Mutter in Kisten. Ich habe mir hier nur die auswendig gelernten Anfangsbuchstaben hingestellt. Auster finde ich schön, aber Zola gefällt mir nicht. Ich habe trotzdem alle Anfangsbuchstaben gelesen. Als ich schwanger war. Da hat man ja viel Zeit und ist ein bisschen träge mit so dickem Bauch.

Der Mann der Hebamme steht still und hört zu. Juli hat bisher immer wenig geredet, und von ihrer Mutter schon gar nicht. Vielleicht wird doch noch alles gut mit dem Kind und dessen Kind. Das ist ja alles schwer zu ertragen. Diese ganze Familie, als sei sie vom Unglück verfolgt. Seine Frau hat zu Hause viel erzählt von dem Mädchen mit den grünen Haaren, dem erst die Familie wegstirbt und das dann noch ein Kind erwartet, ohne Vater dazu. Und wenn sie so erzählte, kam ihm schon in den Sinn, dass sie ihn vorbereiten wollte auf eine Übernahme der Verantwortung, oder wie immer man das nennen mag. Ihm gefällt die Kleine ja, sie ist ziemlich mutig. Hat sich von allem Unglück noch immer erholt.

Ich weiß jetzt, wer der Vater ist, sagt Juli etwas atemlos zu dem Mann und drückt ihm einen Stapel Bücher in die Hand. Der heißt Jakob und wohnt gar nicht so weit weg von hier. Vielleicht. Wenn er noch da ist. Ich weiß es nicht. Aber er war sehr freundlich.

Woher weißt du das plötzlich, Juli? Du hast doch bisher immer geschwiegen, wenn man dich gefragt hat.

Svenja ist ihm ähnlich. Irgendwie jedenfalls. Ich werde einfach an seinem Haus vorbeigehen und schauen, ob der Name noch auf dem Klingelschild steht. Und dann kann ich überlegen, ob Svenja ihn braucht oder nicht.

Der Mann brummt und nimmt Bücher aus dem Regal. Als ob so ein Kind keinen Vater braucht. Aber das muss das Mädchen wohl selbst entscheiden.

Sie könnte von ihm malen lernen. Er hat gemalt. Im Park. Jeden Tag hat er ein paar Skizzen gemacht, und abends haben wir Bücher angeschaut, manchmal, in denen Bilder zu sehen waren, die ihm gefielen. Franz Marc, zum Beispiel. Den fand er toll. Wegen der Farben. Und des Schwungs. In den Linien. So hat er es jedenfalls beschrieben. Svenja könnte wirklich viel von ihm lernen.

Juli ist plötzlich ganz und gar glücklich. Sie nimmt Svenja auf den Arm, die ihre Augen aufgemacht hat. Sie lächelt, zumindest vermutet Juli, dass diese Grimasse ein Lächeln ist und ihr gilt. Sie legt Svenja auf den Tisch und fängt an, ihr dicke Sachen anzuziehen. Wir gehen raus und schauen, ob es Jakob noch gibt. Die Kartons packe ich nachher voll, und morgen schon gehen wir hier weg.

Svenja wird dicker und dicker. Eine Schicht Windeln und Hemdchen, eine Schicht Strampler und Jäckchen, eine Schicht dick gefütterter Winteranzug. Sie fängt an zu weinen.

Schnell, sagt Juli, schnell, wir müssen sie in den Wagen packen, damit ich losfahren kann.

Der Mann der Hebamme schaut ein wenig missbilligend, aber er hilft beim Runtertragen der ganzen Kledage. Kissen, Decke, Wärmflasche, Svenja, Handtasche. Juli lächelt und sieht ganz sonnig aus.

Ich packe noch ein bisschen, sagt der Mann und geht die Treppen wieder rauf.

Juli schiebt den Wagen durch die kalten Straßen hin zum Park. Sie schaut nach rechts und links und auf jede Bank. Vielleicht ist die alte Dame doch noch einmal zurückgekehrt. Dann würde Jakob vorerst in die zweite Reihe rücken. Zumindest glaubt Juli das. Die alte Dame hat weniger Zeit vor sich und ist ein bisschen verwirrt. Da müsste man sich schnell kümmern, um noch etwas aus ihr herauszuholen. Juli weiß nicht genau, woher dieser Wunsch kommt, sich mit der Frau zu unterhalten. Sie will es einfach. Jakob ist jung, Svenja. Den finden wir auch morgen oder übermorgen, wenn wir es wollen. Oder in zwei Monaten. Da kannst du dann schon alles mit den Augen festhalten und mit Lallen und Lächeln antworten, wenn dich jemand anschaut. Wär doch gut für Jakob. Wenn du ihn gleich begrüßen könntest mit einem Lächeln.

Der Park ist leer und weiß. Juli schiebt den Wagen zu dem kleinen Pavillon, der ein Restaurant ist. Sie öffnet die Tür und geht rein und sieht die Kellnerin hinterm Tresen stehen, als hätte die sich da seit Wochen nicht wegbewegt. Juli schiebt ein Lächeln rüber und setzt sich an einen Fenstertisch. Sie nimmt die Mütze ab und wickelt den Schal vom Hals und öffnet die Jacke und schaut in den Wagen, wo Svenja kaum zu sehen ist und schläft.

Die Kellnerin freut sich, das Mädchen mit den grünen Haaren wiederzusehen. Sie nimmt eine Karte und geht an den Fenstertisch. Was ist es denn geworden?

Ein Mädchen. Svenja. Jetzt schon mal drei Wochen alt. Fast. Sie ist von oben bis unten gesund. Sagt die Hebamme.

Juli spürt ihren Stolz. Als wäre Svenja nur aus ihr entstanden, ihre völlig eigene Kreation. Die Kellnerin setzt sich an den Tisch und zieht den Wagen weiter zu sich ran, schaut auf das winzige Kind, das unterm dicken Federkissen verborgen ist. Wir müssten die Decke etwas hochnehmen. Hier drinnen ist's zu warm.

Juli nickt und schiebt das Kissen über den Wagenrand. Svenja schickt einen kleinen Seufzer in die Luft, und die Kellnerin lächelt.

Sie mal an, keine grünen Haare.

Juli denkt, dass dies hier eine Freundin sein könnte.

Wenn sie nur will. Die müde Kellnerin hat ihr schon immer gefallen. Sie sieht aus wie die Hauptdarstellerin in diesem Film. »Sue« hieß der Film oder so ähnlich. Am Ende jedenfalls erfriert die Frau auf einer Parkbank. Juli glaubt, dass es so war in dem Film. Sie glaubt, dass sie geweint hat, als diese Sue tot auf der Parkbank saß. Und dass sie damals dachte, so einsam könne kein Mensch sein, dass er einfach auf einer Bank im Park erfriert und niemand fragt, wo er geblieben ist. Die Kellnerin schaut Juli an und will wissen, was sie trinken möchte.

Einen Tee mit Milch. Grün oder Pfefferminz.

Du solltest Fenchel nehmen, der soll milchbildend sein, hab ich gehört. Aber so was gibt's hier nicht. Ich bring dir Pfefferminz. Wer weiß, ob grün nicht zu aufregend ist für das Kind. Du stillst doch, oder?

Juli staunt. Hast du selbst Kinder, ja? Dass du das alles weißt.

Nein, sagt die Kellnerin und wendet sich ab und geht Richtung Tresen. Ihre linke Wade ist etwas dicker als die rechte. Juli wundert sich über die Asymmetrie. Die hat sie noch nie wahrgenommen. Wenn sie es recht besieht, ist das linke Bein sogar viel dicker als das rechte.

Die Kellnerin kommt mit einem dampfenden Glas Tee zurück und hat einen kleinen runden Keks auf den Tellerrand gelegt. Den nimmt Juli als Erstes, steckt ihn in den Mund und sieht plötzlich aus, als wäre sie erst dreizehn. Die Kellnerin lächelt und denkt, dann könnte die hier meine Tochter sein. Ich hätte ihr nicht verboten, die Haare grün zu färben. Auch wenn es blass macht.

Haben Sie eine alte Dame gesehen, die ein wenig verwirrt ist und Geschichten erzählt?

Juli hält kurz den Atem an. Es hätte so seine Logik, wenn die alte Dame hier mal gewesen wäre, bei der netten Kellnerin, die immer müde aussieht.

Vor einer Woche war eine da, mit einem schönen alten Mann, der trug einen roten Schal und kümmerte sich um alles. Sind wohl verheiratet, die beiden, obwohl. Die Kellnerin geht zum Tresen, um sich eine Zigarette zu holen. Ich puste weg vom Kind, sagt sie zu Juli und zündet sich die Zigarette an. Der hat gesagt, es wär seine Frau, aber er wusste nicht, was sie am liebsten trinkt. Sie hatte so einen, so eine Art Aussetzer. War nicht hier und nicht anwesend. Musste gefüttert werden. Und dann, als hättest du einen Schalter umgelegt, ist sie wieder da gewesen. Da hat sie dann gesagt, sie wolle eine Schokolade, aber das hat der Alte nicht gewusst, vorher. Dass sie heiße Schokolade mag.

Juli schaut auf den Mund der Kellnerin und auf deren Schultern, die leicht hängen und schief aussehen. Aber schön ist sie, denkt Juli.

Wie sah die alte Frau denn aus? Hatte sie einen dicken grauen Mantel an, und hat sie was von Wörtern gesagt, die im See ertrinken?

Ja und nein, sagt die Kellnerin. Der Mantel stimmt, von den ertrunkenen Wörtern habe ich nichts gehört.

Blaue, blasse Augen, fragt Juli weiter.

Glaube schon. Aber haben die Alten nicht alle blassblaue Augen? Man sieht den Leuten nicht gern ins Gesicht, wenn sie den Verstand verloren haben. Ich meine, wir haben ja auch unsere Ängste.

Juli schaut in die Kellnerinnenaugen und fragt sich, welche Angst das sein kann, bei der man nicht in alte Augen schauen mag. Aber sie traut sich nicht zu fragen. Wenn sie noch einmal kommt, die alte Frau, kannst du sie fragen, wo sie wohnt? Ich möchte sie besuchen. Sie hat. Sie hat ihren Schal verloren, als ich sie auf der Parkbank traf. Da war Svenja noch nicht da. Ich will ihr den Schal zurückbringen.

Juli fragt sich, warum sie jetzt so einen Berg kleiner Lügen aufbaut, nur um die alte Frau zu finden. Sie könnte der

Kellnerin doch einfach sagen, dass sie jemanden sucht. Und sich einbildet, die alte Frau gehöre in irgendeiner Weise zu ihr. Aber das klingt nicht glaubhaft, und Juli möchte, dass die Kellnerin sie glaubhaft findet. Warum es so ist, darüber wird sie sich zu Hause Gedanken machen.

Die Kellnerin drückt ihre Zigarette aus. Vier Männer kommen ins Lokal und grüßen, als seien sie hier häufig zu Gast. Einer von ihnen streckt vier Finger der rechten Hand in die Luft. Die anderen besetzen den Tisch in der hintersten Ecke und fangen sofort an zu reden. Die Kellnerin geht zum Tresen und zapft vier Bier. Juli schaut zu, wie sich auf jedem Glas ein weißer Schaumberg bildet, den die Kellnerin mit einer schwungvollen Bewegung köpft, um noch einmal Bier nachzufüllen und dann alle Gläser auf ein Tablett zu stellen. Sie stellt das Tablett auf den Tisch, an dem die Männer sitzen, legt Bierdeckel vor jeden hin und stellt die Gläser drauf. Einer der Männer legt besitzergreifend eine Hand auf ihren Rücken. Er sagt etwas, und die anderen lachen laut. Juli sieht, wie das dickere Bein der Kellnerin ganz leicht nach hinten ausschlägt. Und wie der Kellnerinnenrücken sich versteift. Die haben sie beleidigt, denkt Juli und findet einmal mehr, dass die Kellnerin aussieht wie diese Schauspielerin, die auf der Parkbank stirbt.

Juli stopft das dicke Federkissen wieder in den Kinderwagen, zieht sich an und legt einen Euro auf den Tisch. Sie schiebt den Kinderwagen zum Tresen und sagt: Ich komme morgen vielleicht wieder. Aber ich ziehe um. Zu meiner Hebamme.

Die Kellnerin nickt, als hätte alles seine Logik. Wenn die alte Frau kommt, werde ich sie fragen. Hauptsache, sie ist bei Verstand. Und kann antworten.

Juli geht und hofft, die Kellnerin möge sie zurückrufen und für den Abend einladen. Oder ihr eine Adresse geben und eine Telefonnummer. Dann hätte sie jemanden, den sie anrufen kann. Außer der Hebamme natürlich, bei der sie bald wohnen wird.

Die Kellnerin zapft vier Bier und schaut dem grünhaarigen Mädchen hinterher. Sie hätte ihr gern ihre Telefonnummer gegeben, befürchtet aber, dass es komisch ankommt. So unter Frauen, die einander nicht kennen, einfach Telefonnummern auszutauschen.

Klara denkt angestrengt nach. Bis zum Mittagessen will sie wissen, ob der Helmstedter dem Juden an den Kragen gegangen wäre. Wenn er ihn gekannt hätte. Sie sucht ihre Holzkiste und nimmt das Foto von Franz in die Hand. Das, auf dem er so gut aussieht. Klara hat den Trick inzwischen raus. Sie braucht bloß irgendetwas in die Hand zu nehmen von damals, und schon kommt alles wie auf eine Kinoleinwand gemalt. Damit wird sie sich noch eine Weile über Wasser halten können. Bis der Verstand komplett verschwindet. Manchmal ist sie vor Wut ganz außer sich, wenn sie daran denkt, dass sie nun langsam blöde wird. Im Kopf und überhaupt. Es ist für fast alles zu spät. Aber erinnern kann sie sich noch, wenn etwas zur Hand ist, das beim Erinnern hilft. So etwas wie dieses schöne Franzbild.

*

Das mit dem Russen haben sie ihm schnell gesteckt, damals nach seiner Heimkehr. Dauerte nicht mal zwei Wochen, da wusste er Bescheid. Dass seine Klara sich zum Eroberer ins Bett gelegt und dafür Brot und Milch bekommen hatte. Manchmal schien er »benutzte Ware« zu denken, wenn er ihre Brust berührte. Und vielleicht hat er sich dafür geschämt. So stellt sich Klara das heute vor. Was hätte sie denn tun sollen, so ohne ihn und ohne irgendjemanden. Sie musste sich doch um das Kind kümmern. Sein Kind, da konnte er ganz sicher sein. Trotzdem muss es ihn gewurmt haben, wie die Leute schauten und hinter seinem Rücken redeten, als hätte er seine Klara dem Russen zugeführt oder sei nicht Manns genug gewesen, ihr dafür eine Maulschelle zu verpassen, wenn sie die Beine breit machte. Aber vielleicht, denkt Klara, habe ich nur meine Schuld am Russen abgetragen. Für den Franz. Schließlich hat er bestimmt den einen und den anderen erschossen an der Front. Und wenn die das rausbekommen hätten, wär er dran und weg gewesen. In eines ihrer Lager hätten sie ihn dann geschickt. Und recht hätten sie damit gehabt.

Franz macht Klara keinen Vorwurf, und Klara schweigt. Sie fährt weiter auf dem Fahrrad über Land und macht die Frauen etwas glücklicher. Und wenn sie nicht auf dem Land ist, sitzt sie in ihrem Büro, so wie Franz sie bei seiner Heimkehr vorfand. Sie macht sich alles zu eigen, als hätte sie es selbst erfunden. Die Politik und das schwülstige Gerede dazu. Vom Neuanfang und vom neuen Menschen. Als gäb's den im Laden zu kaufen. Denkt Klara manchmal. Und dann sagt sie es dem Franz auch, wenn ihr die Dinge über den Kopf wachsen. Die Sprüche und das ganze Drumherum.

Als könnte man den Menschen das Gehirn enteignen, so wie sie es mit den ganzen Fabriken getan haben, Franz. Das glaubt doch keiner.

Klara findet vieles komisch und manches ein bisschen beängstigend, aber wenn sie abends in irgendeiner Dorfkneipe steht und den Leuten da erklärt, warum alles so ist, wie es geschieht, merkt ihr keiner was an. Auch Franz denkt dann, sie ist eine ganz Rote. Das stimmt wohl auch, nur hat sie eben hin und wieder ihre Zweifel.

Franz ist gut durchgerutscht. Hat angefangen, sich um die Kultur in der Stadt zu kümmern. Ist in die Partei eingetreten, und niemand hat nachgefragt, was er an der Front getrieben hatte. Immer liegt er abends neben Klara im Bett. Und wenn die Tochter dann endlich schläft, legt er manchmal beide Hände auf Klaras Brüste und fängt an, ihr Sachen ins Ohr zu flüstern, von denen sie gar nicht wusste, dass es die gibt. Mit dem Russen war immer alles ganz einfach. Der wollte, dass Klara auf dem Rücken liegt und die Hände auf seine Schultern legt, wenn er sich über ihr auf und ab bewegte. Und er wollte, dass Klara ein bisschen laut ist, wenn es ihm kommt. Tatsächlich, mit Ah und Oh, das genügte dem völlig. Nie sind ihm solche Ideen gekommen wie dem Franz. Der schiebt Klara im Bett hin und her, legt sie mal auf sich und mal unter sich, krümmt ihr den Rücken und pflanzt sie in die Hocke. Klara findet das verwirrend und nur selten ein bisschen schön. Wenn er ihr die Brüste knetet, tut es manchmal sogar weh. Sie fühlt dann nicht so viel, wie es der Franz vielleicht erwartet.

Eines Tages fragen sie dann Klara, die inzwischen ein neues Fahrrad bekommen hat und damit viel schneller über Land fährt, ob sie nach Berlin will, in die Reichshauptstadt sozusagen. Zum Frauenkongress möchte man sie schicken für zwei Tage, und Klara ist sich nicht sicher. Am Abend erzählt sie Franz davon. Der legt sich auf sie und schaut ihr in die Augen und sagt: Wir machen uns hier ganz schön gemein, Klara. Hängen werden sie uns dafür, wenn es mal wieder anders kommt. Die Kommunisten hat doch noch nie jemand wirklich geliebt. Und wir, sind wir welche?

Klara schweigt und denkt, dass dem Franz die Knie weich werden. Sie macht den Mund auf, und da kommt dann raus: Den Stalin können sie schon alle gut leiden, findest du nicht? So wie der aussieht. Und den Krieg hat er gewonnen. Ist doch ein ganzer Kerl.

Klara denkt an den Russen und seine Prophezeiung, dass noch immer alle Deutschen jedem hinterherlaufen möchten, wenn der ihnen nur stark genug scheint. Sie sieht Franz an, der inzwischen wieder richtig schön geworden ist. Mit seinen dunklen Haaren, in denen das Grau gut zur Geltung kommt. Er fängt an, ihre Brüste zu kneten. Dann stockt für eine Sekunde seine rechte Hand, und er tippt auf eine Stelle der rechten Brust. Links neben der Brustwarze. Was hast du denn da?

Nichts, denkt Klara und schiebt die Hand vom Franz weg. Der lässt sich leicht abbringen und schickt die Hand auf Reisen in den Süden. Und da passiert, was Klara immer befürchtet hat. Die Zimmertür geht langsam auf, und das Kind steht da und schaut verträumt auf seine beiden Eltern, wie sie da liegen, aufeinander und ineinander. Klara flüstert Franz ins Ohr, er möge sich runtermachen von ihr. Sie nimmt die Decke als Schutz vor dem Kind, das seine Mutter nie nackt gesehen hat, seit die das erste Mal bei dem Russen lag. Wickelt sich die Decke um den ganzen Leib, und Franz sagt, sie solle nicht so verschämt sein, das Kind müsse ja wohl auch irgendwann mal wissen, wie Frau und Mann aussehen. Aber das will Klara nicht. Sie stellt sich vor Franz und verdeckt den Mann und das ganze Geschlecht, so gut es eben geht. Das Kind dreht sich zum Glück von ganz allein um und wandert zurück ins Bett.

Klara geht hinterher und setzt sich zu dem Mädchen. Auf dem Nachttisch steht die Kaffeekanne. Obwohl das Kind jetzt schon zur Schule geht, kann es nicht von ihr lassen. Wie oft hat Klara überlegt, mit wem sie wohl darüber reden könnte. Aber Franz sagt immer nur, sie solle das Mädchen lassen, dem der Krieg doch die schlimmsten Jahre beschert habe und den Hunger dazu. Er wird nur unleidlich, wenn das Mädchen am Daumen lutscht. Das mag er nicht, und da wird er dann streng, was keiner versteht. Schon gar nicht das Kind, dem der Vater ja sonst alles durchgehen lässt.

Klara hat Franz einmal gefragt, wieso er gerade beim Daumenlutschen so grantig reagiert, wo ihn doch eigentlich nichts aus der Ruhe bringt. Und da hat er erst geschwiegen und dann erzählt. Von den vier Partisanen, die sie ausgehoben hatten, in einem Dorf, das nicht mehr bewohnt war, eine Ruine von einem Dorf nur. Und da sei diese ganz und gar junge Frau eine von den vieren gewesen. Sah wohl noch aus wie ein Kind. Sie hatten alle vier Partisanen an die Wand des zerbombten Hauses gestellt, und kurz bevor sie erschossen wurden, steckte sich die junge Frau den Daumen in den Mund. Wurde wieder ein ganz kleines Kind und hat vielleicht gedacht, so dem ganzen Ende doch noch zu entkommen. Wie auch immer, entkommen ist sie nicht, hat der Franz erzählt, aber ihm ist es danach nie wieder passiert, dass er bei so etwas dabei sein musste. Dieses Mädchen, das er vielleicht sogar erschossen hat, obwohl er danebengezielt haben will, ist ihm an den Kragen gegangen, unter die Haut oder wohin auch immer. Wenn heute jedenfalls das Kind den Daumen in den Mund steckt, wird der Franz wild und kriegt sich gar nicht mehr zusammen.

Henriette, sagt Klara und redet das Mädchen ein seltenes Mal beim Namen an. Meist sagt sie nur Mädchen oder mein Kind oder Kleine zu ihr. Ihr gefällt der Name Henriette nicht so richtig. Den wollte der Franz, weil ihn schon seine Mutter trug, und die war eine mutige Frau, wie er immer sagte. Die hat zwölf Kinder bekommen, was Klara nicht mutig finden kann, und ist nicht daran zugrunde gegangen. Beim zwölften hat Franz, das älteste Kind, seinen Vater gefragt, ob es denn jetzt nicht genug sei mit dem Kindermachen. Dafür ist er verprügelt worden, dass er drei Tage nicht stehen und nicht sitzen konnte. Und dann ist noch ein dreizehntes gekommen und gleich wieder gestorben. Und ein vierzehntes, das schon tot aus dem Bauch geholt wurde. Da schien es dem Vater von Franz dann wohl auch genug. Er hat seine Frau, die Henriette hieß, nicht mehr angerührt. So erzählt es Franz.

Klara streicht dem Mädchen über den Kopf und fühlt die feinen Haare, an denen sie sich manchmal nicht sattsehen kann. Tiefschwarz sind die, obwohl ihre doch fast weizenblond wachsen. Klara hat sich von Franz etwas über Erbgesetze erzählen lassen, dass alles immer versetzt kommt mit den Ähnlichkeiten, eine Generation verschoben, sozusagen. Wie auch immer, das Mädchen jedenfalls hat so was Zigeunerhaftes, findet Klara. Sie kann jetzt nicht mehr tun, als dem Kind über den Kopf zu streichen, denn eine Hand braucht sie, um die Decke vorn zuzuhalten.

Henriette schläft ein. Den rechten Daumen hat sie in den Mund gesteckt und nuckelt daran. Aber nicht sehr leidenschaftlich, findet Klara. Und ist froh, dass der Franz im Bett geblieben ist und nicht hier steht. Wenn Henriette richtig schläft, wird sie zurückgehen ins Bett, und dann bekommt Franz wahrscheinlich wieder Lust. Es gibt Momente, da gefällt ihr das alles. Franz riecht gut und fühlt sich weich an. Seit ein paar Kilo auf seinen abgemagerten Kriegerkörper gekommen sind, scheint er wieder ein ganzer Mann zu sein. Doch am liebsten hätte Klara ihre Ruhe. Sie nimmt die rechte Hand vom Kopf des Mädchens und schiebt sie unter die Decke. Da, wo Franz noch vor ein paar Minuten seine Finger hatte, fühlt Klara einen kleinen festen Knoten, der sich nur wenig hin und her schieben lässt unter dem weichen Gewebe. Fast gar nicht, denkt Klara, nimmt die Hand da wieder weg und legt sie auf die Kanne. Ich hab schon den Krieg gehabt, denkt sie und steht auf. Da werd ich nicht auch noch Krebs bekommen.

Die nette Pflegerin mit dem roten Zopf findet Klara mit einem Foto in der Hand und völlig weggetreten vor. Sie wollte nett sein und die alte Dame zum Abendessen holen.

Aaron sitzt schon im Speisesaal und hält den Platz links neben sich frei. Hat das Warzengesicht vom Tisch verjagt und woanders hingeschickt. Wahrscheinlich will er Klara die Ferkeleien des Alten nicht zumuten.

Klara sitzt in ihrem Sessel und schaut fern, wie die Pflegerin es nennt, wenn die Alten diesen Tausendmeterblick bekommen. Sie beugt sich über Klara und atmet durch die Nase ein und macht ein trauriges Gesicht. Nun ist es wohl zum ersten Mal passiert. Frau Simon, Sie müssen aufstehen und mit mir ins Bad kommen.

Klara holt den Tausendmeterblick an einer langen Leine ein, sieht die nette Pflegerin an und riecht im gleichen Augenblick ihr Unglück. Henriette, sagt sie und legt beide Hände auf ihren Schoß und die ganze feuchte Schande. Ich habe mich an Henriette erinnert. Die immer mit der Kaffeekanne reden musste. Und schwarze Haare hatte. Jedenfalls, als ich sie kannte.

Wer ist denn Henriette, fragt die Pflegerin und hievt Klara aus ihrem Sessel. Viel Hoffnung hat sie nicht, dass sich nun etwas zusammenreimt. Die alte Dame ist völlig allein und ohne Familie hergekommen. Verwirrt noch dazu, wobei sich das dann ja wieder gebessert hat. Im Krankenhaus jedenfalls wollten sie sie damals nicht mehr haben. War ja kerngesund, körperlich. Und als sie im

Heim dann wieder bei Verstand war, hat man ihr den Fragebogen hingelegt, und da hat sie bei der Frage nach Familienangehörigen »keine« angekreuzt. Nun also Henriette. Vielleicht doch, denkt die Pflegerin und lächelt. Vielleicht ist da eine, die sich ein bisschen um Klara kümmern kann.

Im kleinen Bad, das Klara sich mit der Frau aus dem Nachbarzimmer teilt, wird der Uringeruch noch stärker. Klara schiebt die nette Pflegerin raus aus der Nasszelle und sagt, sie könne das nun alles allein, und wer sich so gehenließe, müsse es dann auch selbst wieder richten. Das findet die Pflegerin zwar auch, aber die Wahrheit liegt in diesen Fällen nicht in der Mitte. Wer sich hier im Heim in die Hosen macht, kann das in den seltensten Fällen wieder selbst in Ordnung bringen. Da helfen dann nur noch Windeln. Inkontinenzmaterial, wie sie das hier nennen, als machte es einen Unterschied.

Sie wird Klaras Unglück noch nicht bei der Chefin melden. Die ist immer ganz schnell mit dem nächsten Schritt zur höheren Pflegestufe zur Hand. Dreimal in die Hosen gemacht, und schon wird man hier ein Windelkind. Die Pflegerin wirft ihren roten Zopf über die Schulter, schaut sich Klara noch einmal an und verlässt das Badezimmer. Die alte Dame ist zäh. Sie wird sich widersetzen, solange sie kann.

Klara zieht sich aus und schmeißt die stinkenden Sachen in die Dusche. Nackt steigt sie schließlich selbst hinein und dreht den Temperaturregler auf 50 Grad. Sie hat heißes Wasser schon immer gemocht. Es konnte ihr nie heiß genug sein. Und nun möchte sie sich am liebsten die Haut abbrühen, um den Uringeruch loszuwerden. Sie trampelt mit ihren kleinen Füßen, an denen die Haut noch erstaunlich glatt ist, auf den Kleidungsstücken rum. Sie baut aus einem Duschbad, das rückfettende Wirkung verspricht, Schaumberge auf ihrem vernarbten Torso. Dass sie hier noch stehen kann und Schaum schlagen und nicht von einem rollenden Gefährt in eine Wanne gehievt wird, unter Aufsicht einer Pflegerin, die ihr beim Waschen in jede Hautfalte greift, freut sie. Es sollte so bleiben, wünscht sich Klara. Möglichst lange. Wenn sie nur oft genug mit Aaron redet, wird ihr Verstand weiter arbeiten. Weil er sich anstrengen muss, der Verstand, und Aaron doch irgendwie ein Mann ist. Das irgendwie könnte sie auch gleich streichen. Aaron ist ja wohl ein Mann. Er hat seine Hand auf ihren Schenkel gelegt, und im Park hat er sie gerettet. Sie weiß es. Sie hat es der Kellnerin angesehen, die so erstaunt geschaut hat, als sie plötzlich eine heiße Schokolade bestellen konnte.

Klara wickelt sich in das große weiße Handtuch und findet sich nun, da die Narben nicht mehr zu sehen sind, wieder schöner. Sie hebt die nasse Kleidung aus der Dusche, spült sie im Waschbecken noch einmal lange nach und packt sie dann in eine große Plastiktüte. Nichts zum Aufhängen hier. Wäsche aufhängen dürfen nur die, die noch ganz und gar bei Verstand sind. Sie wird sowieso Ärger bekommen, wegen der nassen Sachen. Aber immer noch besser, als vollgepinkelt im Sessel zu sitzen. Klara erinnert sich, dass sie erst mit fünfzig Jahren angefangen hat, das Wort pinkeln zu benutzen. Es ist ihr nicht einfach gefallen, aber pullern fand sie für eine Fünfzigjährige auch seltsam, und solche Sätze wie: Für kleine Mädchen gehen, kamen ihr schon gar nicht mehr über die Lippen.

Klara geht zum Schrank und zieht sich an. In der richtigen Reihenfolge und passend zur Jahreszeit. Warme Unterwäsche, ein weites, flauschiges, dunkelgrünes Kleid, von dem sie nicht mehr weiß, wann und wo sie es gekauft hat. Eine weinrote Strickweste darüber, dicke braune Stützstrümpfe, die ihren wenigen Krampfadern Einhalt gebieten sollen, und flache braune Lederschuhe. Sie kämmt sich die Haare und steckt sie mit zwei braunen Hornkämmen nach hinten. Sie geht noch einmal ins Bad und kramt aus den tiefsten Tiefen eines schrill gemusterten Kulturbeutels einen Lippenstift. Mit dem malt sie ein wenig ungeübt auf ihren Lippen rum. Sie prüft, ob das Gebiss noch ausreichend Halt hat für ein Abendessen, und macht sich auf den langen Weg in den Speisesaal. Dort sitzen nur noch vier Menschen.

Einer davon ist Aaron, der sich seine Brote in ganz kleine Stücke geschnitten hat, um die Zeit zu dehnen oder das Essen zu verlängern. Als er Klara sieht, fängt er an zu lächeln und kann damit nicht aufhören, bis sie ihm gegenüber am Tisch sitzt und nach den jämmerlichen Resten greift, die noch zu haben sind. Es gefällt ihm, wie Klara mit königlicher Geste Früchtetee aus einer Thermoskanne in ihre Tasse gießt und daraus trinkt, als sei es Champagner geworden. Und ihm gefällt auch, wie sie ihr Haar gesteckt hat. Fast möchte er glauben, ihm zu Gefallen. Er lächelt Klara an. Sie lächelt zurück und sagt: Mir ist ein Malheur passiert, aber ich habe es allein wieder richten können.

Solange das geht, antwortet Aaron, ticken die Uhren noch.

Olaf ist ein sonderbarer Erzähler. Er hat keinen Sinn für Pointen, kostet aber die Geschichte, deren Extrakt recht dürftig ist, lange aus. Vor allem aber verlässt er sie andauernd, um von anderen Dingen und Ereignissen zu berichten. Er ist ein Mann, der Zeit braucht und die Geduld seiner Zuhörerinnen. Als deine Mutter das Haus verkauft hat, bekam sie dafür ja noch DDR-Mark. Viel war es nicht, wir haben damals drüber gesprochen. Du hattest ja wohl schon lange keinen Kontakt mehr mit Klara.

Olaf schaut zu Henriette und wartet ein paar Sekunden. Die aber schweigt. Alles andere wäre auch mehr als ein kleines Wunder, denkt Elisa und ist doch enttäuscht. Als hätte sie hoffen können, auf so einfache Weise zu erfahren, warum Henriette Klara endgültig und auf ewig verlassen hat.

Jedenfalls war es nicht viel Geld, so um die achtzigtausend DDR-Mark, achttausend West nach dem damaligen Umtauschsatz.

Dem illegalen Umtauschsatz, sagt Henriette und lächelt verschämt. In solchen Dingen kann sie das Insistieren nicht lassen.

Dem illegalen, pflichtet Olaf ihr bei. Ich glaube, Klara hat fast das ganze Geld weggegeben, nachdem sein Wert durch die Währungsunion sowieso geschrumpft war.

Wem hat sie es denn gegeben, fragt Elisa und mischt sich nun doch ein. Sie denkt an Juli, die keine Urgroßmutter hat und deren Großmutter ihr nichts vererben wird, weil sie kaum etwas besitzt. Olaf schaut Elisa an, als überlegte er, ob sie es wirklich wissen sollte. Deinem Bruder, glaube ich.

Henriette zieht Luft durch die Zähne und grinst töricht. Olaf?

Ja, sagt Olaf. Ich finde es übrigens schön, dass du deinen Sohn Olaf genannt hast, Henriette.

Elisa kann sich nur noch wundern. Und das tut sie. Ihr Bruder ist offensichtlich nach dem Baumhausgeliebten ihrer Mutter benannt worden und hat von ihrer Großmutter Geld bekommen. Starthilfe für seinen endgültigen Weggang aus diesem Land und aus ihrem und dem Leben ihrer Mutter. Elisa vermisst Olaf nicht sehr, aber sie weiß, dass Henriette sich nach ihm sehnt. Vielleicht hat Klara ihm das Geld gegeben, um Henriette den Sohn zu nehmen. Weil Henriette sich selbst und damit Klara die Tochter entriss. Elisa findet diesen theatralischen Gedanken für einen Moment sehr logisch. Klara verkauft ihr Haus, gibt Olaf das Geld, ermahnt ihn, dieses Land damit für immer und ewig zu verlassen und sich nie bei seiner Mutter oder seiner Schwester zu melden. Es hätte so sein können.

Dein Sohn, Henriette, hat die alte Dame wohl um das Geld gebeten. So erzählten es meine Eltern, die noch lange mit Klara Kontakt hatten. Meine Eltern sind vor zehn Jahren gestorben. Kurz nacheinander. Erst meine Mutter, hier in dem Haus und im Bett, wie sie es sich gewünscht hat. Und mein Vater hat sich zwei Monate später auf den Weg gemacht, ihr zu folgen. War allerdings nicht so einfach für ihn. Zwei missglückte Suizidversuche, und nach dem zweiten dann an den Rollstuhl gebunden. Verletzung der Halswirbelsäule bei dem Versuch, sich zu erhängen. Da unten. Olaf zeigt aus dem Fenster vage in Richtung der hohen Tannen auf dem hinteren Teil des

Grundstücks. Hat einen Strick um einen Ast geschlungen und sich dann reingehängt. Und ich hab ihn gefunden und abgeschnitten und wiederbelebt. Vielleicht ist erst dabei die Halswirbelsäule kaputtgegangen. Wer weiß. Die Ärzte haben immer behauptet, es sei schon beim Strangulierungsversuch geschehen. Ich glaube das nicht.

Olaf kommt vom Hölzchen aufs Stöckchen, denkt Elisa und findet einmal mehr, dass ihr diese Menschen meist sympathisch sind. Die nicht linear erzählen können, sondern sich ablenken lassen von jeder kleinen Nebengeschichte. Zeitraubend ist das und schön, jemandem zuzuhören, der einfach nicht lassen kann von all den Erklärungen, die den Fortgang einer Erzählung begleiten. Obwohl dieses Nebengleis hier deprimierend ist.

Olaf kramt in einer Schublade des Küchenbuffets und findet eine Schachtel Zigaretten. Die krümeln wahrscheinlich schon, sagt er und zündet sich trotzdem eine an. Meine Eltern jedenfalls haben hin und wieder mit Klara telefoniert und ihr Briefe geschrieben. Was mit dem Haus passiert und wie es hier oben in der Siedlung läuft. Klara schien das auch zu interessieren. Nach jedem Brief rief sie an, um sich das eine oder andere ausführlicher berichten zu lassen, als es im Brief beschrieben war. Als meine Mutter begraben wurde, kam Klara sogar zur Beerdigung. Damals habe ich sie gefragt, wie es dir geht, und sie hat gesagt, sie wisse es nicht.

Mehr nicht? Mehr hat sie nicht gesagt?, fragt Henriette und klingt dabei ganz atemlos.

Doch, ich habe nachgefragt, und sie hat etwas von einem Zerwürfnis gemurmelt. Ein irreparables Unglück hat sie es genannt. Und weil sie so unglücklich aussah, habe ich dann das Thema gewechselt. Außerdem war mir selbst zum Heulen zumute, am Grab meiner Mutter.

Elisa schaut Olaf an, den Baumhausgeliebten ihrer Mutter, und sieht ein Unglück in seinen Augen. Das bildet sie sich vielleicht auch ein, dass es noch zu sehen ist, weil sie es sich wünscht. Sie greift nach der Schachtel auf dem Tisch und zündet sich die zweite Zigarette an diesem Tag an. Die schmeckt schon ein wenig besser als die erste.

Elisa schaut auf Henriettes gerunzelte Stirn und überlegt, ob sie unter diesen ganzen Umständen, wären sie ihr nur bekannt gewesen, die Erinnerungsreise mit ihrer Mutter nicht vermieden hätte. In einer ganz gewissen Weise gerät hier alles ins Wanken. Im Rahmen unserer Möglichkeiten, denkt Elisa und grinst ein wenig, steckt offensichtlich mehr, als wir gedacht haben.

Klara hatte das Haus an ein etwas älteres Ehepaar verkauft. Das kam, glaube ich, aus Magdeburg und zahlte damals bar und sofort. Wie das so üblich war in der DDR. Wir haben gespart und dann das ganze Geld auf den Tisch gelegt, wenn es etwas Gutes zu kaufen gab. Oder die zehn Jahre Wartezeit vorbei waren. Für das Auto.

Am Anfang kamen sie oft, die Frau und der Mann aus Magdeburg, aber sie haben nie etwas am Haus gemacht. Sind einfach nur für ein Wochenende da gewesen, haben auf der Terrasse gesessen, sind wandern gegangen und dann wieder abgefahren. Alles blieb, wie es war. Klara hatte ja fast die ganze Einrichtung hiergelassen. Und deshalb bestand auch keine Notwendigkeit. Aber sonderbar war es schon, dass die beiden rein gar nichts änderten. Als hätten sie nur auf eine Gelegenheit wie diese gewartet, die ihnen die Möglichkeit gab, sich einfach in ein fremdes Nest zu setzen und dort auszuharren.

Niemand von uns konnte sich wirklich mit den beiden bekannt machen. Gerade mal, dass sie grüßten, wenn sie einem über den Weg liefen. Sie schienen hier oben die einsamsten Menschen zu sein. Nur auf sich gestellt und bezogen. Ganz und gar unscheinbar im Äußeren, wenn man mal davon absieht, dass er ein durch eine große Narbe ziemlich verunstaltetes Gesicht hatte. Die Kinder hier fanden ihn jedenfalls gruselig und spielten manchmal: Das Narbengesicht kommt und holt dich bei Nacht. Vielleicht hat er das ja gewusst. Oder ahnte es.

Zwei Jahre ging es so. Mit den beiden. Sie kamen und fuhren wieder, und niemand von uns konnte irgendetwas über sie sagen. Außer, dass es sie gab. Dann veränderte sich alles. Langsam und allmählich, so dass man es kaum spürte. Es passierte hin und wieder, dass die beiden sich auf der Terrasse stritten. Nicht laut, aber in dieser Stimmlage, die mehr Zischen ist als Reden und weit trägt. Über den Gartenzaun sozusagen. Sie stritten über Belanglosigkeiten, wie meine Mutter sagte. Darüber, ob man nachts im Schlafzimmer das Fenster aufmacht oder geschlossen lässt. Über Einkäufe und vermeintlich oder wirklich unsinnige Anschaffungen. Meist war sie lauter als er und auch beharrlicher, wenn es darum ging, recht zu behalten. Er machte fast immer irgendwann einen Rückzieher, den er mit den Worten: ist doch nicht so wichtig, einleitete. Danach zog sie dann noch ein ausführliches Resümee, bevor sie sich zufriedengab. Man konnte ihm ansehen, wenn der Streit ihm naheging. Dann rötete sich seine Narbe. Das sah seltsam aus, denn die übrige Gesichtshaut blieb weiß.

Später dann passierte es hin und wieder, dass die beiden zu einer Wanderung aufbrachen und getrennt wieder heimkehrten. Immer kam er zuerst. Er ging ins Haus, zog sich um, setzte sich auf die Terrasse, wenn das Wetter danach war, las ein Buch, und wenn auch sie dann viel später heimkehrte, legte er das Buch weg und folgte ihr ins Haus. Dann blieben die beiden lange verschwunden, und wenn sie wieder zum Vorschein kamen, schien alles in Ordnung zu sein.

Die dritte Phase, wie meine Mutter es dann nannte, bestand darin, dass die beiden nicht mehr gemeinsam hierherkamen, sondern getrennt. Immer im Wechsel. Ein Wochenende er, das nächste Wochenende sie. Und ganz zum Schluss brachte er ein paar Mal eine andere Frau mit. Die war das, was meine Mutter ein Flittchen nannte und mein Vater eine lustige Witwe. Sie hatte blondes, hochtoupiertes Haar und trug, trotz einiger Krampfadern an den Waden, ziemlich kurze Röcke. Und sie hatte eine laute, ordinäre Stimme. Allerdings war sie zu ihm sehr zärtlich. Wenn die beiden auf der Terrasse saßen, stellte sie sich manchmal hinter ihn und streichelte seinen Kopf, den er dann nach hinten fallen ließ mitten hinein in ihr weiches Fleisch. Ich habe einmal gesehen, wie sie dann, in einem solchen Moment, mit dem Zeigefinger über seine Narbe gefahren ist und dabei ein Liedchen gesummt hat. Irgendein Kinderlied war das. Er hatte die Augen geschlossen und sah zum ersten Mal, glaubte ich, wirklich glücklich aus.

Die beiden waren vielleicht vier oder fünf Mal hier, und in der Zeit sah man seine Ehefrau gar nicht mehr. Hier vermuteten alle, dass die beiden inzwischen geschieden waren. Auf jeden Fall aber täuschten wir uns in einem. Die Ehefrau oder Ex-Ehefrau war nicht verschwunden. An einem Wochenende tauchte sie hier auf und ging, wie die Karikatur einer betrogenen Frau, auf die lustige Witwe los. Wir haben an den Zäunen gestanden und zugeschaut, wie trottelige Voyeure. Keinem von uns kam in den Sinn, dass man da auch einschreiten könnte oder zumindest darauf bestehen, dass die drei ihre Fehde drinnen im Haus austrugen. Wer da nun wirklich gewonnen hat, konnte man am Ende nicht sagen. Auf jeden Fall reiste der Mann Hals über Kopf mit seiner lustigen Witwe ab. Und das war dann auch das letzte Mal, dass wir ihn gesehen haben.

Olaf hält atemlos inne und schaut Henriette an, deren Blick an Elisa festhängt. Elisa starrt auf Olafs Bauch, der den Pullover gut ausfüllt und einen festen, muskulösen Eindruck macht. Zumindest aus dieser Entfernung. Ein paar Sekunden halten sie das magische Dreieck mit den Augen, bevor Henriette das Spiel verliert. Sie steht auf und murmelt etwas wie noch einen Kaffee kochen und fängt an, in der Küche zu hantieren, als gehöre die ihr. Olaf setzt sich an den Tisch und schaut auf Henriettes Hintern. Dann auf Elisa und dann auf den Küchenboden. Elisa ist entzückt. Ein schüchterner Baumhausgeliebter, das gefällt ihr. Zumal sie am Rücken ihrer Mutter sehen kann, dass die mehr als verlegen ist. So gut kennt sie Henriette, um zu wissen, was diese leicht hochgezogenen Schultern, zwischen denen sich der Rücken rundet, zu bedeuten haben.

Irgendwann haben sie uns hier die Grundstücke angeboten. Nach der Wende, ihr wisst ja. Die Gemeinden haben ihr Eigentum an Grund und Boden verscherbelt, wenn sie meinten, daraus keinen Nutzen mehr ziehen zu können. Olaf steht auf und nimmt neue Tassen aus dem Schrank. Er fragt, ob jemand Hunger habe, und holt, nachdem beide Frauen verneinen, Wurst und Käse aus dem Kühlschrank, schneidet Brot auf und hält es dabei wie eine alte Frau an die Brust gedrückt. Elisa will sich immer mehr für diesen Mann begeistern.

Alle hier oben auf dem Berg haben gekauft. Die Preise waren mehr als angemessen. Hier kann man ja auch nicht viel machen, bei den hohen Fichten auf den Grundstücken und dem steilen Gelände. Viele haben sich die Genehmigung geholt, drei oder vier Bäume zu fällen, und dann Einfamilienhäuser auf die freigewordenen Stellen gebaut. Inzwischen sind hier mehr als die Hälfte der Leute sesshaft. So wie ich. Du kennst sie wahrscheinlich alle noch, Henriette. Barthels ganz hinten am Ende des Weges, schräg gegenüber Michel und nebenan Schavanski mit seiner, ich glaube, vierten Ehefrau inzwischen.

Henriette nickt bei jedem Namen und zaubert sich mal ein Lächeln und mal ein Stirnrunzeln ins Gesicht. Ich war so oft hier mit Klara und Franz. In den Sommern an fast jedem Wochenende und immer den ganzen Urlaub und alle Feiertage. Wie die anderen Leute hier auch. Schavanski war bei der Stasi damals. Allen hat er erzählt, dass er im Ministerium des Innern arbeite, aber bei solch einer Ansage wusste man ja. Kam jedenfalls öfter auf ein Bier zu uns und hat dann stundenlang mit Franz diskutiert. Klara gefiel das nicht so. Sie hat Franz hin und wieder gebeten, vorsichtig zu sein mit dem, was er sagte. Und Franz hat dann gelacht und gesagt: Die wissen doch sowieso genau, was wir denken und was uns aus dem Hintern kommt. Denen brauchst du gar nichts zu erzählen, Klara. Die können Gedanken lesen. Damit war es dann auch immer gut.

Henriette schweigt und schaut Olaf an. Und schaut und schaut, bis Olaf sagt: Meine Eltern waren beide da. Bei der Firma. Das hat ihnen später das Leben schwergemacht. Und mir haben sie gesagt, sie hätten mit Wirtschaftsspionage zu tun gehabt. Patentklau und solche Sachen. Was weiß ich. Habe auch nicht nachgefragt, das stand mir nicht zu. Ich hatte ein üppiges Leben als Kind. Für dieses Land hier ein sehr üppiges. Da fragt man dann später nicht, wie es zustande kam. Ich jedenfalls nicht.

Jetzt kommt er schon wieder ins Tausendste, denkt Elisa und kippt drei Löffel Zucker in den Kaffee. Was hat die Stasi mit denen nebenan zu tun, die in unserem Häuschen gelebt haben und dann verschwunden sind. Henriette steht auf und legt Olaf eine Hand auf die Schulter. Da mach dir mal keine Vorwürfe. Nachgefragt haben wir alle nicht. Oder zu wenig. Klara hat mir mal gesagt, als ich sie fragte, ihr wäre es egal, wo der Franz im Krieg gewesen sei. Schließlich sei er vor dem Krieg ein guter Mensch gewesen, also wird er auch mittendrin einer geblieben sein. Und da hat sie ja vielleicht auch recht. Obwohl. Henriette schweigt und sieht zu Elisa. Obwohl Klara selbst.

Elisa fragt sich zum wiederholten Mal, warum Henriette diese Art hat, Sätze anzufangen und nicht zu Ende zu bringen. Und meist haben diese Sätze was mit Klara zu tun. Was willst du sagen, Mutter? Die Frage fällt schärfer aus als gewollt. Elisa ist selbst verblüfft. Aber irgendwann einmal muss Henriette doch rausrücken mit Klaras Schuld. Henriette sieht ihre Tochter erschrocken an. Ihre Tochter, die plötzlich alles wissen will und nicht loslässt. Als sei es heute lebenswichtig, was Klara mal getan hat. Als sei es eine Frage des Lebens. Doch nicht für Elisa.

Also, wo sind denn nun die Leute hier geblieben, die in den Möbeln meiner Eltern gelebt haben? Henriette geht so schnell zum nächsten Thema, dass Elisa ihre Niederlage erkennt. Und sieht, dass ihre Mutter ganz und gar außer sich ist. Sie hat diesen typischen knallroten Fleck auf der Stirn. Den bekommt sie immer, wenn ihr etwas nahegeht. Elisa nimmt kurz Henriettes Hand und tastet mit dem Daumen hoch ans Gelenk, wo der Puls zu fühlen ist. Sie rast ja, denkt sie und sieht ihrer Mutter ins Gesicht. Darüber will ich nicht reden, fleht die leise und drückt Elisas Hand. Nicht hier.

Wir haben sie gesucht und suchen lassen. An Olaf ist er vorbeigegangen. Der kurze Moment der Aufregung. Er erzählt weiter, als bliebe alles nur so im Fluss. Wenn er jetzt einfach immer weiter spricht. Wegen des Grundstücks, das noch übrig war, nachdem alle ihre Quadratmeter von der Gemeinde gekauft hatten, haben wir sie gesucht. Die von der Gemeinde haben gesagt, nach zehn oder fünfzehn Jahren wäre es vorbei mit dem Nutzungsrecht. Wenn sich bis dahin niemand gemeldet hätte, könnte man mit dem Grund und Boden so verfahren wie mit den anderen Grundstücken. Die müssten jetzt also rum sein, wenn ich es bedenke. Ihr könntet wahrscheinlich kaufen, Henriette. Bist du deshalb hergekommen?

Sie schüttelt den Kopf. Das nun wirklich nicht. Eine Reise in die Vergangenheit, am Ende langen Haderns, aber nicht etwa ein Neuanfang auf alten Gleisen. Elisa springt ihrer Mutter bei, die vor dem hoffnungsvoll törichten Lächeln von Olaf schon kapituliert zu haben scheint. Wir wollten nur schauen, wie es heute aussieht. Mehr nicht. Eine Erinnerungsreise, damit wir es dann dabei belassen können. Am Haus liegt uns nichts.

Das gefällt dem Baumhausgeliebten ihrer Mutter nicht. Er hat gehofft. Ein wenig jedenfalls. Ist noch ziemlich stabil, die Hütte. Zumindest das Fundament. Und das Grundstück eines der schönsten hier. Deshalb wollten ja einige nicht die fünfzehn Jahre warten und haben schon vorher Angebote gemacht. Und gesucht. Dieses Ehepaar, von dem wir dann nicht mal wussten, ob es noch ein Ehepaar war, hatte der Erdboden verschluckt. Der Bürgermeister hat es auf ganz offiziellem Weg versucht. Nichts. Dann haben wir zusammengelegt und zwei Suchannoncen geschaltet. Irgendjemand hier ist sogar auf den Einfall gekommen, einen Privatdetektiv zu beauftragen. Hat ganz schön viel Geld dafür hingelegt. Weg. Die waren und sind einfach weg.

Elisa redet in ihre Kaffeetasse, dass man es eigentlich nicht glauben könne in diesem Land hier, da verschwinde doch niemand spurlos. Und denkt dabei an ihren Bruder, der ihr heute so oft in den Sinn gekommen ist wie sonst in zwei Monaten nicht. Der ist schließlich auch verschwunden, ganz und gar. Obwohl sich Elisa manchmal nicht sicher ist, ob Henriette ebenso ahnungslos ist, was seinen Aufenthaltsort anbelangt. Oder der von Klara. Vielleicht weiß sie alles, denkt Elisa und schaut auf Henriette, die angefangen hat, Brote zu schmieren, als sei das hier ein Ferienlager. Henriette macht in ihrer Verlegenheit seit jeher die unsinnigsten Dinge. Jetzt stapelt sich auf einem flachen Teller ein Turm aus belegten Klappbroten.

Elisa nimmt Henriette das Messer aus der Hand und legt es in die Spüle. Erst da hört die auf, sich manisch abzulenken vom Geschehen, und legt die Hände wieder in den Schoß. Olaf greift tatsächlich zu und verschlingt ein Klappbrot mit zwei Bissen, als sei er völlig ausgehungert.

Doch, es ist schon möglich. Auch hier, murmelt er mit vollem Mund und greift nach dem nächsten Brot. Wir jedenfalls haben sie nicht gefunden. Weder tot noch lebendig. Vielleicht ist der Ehemann mit seiner lustigen blonden Witwe auf eine Insel gegangen. Und die Ehefrau hat sich dann wieder verheiratet und heißt jetzt anders.

So also reimt er sich die Geschichte zusammen, denkt Elisa und lächelt. Der Mann auf einer Insel mit seiner Geliebten und die Frau tot oder wieder verheiratet. Henriette steht auf und macht verstohlen Zeichen. Wir müssen jetzt, sonst wird es ja dunkel, und der Weg, das Hotel. Sie ist wieder ganz und gar verlegen, als hätte Olaf sie gefragt, ob sie bei ihm übernachten möchte, und sie wüsste nicht, wie sie es ablehnen soll.

Henriette. Olaf steht hastig auf und reißt dabei seine Kaffeetasse vom Tisch. Ich könnte morgen ins Dorf kommen, ins Hotel, zum Kaffee oder so.

Elisa nickt ihm zu und findet die Vorstellung schön, ihre Mutter für ein paar Stunden aus den Augen lassen zu können. Morgen Nachmittag. Heute Abend wird sie noch mit den Hanullern und Henriette verbringen. Aber morgen einige Stunden allein. Doch, das gefällt ihr. Und da fällt dann auch Henriette nichts mehr ein, was dagegen spräche. Sie nickt Olaf zu und gibt ihm tatsächlich einen flüchtigen Kuss auf die rechte Wange und wendet sich ab, als sei das nun verbotene Ware. Zehn Minuten später sind beide Frauen wieder auf dem Weg. Elisa macht ein letztes Foto von dem verfallenen Haus, in dem so viel von Henriette steckt und noch mehr von Klara. Übermorgen gehen wir noch einmal her und brechen ein. Dann holen wir die gehäkelten Gardinen.

Henriette nickt und sieht glücklich aus.

Die Alten haben wieder einen Winter überstanden. Fast alle jedenfalls. Klara hat sich von der netten Pflegerin die Statistik abgeholt. Drei sind gestorben über den langen Winter, haben es nicht mehr geschafft, bis die Krokusse blühen. Klara jedenfalls und Aaron gehören zu den Guten. Sind noch einmal davongekommen. Oder wieder einmal, das hängt davon ab, wie man es betrachtet.

Wenn ich es bis Weihnachten ohne Windeln schaffe, spendiere ich eine ganze Rente, denkt Klara und weiß, dass es gar nicht so geht. Die Rente ist für dieses Heim hier verplant. Sie bekommt einhundertfünfzig Euro Taschengeld im Monat. Das reicht ihr auch, schließlich ist niemand zu beschenken. Manchmal bestellt sie bei der netten Pflegerin etwas für Aaron. Ein Rasierwasser oder ein Buch. Er freut sich immer und über alles, was Klara ihm gibt. Inzwischen haben die im Heim auch alle verstanden, dass Klara und Aaron so etwas wie ein Paar sind. Ein seltsames Paar, aber das kann egal sein. Wenn man alt ist, scheint so vieles keine Bedeutung mehr zu haben.

Klara redet hin und wieder mit Aaron darüber, wenn sie allein sind. Wie wenig Bedeutung die Dinge und Ereignisse noch haben, die in die Gegenwart gehören. Und wie wichtig die Vergangenheit wird. Allerdings ist sie nicht weitergekommen, was Aarons Vergangenheit anbelangt. Er hört ihr immer zu, wenn sie ihre Geschichten erzählt, und stellt sie eine Frage, lächelt er und bietet ihr etwas zu trinken an oder schlägt vor, gemeinsam in den Park zu gehen. Nichts weiß sie über den alten Juden, obwohl sie einander nun schon fast vier Monate kennen.

Klara sitzt in ihrem Zimmer und denkt an Aaron und an die Windeln. Bis auf das erste Mal hat sie jedes Malheur selbst bemerkt, ohne dass ihr die Pflegerinnen draufgekommen sind. Das ist eine reife Leistung, auf die sie stolz sein kann. Aber der Anlass gibt nichts her zum Stolzsein. Das Unvermeidliche wird kommen, da ist sich Klara sicher. Sie wird verblöden und Windeln brauchen. Wie die Nachbarin, mit der sie sich das Badezimmer teilt. Inzwischen hat sie es ja ganz für sich allein. Die Nachbarin wird gewindelt und in dem Raum mit den Hebevorrichtungen für Demente und Lahme gebadet. Aber den Winter hat sie überstanden. Und Besuch bekommt sie auch an jedem Wochenende. Da weiß Klara dann nicht, wer von ihnen beiden nun besser dran ist. Auf jeden Fall hat sie sich im Bad breitmachen können, und wenn ihre Sachen vollgepinkelt sind, muss sie auch nicht mehr Rücksicht nehmen. Kann alles selbst in der Dusche waschen und über den Heizkörper hängen. An den Sommer mag Klara allerdings nicht denken. Wenn die Heizungen nicht mehr an sind, wird sie sich etwas einfallen lassen müssen mit den nassen Sachen.

Manchmal, wenn sie sich unsicher fühlt, pampert sie sich selbst für die Nacht. Das Wort hat sie gehört von den Pflegerinnen. Ist die schon gepampert, fragen die sich gegenseitig, wenn sie nicht wissen, ob eine Alte schon versorgt ist oder nicht. Klara klaut die Windeln in dem großen Badezimmer für die Dementen und Lahmen. Und verstaut sie in ihrem Schrank ganz hinten. Es ist schon vorgekommen, dass sie den richtigen Riecher hatte. Dann war die Windel morgens nass. Mit dem Entsorgen ist es auch nicht so einfach. Klara trägt die nassen Windeln dann wieder zurück ins große Bad und wirft sie dort in den Mülleimer. Das ist alles sehr zeitraubend, aber es lohnt sich.

Heute Nachmittag wird sie mit Aaron wieder in den Park gehen. Da kennen sie nun schon jeden Strauch, und bisher sind sie auch immer heil wieder zurückgekommen. Das hat was damit zu tun, dass sie weiterhin nie zur gleichen Zeit den Verstand verlieren. Sie und Aaron. Klara findet, dass dies ein Wunder ist, und Aaron glaubt, nur deshalb hätten sie sich überhaupt gefunden. Die Natur wäre verantwortlich zu machen dafür, dass sie beide so eine Anziehungskraft gespürt hätten. Sie sorge auch noch für die Alten und Dementen vor, die Natur. Meint Aaron.

Den Pflegerinnen jedenfalls ersparen sie noch eine Menge Arbeit. Auf diese Art und Weise. Aaron hat ihr inzwischen sein Testament gegeben und ihr gesagt, sie möge dafür sorgen, dass er auch wirklich verbrannt wird. Das hab ich meiner Familie versprochen, hat er gesagt und auf die Nachfrage von Klara mit dem Satz: Lass uns einen Wodka trinken, Klara, geantwortet.

Da hat sie dann gesagt: Ich weiß doch, dass deine Familie in die Lager gegangen ist und in die Öfen. Da musst du jetzt nicht immer ablenken.

Und Aaron hat mit der rechten Hand diese Schlussstrichbewegung gemacht, einmal quer durch die Luft und den Raum in zwei Hälften schneiden. Da weiß Klara dann immer, dass es jetzt Zeit ist, über andere Dinge zu reden. Und das tut sie dann auch. Wir sind alt, denkt sie dann und redet über andere Dinge. Es hat keinen Sinn, über die Vergangenheit zu sprechen. Aber denken muss sie immer an die Vergangenheit. Sie hat sich ganz gut vorangearbeitet. Und weiß inzwischen ziemlich viel. Der netten Pflegerin erzählt sie manchmal etwas davon. Aber nur die guten Sachen. Mit den schlechten kommt sie auch nicht ins Reine. Und schon gar nicht mit dem Gedanken an Henriette und Elisa. Das weiß nun wirklich niemand hier. Dass sie sich erinnert an Henriette und deren Kind.

Als sie hierherkam, ins Heim, war wirklich fast alles verschwunden. Die haben sie im Krankenhaus irregemacht. Immer davon geredet, dass irgendetwas passiert sein müsse, was Klara so aus der Bahn und aufs Krankenbett geworfen habe. Kann ja alles sein. Aber daran erinnert sie sich nicht. Nun bastelt sie Stück für Stück die Vergangenheit zusammen, solange es eben noch geht. Ein Wettlauf mit der Verblödung ist das.

Klara steht auf und geht ins Bad. Sie stellt sich vor den Spiegel und erkennt sich nicht. Ihre makellosen Zähne aus Kunststoff grinsen lustig, und der Spiegel wirft das Grinsen zurück. Sie setzt sich aufs Klo und pinkelt. Durch Schlüpfer, Strumpfhose und dunkelblaue Leinenhose rinnt der warme Urin. Nichts kommt in der Kloschüssel an, alles bleibt in den Sachen. Klara steht auf, geht ins Zimmer und legt sich ins Bett. Eine stinkende alte Frau, so liegt sie da und guckt in die Luft. Ein kleiner Hauch weht und bauscht die Gardine etwas auf. Klara bekommt Angst vor der monströsen Figur am Fenster. Sie steht auf und kramt in der Schublade des Nachttischs, bis sie die kleine Nagelschere findet. Mit der schneidet sie dem Gardinenmonster die Beine ab. Das dauert seine Zeit, und Klara fängt an zu schwitzen. Vor allem zwischen den Beinen. Glaubt sie. Da schwitze ich jetzt schon zwischen den Beinen. Klara kann sich selbst riechen.

Als sie wieder ein bisschen klar denken kann, steht sie vor der Bescherung und jammert. Was sie da angerichtet hat, lässt sich nicht so schnell in Ordnung bringen. Und in zwei Stunden kommt Aaron, um sie abzuholen. Klara fasst sich an die Brust. Dahin, wo nichts mehr ist, und reibt über das Narbengewebe, bis es anfängt weh zu tun.

Sie geht ins Bad und sucht nach der Pfütze, die sie doch irgendwohin gemacht haben muss. Wenn sie so stinkt wie jetzt, muss da eine Pfütze sein. Sie findet nichts und beginnt sich aus- und umzuziehen und stopft die Sachen dieses Mal in die Plastiktüte, in der das Buch für Aaron gelegen hat. Das die Pflegerin für Klara gekauft hatte, und Klara hat es dann Aaron geschenkt. Jetzt kommen da die stinkenden Klamotten rein. Und später müssen sie ganz verschwinden. Vielleicht in einem Papierkorb im Park. Dann die Dusche, dann neue Sachen, dann den Schaden mit der Gardine begucken. Dazu fällt ihr nichts ein. Gar nichts.

Klara fängt an zu weinen. Sie sitzt auf dem Bett und weint, wegen der Gardine. Die ein Beweis dafür ist, dass ihr der Verstand immer häufiger abhandenkommt. Das ist schlimmer, als die Brüste zu verlieren. Denkt sie. Und denkt sich zurück, damit das hier nicht mehr so schlimm ist.

*

Franz schickt sie zum Arzt. Ein Jahr, nachdem Klara selbst den kleinen, festen Knoten gespürt hatte. Als sie neben Henriette am Bettchen saß.

Du musst das untersuchen lassen, sagt er und schaut Klara an mit seinen blauen Heestersaugen. Das muss ja nun nichts Schlimmes sein, aber man will es doch wissen, Klara.

Klara will es nicht wissen. Sie weiß es schon. Und sie denkt, dass sie noch ein paar Jahre mit dem Knoten da rumlaufen kann und dann auf einen Schlag sterben wird. So, bildet sie sich ein, läuft das, wenn eine Frau den Brustkrebs hat. Und bei der Arbeit können sie ganz gewiss nicht auf sie verzichten. Franz ist auch den ganzen Tag unterwegs, wer soll sich um das Kind kümmern, wenn sie ins Krankenhaus geht und der Franz keine Zeit hat. Es hat jetzt gerade mit der Schule begonnen und macht sich da gar nicht schlecht. Kann schon fast alle Buchstaben und rechnen bis zwanzig. Franz ist ganz und gar stolz auf die Tochter, die inzwischen auch gut ohne Kaffeekanne auskommt. Hin und wieder, wenn sie Kummer hat, die Kleine, redet sie mit der Kanne, so wie früher. Aber das passiert nur noch selten.

Klara fragt sich manchmal, ob das Kind später, wenn es eine Frau ist, daran leiden wird, dass es mal ein Kaffeekannenkind war. Sie kann sich vorstellen, dass so etwas Spuren hinterlässt. Viel weiß sie ja nicht von Psychologie. Aber dass es nicht schadlos vorübergehen wird, wenn ein Kind ewig und immer die Kaffeekanne zur Vertrauten erklärt, das kann sie sich schon denken. Nur später, das denkt sie auch, wird es Tabletten geben oder Therapien, mit denen sich eine erwachsene Frau die Kaffeekanne aus dem Kopf holen kann.

Franz bleibt dabei, Klara muss zum Arzt, und er wird sie begleiten, wenn es sein muss. Also macht sie einen Termin, und bis dahin vergehen noch zwei Wochen, so voll ist der Arztkalender. In den zwei Wochen redet sie nicht über den Knoten in der Brust, und auch Franz schweigt. Als würde alles wahr, wenn sie begännen, darüber zu sprechen. Manchmal fasst Klara abends, wenn sie sich in der Küche wäscht, nach der Stelle, und immer ist der Knoten da. Unverrückbar und, wie ihr scheint, ein wenig größer als noch beim ersten Mal, als sie ihn ertastet hatte. Franz lässt sie in den zwei Wochen in Ruhe. Bis auf den letzten Abend vor dem Untersuchungstermin. Da legt er sich auf sie und eine Hand auf die knotenfreie Brust und macht alles ganz sanft und ruhig. So dass es Klara vorkommt, als sei dies ein Abschiedsgeschenk, eine letzte große Vertrautheit zwischen ihnen, bevor das Leben irgendetwas von ihr fordern wird. Einen Tribut, eine Schuld, einen

Preis dafür, dass sie beim Russen im Bett lag und ihm danach gefolgt ist in allem, was sie tat. Normalerweise kommen ihr solche Gedanken nicht, aber der Knoten in der Brust macht sie nun doch ganz verrückt. Er ist eine Ankündigung, dass sich vieles ändern wird.

Dem Kind ist Klara in diesen Tagen eine viel zärtlichere Mutter als sonst. Sie fasst es an, sooft es geht, und wundert sich, wie weich die Haut des Mädchens ist und wie dünn sie sich anfühlt. Und das Kind hält still, wenn es angefasst wird. Zu ungewohnt wahrscheinlich die Berührungen. Aber nun, da Klara nicht mehr das Gefühl hat, eine schmutzige Russenhure zu sein, will alles nachgeholt werden. Franz schaut zu und ist sich nicht schlüssig, was es zu bedeuten hat, dass Klara nun plötzlich so zärtlich wird. Er hat böse Ahnungen, aber die verschweigt er besser. Vielleicht wird ja alles noch gut, und der Kelch geht an ihnen vorüber. Verdient hätten sie es, nach diesem Krieg und all ihrem Leiden darin.

Der Arzt ist ein alter Mann. Müsste eigentlich schon längst im Ruhestand sein, aber noch herrscht Mangel an Ärzten, und zu Hause wartet niemand auf ihn. Also kann er genauso Frauen gute und schlechte Nachrichten überbringen. Er schickt Klara hinter einen Paravent und sagt, sie solle den Oberkörper frei machen. Klara steht dann mit verschränkten Armen vor ihm. Sie mag ihre Brust nicht zeigen. Der Arzt kennt das. Hat weniger mit Scham zu tun als mit dem Moment, da die Welt sich plötzlich ändert, wenn er etwas sagt. So wie jetzt.

Er tastet mit geübten Fingern über Klaras Brust und fühlt den festen Knoten, der sich nicht bewegen lässt, und gleich daneben noch einen. Das müssen wir genauer untersuchen, sagt er und weiß schon, was dabei rauskommen wird. Seit mehr als dreißig Jahren ertastet er den Krebs im weichen, begehrenswerten Gewebe, er kennt die Formen, in denen er daherkommt und die Frauen unglücklich macht.

Klara sieht ihn mit großen Augen an und fragt, ob er glaube, dass es Krebs sei. Und er sagt, was er immer sagt: Das kann man jetzt noch nicht genau wissen, wir müssen erst einige Untersuchungen machen. Aber wenn es Krebs ist, werden wir operieren, und dann haben Sie eine Chance. Das dürfen Sie nicht vergessen. Dass es immer eine Chance gibt.

Doch Klara hört ihm schon nicht mehr zu. Sie geht hinter den Paravent und zieht sich an und überlegt, ob der Franz mit dem Kind auch allein klarkommen würde, wenn sie tot ist. Und wenn man nicht operiert, fragt sie hinterm Paravent und hört, wie der Arzt die Luft einzieht. Das sollten Sie gar nicht erst überlegen. Wenn nichts getan wird, geht es meist ganz schnell. Bis das Kind mit der Schule fertig ist, denkt Klara. Wenn ich so lange Zeit hätte, wäre das eine glückliche Fügung.

Der Arzt schreibt Zettel aus und sagt ihr, als sie wieder vor ihm sitzt, wohin sie nun gehen muss, für all die Untersuchungen. Und wann sie dann wieder zu ihm kommen soll, um die Ergebnisse zu erfahren. Er legt seine altersfleckige warme Hand auf Klaras Finger und lächelt ihr ins Gesicht. Klara, sagt er und zieht den kurzen Namen ein wenig in die Länge. Sie dürfen jetzt nicht vor Angst vergehen.

Dieser Satz kommt Klara ganz sonderbar vor, aber auch ein wenig tröstlich. Nein, sie wird nicht vor Angst vergehen. Jetzt ist es schon einfacher als in den vergangenen Tagen. Sie ist sich sicher, dass in ihrer Brust der Krebs sitzt. Und dass sie da nicht unbeschadet rauskommen wird. Gar nicht unbeschadet. Der arme Franz, denkt sie. Wo der doch Brüste so liebt. Da wird er sich eine andere Frau suchen müssen. Wenn ich es überlebe. Und wenn ich es nicht überlebe, auch. Sie überlässt ihre Finger der warmen Hand des Arztes und flüstert ihm verschwörerisch zu, dass dies wohl doch eine Strafe dafür sei, dass sie es mit dem Russen gemacht hätte.

Unsinn, grollt der und fängt wieder an, Zettel zu schreiben. Wenn so unsere Strafen aussähen, hätten hier alle Krebs in diesem Land. Klara. Hör auf, dir solchen Quatsch einzureden. Der Russe ist auch nur ein Mensch auf zwei Beinen und mit einem Kopf zwischen den Schultern.

Klara lacht und nimmt die Zettel und geht aus dem Sprechzimmer zu Franz, der dasitzt und auf die Wand guckt, als gäbe es etwas zu sehen. Sie sagt ihm, was getan werden muss und dass sie mit dem Schlimmsten rechnen sollten. Und sie sieht dem Franz an, dass er damit gerechnet hat und nun sogar ein wenig erleichtert ist. So, als läge das Schreckliche schon hinter ihnen. An diesem Abend sind sie beide ganz gelöst. Sie reden miteinander sogar über die Zukunft, als wäre alles ganz einfach. Franz sagt, dass er dem Mädchen Großes zutraue. Wie es sich da in der Schule mache, das sei ein Wunder. Jetzt schon könne es bis zwanzig mit den Zahlen jonglieren, und die Buchstaben schreibe es auch, dass sie sich zu ganzen Wörtern fügten. Klara fühlt sich getröstet. Wenn sie sterben muss, wird Franz mit dem Mädchen gut auskommen. Das will er ihr an diesem Abend sagen. Denkt Klara.

Zwei Wochen später ist es besiegelt. In Klaras Brust hat sich der Krebs eingenistet. Ob er größer ist und gefräßiger, als es die zwei Knoten vermuten lassen, weiß man nicht. Das wird sich erst zeigen, wenn der Chirurg sein Werk getan hat. Klara bittet sich noch ein wenig Zeit aus. Sie will mit dem Kind und mit Franz noch ein paar gute Tage haben. Der alte Arzt hat genickt und gesagt, ein paar Tage seien in Ordnung. Aber sie solle es nicht auf die lange Bank schieben. Jeder Tag berge auch das Risiko, dass der Krebs wachse. Und Klara sei zu jung, um einfach so alles aufs Spiel zu setzen.

Zu dritt fahren sie dann in die nahen Berge. Ein Zug bringt sie dorthin, und dann kommen sie noch ein Stück mit dem Bus weiter. Wenn ich den Krebs überlebe, sagt Klara zu Franz und zeigt mit unbestimmter Geste in einen dichten Wald. Dann bauen wir uns hier ein Häuschen. Für Urlaube und Wochenenden.

Franz findet den Gedanken ganz verwegen. Aber auch nicht schlecht. Ein Häuschen, denkt er, wird Klara retten. Er schaut sich den Wald an und die hohen Fichten, die ein Geräusch machen im Wind, als wären sie das Meer. Wenn sie hier ein Häuschen bauen könnten, hätten sie das Meer in den Ohren und den Wald vor Augen. Davon würde Klara gewiss wieder ganz gesund werden.

Lass uns ins nächste Dorf laufen, sagt Franz und lächelt seiner kranken Frau zu, die bald keine Brust mehr haben wird. Wir fragen einfach.

Im Dorf finden sie tatsächlich den Bürgermeister. Der sitzt in seinem kleinen, mit Schiefer verkleideten Haus und hat sich unten ein Bürgermeisterbüro eingerichtet. Von hier aus regiert er die Welt ringsum. Franz führt das Wort und schickt Klara und das Mädchen nach fünf Minuten raus. Du wolltest dir doch das Dorf anschauen, sagt er und zwinkert mit dem linken Auge, so dass Klara versteht. Hier soll es ein Gespräch unter Männern geben.

Eine halbe Stunde später kommt Franz raus und sieht glücklich aus. Ich habe ihm gesagt, dass du bald einen richtigen Erfolg brauchen wirst, um wieder gesund zu werden. Man kann da oben, wo wir gestanden haben, ein Grundstück pachten. Sie machen eine kleine Siedlung auf. Datschen. Urlaubshäuschen. Ich bin jetzt auf der Liste, Klara. Ganz oben, weil der Bürgermeister mich sympathisch findet und weil wir beide in der Partei sind.

Was hat das mit der Partei zu tun, fragt Klara und schaut ganz verwundert, als wisse sie nicht, wie die Dinge so laufen.

Die werden natürlich bevorzugt, sagt Franz etwas beleidigt, als müsse sie das nun immer im Kopf haben. Schließlich arbeiten wir hart für diesen Staat, und da ist ein bisschen Urlaub hin und wieder, in der eigenen Datsche, so was wie eine Belohnung.

Klara findet es richtig und falsch. Wenn ich den Krebs überlebe, denkt sie, habe ich mir sowieso eine Datsche verdient. Mit und ohne Partei. Der Krebs ist schließlich mein zweiter Krieg. Vielleicht sogar noch schlimmer.

*

Es klopft an der Tür. Drei Mal klopft es.

Herein, sagt Klara und schiebt den Unterkiefer wieder zurecht. Der verrutscht beim Nachdenken immer. Aaron sieht fein aus in seinen Sachen. Fein für den Ausgang, denkt Klara und überlegt, worüber sie sich vorhin noch solche Sorgen gemacht hat. Sie steht auf, geht zu ihm und küsst ihn leicht auf den Mund. So gut haben sie es beide mittlerweile, dass sie sich auf den Mund küssen können und Hand in Hand durch den Park laufen. Aaron legt seine Hände auf ihre Hüften, die noch einen ganz guten Schwung haben, und schaut ihr über die Schulter.

Ich finde diese Gardinen auch ziemlich hässlich. Die Idee mit dem Abschneiden ist gar nicht so schlecht. Mal schauen, ob es dafür Ärger oder Lob gibt.

Nun weiß es Klara also wieder. Sie dreht sich weg von Aaron, schaut auf die Gardinen und fängt gleich wieder an zu weinen. Aaron schiebt sie zum Schrank, holt den Mantel raus und einen seidigen bunten Schal. Meine Schwester, plaudert er dabei, hat alles mit einer großen Schere zerschnitten, was ihr in die Finger kam. Wenn sie wütend war. Sie war andauernd wütend. Wir haben überhaupt nicht verstanden, wie ein kleines, süßes, blondlockiges Mädchen ständig wütend sein kann. Sie war sogar noch wütend, als man sie abgeholt hat. Nicht ängstlich und nicht verzweifelt. Wütend. Das hat ihr wahrscheinlich viel erspart. Sie werden sie als eine der Ersten ins Gas geschickt haben.

Klara steht still vor dem Schrank und vermutet, dass sie sich jetzt nicht bewegen sollte. Wenn Aaron schon einmal redet. Von seiner Familie. Nur um sie zu trösten, redet er von den Toten. Klara denkt, dass er sie liebt. Sonst täte er das nicht. Von den Toten sprechen. Sie steht still vor dem Schrank, schaut auf die ordentlich gestapelten Westen und Pullover und wartet auf die nächsten Sätze. Aber es kommen keine mehr. Aaron dreht sie weg vom Schrank und bringt Schwung in den Seidenschal, schlingt ihn ihr zweimal um den Hals. Du bist eine geile Alte, sagt er und grinst, als hätte jetzt er den Verstand verloren.

Klara zieht ihren Mantel aus und Aaron zum Bett und drapiert ihn neben sich, als hätte sie einen Plan. Sie nimmt seine Hand und legt sie auf ihren Oberschenkel und sagt: Wenn ich die Bluse anlasse, was meinst du, Aaron? Mein Hintern und die Oberschenkel machen noch was her, und manchmal, wenn ich dich so anschaue, denke ich, bei dir ist es auch nicht ganz vorbei. Sie kichert und wickelt den Seidenschal um ihre Finger.

Da sitzen sie. Zwei geile Alte, die wahrscheinlich überhaupt nicht mehr können. Klara hätte nicht geglaubt, dass sie sich zu solchen Schweinereien hinreißen lassen könnte. Nicht, dass es das hier im Heim nicht gäbe. Manche verlernen es nie. Wenn Klara hin und wieder eine Pflegerin mit angeekeltem Gesichtsausdruck aus einem Zimmer kommen sieht, dann weiß sie, es ist nicht wegen vollgeschissener Windeln. Sie hat schon oft gehört, wie das Personal darüber redet. Ihr würde es auch nicht gefallen. Da ist sie sich sicher. Aber wenn die Türen nicht abschließbar sind und es einen überkommt, dass man wissen möchte, ob man noch lebt oder schon tot ist. Dafür gibt es offensichtlich keinen Plan. Anfassen ist hier nicht verboten, aber auch nicht richtig erlaubt.

Aaron sitzt ganz still und sagt noch immer kein Wort. Seine Finger drücken und tasten sanft auf Klaras Oberschenkel rum. Er schaut sie an, die Frau, in die er sich verliebt hat. Im verrückten Alter von achtzig. Aus Angst vor dem Sterben und vor dem Blödwerden. Aus Verzweiflung und weil es niemanden mehr interessiert, dass er ein vergessener Jude ist. Außer Klara, die immer wissen will, was früher war, und es nicht lassen kann, ihn danach zu fragen. Als ob es einen Sinn habe, heute darüber zu reden, hier, in dieser Endstation, wo sie alle nur warten. Darauf, dass es gut gelingen möge, mit dem letzten Atemzug und dem Sterben.

Aaron denkt nach und stellt sich vor, wie er mit Klara. Versucht es sich vorzustellen. Da kommen fast nur komische Bilder und ein paar gute. So nebeneinander zu liegen hätte bestimmt etwas Tröstliches. Da ist er sich ganz sicher. Sich anfassen wäre vielleicht schon schwieriger. Er hat Klara schon gesehen, so ist es nicht, ihren ziemlich zerstörten Körper, der an einigen Stellen noch so junge Haut hat. Hat ihn auch nicht erschreckt, er kennt wahrhaftig Schlimmeres. Aber es ist Klaras zerstörter Körper, und das macht die Dinge schwierig.

Klara sitzt ganz still und glaubt, mindestens drei Schritte zu weit gegangen zu sein. Welcher Teufel hat sie geritten, sich einem alten Mann anzubieten, wo sie bald sterben wird und runzlig ist an den meisten Stellen. Sie sitzt und wartet und denkt an Franz, wie er ihr manchmal unter den Rock gegriffen hat, wenn sie in der Küche stand. Und wie sie dann immer unwillig nach der Männerhand geschlagen hat, weil es ihr völlig unpassend schien, die Finger vom Franz zwischen den Beinen zu haben und dabei einen Kuchenteig zu rühren.

Aarons Finger drücken und tasten weiter auf Klaras Schenkel. Er schaut sie an, die alte Frau, und sagt: Wir sollten das nicht hier versuchen, Klara. Das ist unter unserer Würde. Meinst du nicht auch? Stell dir vor, eine von den Pflegerinnen kommt rein.

Klara nickt. Sie meint es auch. Sie findet sowieso, dass hier vieles unter ihrer Würde ist. Letztens erst hat sie diesen Drachen von Pflegerin dabei erwischt, wie sie der Alten aus dem Zimmer ganz hinten rechts eine riesig große Schüssel mit Quark ins Zimmer brachte. Klara weiß, was Sache ist. Die Alte hat vergessen, wie das Gefühl ist, satt zu sein. Sie schreit ständig nach Essen. Und wenn das dem Drachen zu viel wird, stellt sie eine Schüssel Quark hin. Dann stopft die ewig hungrige Alte alles in sich rein. So lange, bis sie kotzen muss. Und das freut den Drachen. So hat er sich gut geräcHt an der Nervensäge, die nichts dafür kann, dass sie eine Nervensäge ist. Aber doch alle zur Weißglut bringt. So sehr, dass sich eine Pflegerin sogar ordentliche Foltermethoden ausdenken kann, um den Druck loszuwerden. Die nette mit dem Zopf täte so etwas wahrscheinlich nicht. Aber wer weiß. Sie ist noch nicht so lange da.

Wir werden in ein Hotel gehen, Klara. Aaron lächelt und steht auf. Wir gehen in den Park und aus dem Park raus in ein Hotel und mieten uns ein Zimmer für eine Nacht. Was hältst du davon, Klara?

Sie mag den Gedanken. Mit Aaron in einem Hotel zu sein ist ein Abenteuer, das ihnen zusteht. Egal, ob sie in dem Hotelbett etwas miteinander anfangen können oder nicht. Sie würden sich das Frühstück ans Bett bringen lassen. Oder nein. Lieber nicht, Frühstück ans Bett ist für

Alte ja wohl eher das Ende vom Lied. Sie würden im Hotelrestaurant frühstücken. Und zu Abend essen natürlich auch. Dann noch ein wenig spazieren gehen, der Rest wird sich schon irgendwie ergeben. Klara schaut auf die abgeschnittenen Gardinen. Warum sind die abgeschnitten? Können die in dem Pflegeheim nicht mal anständige Gardinen an die Fenster bringen? Klara nimmt Aarons Hand und zieht ihn zur Tür. Lass uns noch mal schauen, ob wir im Park das Mädchen finden.

Juli schaut sich ein letztes Mal um. Die Wohnung ist leer und sieht nun schäbig aus. So schäbig, dass Juli hofft, Svenja werde sich an die ersten Lebenswochen nicht erinnern, wenn sie einmal größer ist. Erinnerung fängt ja erst mit drei an, murmelt Juli und dreht sich um. Unten steht der Mann der Hebamme mit seinem Auto im Halteverbot. Sie muss sich beeilen, sonst bekommt er noch einen Strafzettel. Juli haucht Svenja einen dünnen Kuss auf die Wange und schließt die Wohnungstür. Den Schlüssel steckt sie unten in den Briefkasten der Verwaltung. So ist es abgemacht.

Der Mann der Hebamme steigt aus dem Auto und öffnet die hintere Tür. Er ist nett, denkt Juli, ein richtiger Kavalier. Sie schiebt sich mit Svenja auf die Rückbank. Der Mann stellt sich den Rückspiegel so, dass er Juli und Svenja drin sehen kann. Er fährt sowieso nur mit den Seitenspiegeln, da kann er den Rückspiegel ruhig anderweitig nutzen. Da hinten sitzt sein neues Leben. Zumindest fühlt er sich so. Wer weiß, wie lange die beiden Kinder da bei ihnen bleiben werden. Aber erst einmal ist es so, dass sie da sind.

Juli lächelt in den Rückspiegel. Ich könnte heute Abend für uns alle Eierkuchen machen, sagt sie. Die gelingen mir jetzt schon ganz gut.

Der Mann grinst und macht mit drei Fingern der rechten Hand eine Essensbewegung. Hat er einem italienischen Kellner abgeguckt. Eierkuchen sind gut. Erinnern mich an früher und an meine Großmutter.

Juli schaut, als käme ihr erst jetzt in den Sinn, dass der Mann so alt auch nicht ist. Hat zwar einen erwachsenen Sohn, aber zeitig angefangen. Mitte vierzig, denkt Juli, älter kann der doch nicht sein. Wie meine Mutter.

Musst du jetzt doch weinen, fragt der Mann und reicht eine Rolle Küchenpapier nach hinten. Juli wickelt fünf Lagen auf einmal ab und versteckt sich dahinter. Eigentlich denkt sie ja jeden Tag an Elisa. Und es kommt immer seltener vor, dass sie dann gleich heulen muss. Aber jetzt, wo sie fortgeht aus der alten verranzten Wohnung, mit den ganzen Büchern von Elisa und Henriettes Kaffeegeschirr und den immer noch nicht ausgepackten Kisten, ist der Verlust groß. So groß, dass sich fünf Lagen Küchenpapier vollsaugen mit dem Elend.

Der Mann der Hebamme schweigt und fährt und überlegt, ob sie das alles wieder hinbekommen werden mit dem Kind, das ja nun schon Mutter ist und selbst nicht weiß, wie das alles werden soll mit dem Leben. Hast du denn den Vater von Svenja gefunden?

Juli schüttelt den Kopf. Der Mann nimmt einen Schleichweg durch die Stadt, um schneller zu Hause zu sein. Seine Frau weiß immer, was zu tun ist, wenn jemand weint. Sie hat noch nie was Falsches gemacht in solchen Augenblicken. Ihm fehlen da die Worte, und alles andere ist auch unklar. Man kann so viel verbocken.

Juli ist fertig mit Weinen und schaut aus dem Autofenster. Sie kennt diese ganzen Straßen nicht, dabei wohnt die Hebamme nur auf der anderen Seite des Parks. Wäre Juli jemals mit Svenja durch den ganzen Park gelaufen und auf der anderen Seite rausgegangen, hätten die Straßen hier schon ein Gesicht. An einem Hotel, das sich mit großen Leuchtbuchstaben als Hotel am Park zu erkennen gibt, biegt der Mann der Hebamme rechts rein. Jetzt sind wir gleich da.

Er hält vor einem alten, frisch sanierten Bürgerhaus. Quittegelb leuchten die Wände, und die Haustür ist zweiflüglig imposant. Aus einem Fenster im dritten Stock schaut die Hebamme und winkt. Eine Minute später schreitet sie atemlos über den Bürgersteig und kommt zum Auto. Sie öffnet die Autotür und greift sich Svenja. Juli nimmt zwei Taschen aus dem Kofferraum und steigt die mit rotem Teppich belegten Treppenstufen rauf. Über der Wohnungstür hängt tatsächlich ein Herzlich willkommen. Juli ist schon wieder zu Tränen gerührt. Sie geht in die Wohnung und folgt der Hebamme in ein Zimmer, das nun ihres und das von Svenja sein wird. Gleich neben dem Zimmer ist eine winzige Kammer zum Schlafzimmer für Svenja umgebaut worden. Rot und rosa die Wände, ein Gitterbett mit bunt bemalten Holzstäben in der Mitte. Die Hebamme legt Svenja ins Bettchen. Die schnieft nur einmal durch die Nase und schläft weiter. Verschläft ihre ersten Minuten im neuen Zimmer.

Juli nimmt die Hebamme und drückt sie, bis der die Luft wegbleibt. Ich hab Henriettes Kaffeegeschirr in der Kiste. Das will ich euch gleich schenken. Und die Bücher von Elisa stellen wir in euer Regal.

Die Hebamme lächelt, und ihr Mann räuspert sich gerührt. Musst nichts schenken. Nur Eierkuchen backen.

Am Abend liegt Juli in ihrem alten Bett im neuen Zimmer und schaut aus dem Fenster. Vom Bett aus kann sie ein Stück Himmel sehen und gegenüber in eine Wohnung schauen. Der Balkon vor der Wohnung ist schwer mit Grünzeug beladen. Juli starrt durch das erleuchtete Fenster und sieht eine Gestalt dahinter hin und her laufen. Eine kleine Gestalt, fast so klein wie ein Rumpelstilzchen, denkt Juli und lächelt. Die Gestalt stellt sich ans Fenster und zieht sich aus. Jacke, Hemd, Unterhemd, Hose, Strümpfe, Slip. Eine nackte Gestalt nun und immer noch klein und hutzlig. Noch kleiner ohne Sachen, fast wie ein Kind. Juli guckt gebannt und hat ein wenig Angst. Die Gestalt geht vom Fenster weg und in ein anderes Zimmer. Kommt nach einer Minute wieder mit einer Flasche in der Hand und einem seltsamen Hut auf dem Kopf. Ein großer runder Hut, ringsum mit einem dünnen Netz bespannt. Wie ihn Bienenzüchter tragen. Aber nackt ist sie immer noch, die Gestalt. Sie öffnet die Balkontür und tritt heraus, wie ein Gespenst. Nimmt die Flasche und fängt an, die üppigen grünen Balkonpflanzen zu besprühen.

Juli richtet sich im Bett auf und sitzt kerzengerade. Jetzt sieht sie nur den nackten Oberkörper der Gestalt. Bauch und Schwanz und Beine sind hinter der Balkonbrüstung versteckt.

Das Besprühen der Pflanzen dauert lange. Jedes Blatt kommt einzeln dran, wird gedreht und beschaut und gewendet, bevor die Sprühflasche zum Einsatz kommt. Einmal hebt die Gestalt den linken Arm und winkt zu Juli rüber. Zumindest sieht es so aus. Die legt sich hin und zieht die Bettdecke über den Kopf und hört, wie es dumpf an ihre Zimmertür klopft.

Die Hebamme kommt noch einmal rein, wirft einen schnellen Blick rüber zum Balkon und setzt sich an Julis Bett. Der ist ein bisschen verrückt da drüben. Das hatte ich vergessen, dir zu sagen. Aber völlig harmlos, du musst keine Angst haben. Ist schon ein alter Mann und lebt nur noch für seine Pflanzen. Was immer er sprüht, sie scheinen es zu mögen. Guck dir nur mal an, was das für Riesenteile sind.

Juli lächelt und ist sich nicht sicher. Ob sie Angst haben soll oder es besser lustig findet. Aber sie kann nicht in dem Zimmer wohnen und Angst vor der Gestalt haben. Die Hebamme streicht ihr über den Kopf und geht aus dem Zimmer.

Juli legt sich hin und denkt an Jakob. Besser, wenn sie ihn findet. Dann hat Svenja einen Vater. Und wenn ihr, Juli, einmal etwas passieren sollte, wäre das wichtig. Sie könnte ja jetzt auch einen Vater gebrauchen. Elisa hat immer geschwiegen, aber das war ein Fehler. Mit einem Vater wären die Dinge einfacher. Selbst wenn er nichts mit ihr zu tun haben wollte. Wüsste sie doch, dass es noch einen Menschen gibt auf der Welt, der was mit ihr zu tun hat. Ein Verwandter. Wie Olaf, der Bruder von Elisa. Von dem niemand weiß, wo er ist und warum er überhaupt verschwand. Juli atmet tief ein und aus und fängt die nächsten Tränen ab. Auf dem Balkon gegenüber steht die Gestalt und hebt das Netz vor den Augen hoch. Sie schaut in Julis Zimmer und winkt noch einmal vage herüber. Als sei sie sich nicht sicher, ob da jemand ist.

Der Weg zurück ist lang. Henriette schweigt, und Elisa denkt an Juli. In ihrem Bauch macht sich erneut das Gefühl breit. Sie wird Juli nicht wiedersehen. Denkt sie. Es gibt keinen Grund, das zu glauben, aber sie denkt es. Dabei ist Juli noch ein Kind. Sie wird ohne mich nicht klarkommen.

Henriette schreckt auf und fragt sich, warum ihre Tochter nun anfängt, mit sich selbst zu reden. Sie dreht sich um und schaut Elisa ins Gesicht. Was ist los, mein Kind, fragt sie und ist für einen Moment tatsächlich so, wie eine Mutter sein sollte. Besorgt, bekümmert, bereit zum Trost. Elisa wird gleich heulen. Gleich wird sie losheulen. Es drückt schon hinter den Augen. Sie bückt sich und wühlt im Schnee, als hätte sie die Uhr verloren. Heute Abend wirst du mir erzählen, was mit Klara war. Sonst fahre ich ohne dich nach Hause.

Henriette steht ganz still und wundert sich. Mehr nicht. Sie wundert sich nur, dass ihre Tochter nicht schon früher auf den Gedanken gekommen ist. Sie zu erpressen. Mit Liebesentzug. Sie ist zu anständig, denkt Henriette. Sie hat sich nie getraut. Und nun traut sie sich und ist nicht froh darüber.

Wir sind mit den Hanullern verabredet.

Vorher oder nachher, sagt Elisa. Du bestimmst.

Henriette stellt sich vor, wie sie beide nach einem Abend mit den Modelleisenbahnern im Bett liegen und über Klara reden. So wie am Abend zuvor, aber doch anders. Endgültig. Sie stellt sich vor, wie es wäre, sich zu verweigern. Es ist ihre Geschichte und die von Klara. Elisa gehört da nicht rein. Sie kann ja tun, was sie will, denkt Henriette und schämt sich, dass sie es so denkt. Sie kann ja tun, was sie will. Soll sie zu Klara gehen und sich anhören, was noch übrig ist an Erinnerungen. Es wäre Verrat. Verrat an ihr, der Mutter, aber soll sie es doch machen.

Elisa schaut zu, wie ihre Mutter eine winzige Wut entwickelt. Auf ihre Tochter. Sie kann es sehen. Das ist ein offenes Buch. Es liest sich leicht nach so vielen Jahren. Sie stapft drei Schritte auf Henriette zu und nimmt deren Hand. Sie zieht die Mutter hinter sich her, als sei alles gesagt und nichts mehr offen. Henriette setzt einen Fuß vor den anderen und ist ein willenloses Bündel. Eben noch ein bisschen wütend. Auf ihre eigene Tochter. Und nun zieht sie die Beine durch den Schnee wie eine alte Frau.

Im Hotel bestellt Elisa zwei Kännchen Tee aufs Zimmer. Das gehört eher nicht zum Service. Aber der Tee wird gebracht, und Elisa rührt in Henriettes Tasse drei Stück Würfelzucker. Würfelzucker, denkt sie beim Rühren, wo sind wir hier eigentlich. Können die nicht mal aufhören mit dieser Ostattitüde. Wissen die nicht, wie man einen anständigen Tee serviert. Sie nimmt den Telefonhörer ab und wählt die Nummer der Rezeption. Ich hatte zwei Kännchen Tee bestellt, sagt sie in den Hörer und reibt dabei die kalten Oberschenkel aneinander. Was wir bekommen haben, schmeckt wie Spülwasser.

Henriette kann nicht hören, wie groß die Empörung am anderen Ende ist. Größer als die von Elisa offensichtlich, denn die legt auf und starrt ihre Mutter an, als sähe sie die zum ersten Mal. Die haben gesagt, es hätte sich noch nie jemand beschwert. Über ihren Tee. Ich gehe duschen.

Das Wasser peitscht auf Elisas Körper ein. Sogar die Mischbatterie, denkt Elisa, ist ostig. Keine Minute hält die Temperatur. Elisa wechselt die Bäder, als sei es ein selbstverordnetes Programm zur Abhärtung. Sie stellt sich vor, wie Henriette auf dem Hotelbett sitzt und einen Schlachtplan entwirft. Für den Abend und um das Unvermeidliche zu umschiffen. Elisas Hände nehmen abwechselnd die Seife und den Peelinghandschuh. Die Haut ist schon ganz rot, und erste Striemen zeigen sich auf Bauch und Oberschenkeln. Sie muss Henriette Zeit geben für deren Schlachtplan. Er wird ihr nichts nützen. Noch zwei Stunden bis zum Abendbrot. Sie könnten Klara auch jetzt aus der Welt schaffen. Zwischen Nostalgiewanderung und Abendessen. Weg mit der alten Dame, weg mit der Großmutter. Vielleicht hat Henriette recht. Juli braucht keine Urgroßmutter, und ihr, Elisa, ist die Erinnerung nur noch eine vage Angelegenheit im Kopf. Manchmal riecht es irgendwo nach Klara. Aber wahrscheinlich haben alle Großmütter nach Lavendel und Veilchen geduftet und sich so ins olfaktorische Gedächtnis gegraben. Unspezifische Erinnerung, denkt Elisa und überlegt, wo sie diesen seltsamen Begriff herhat.

Sie steigt aus der Dusche und wickelt sich das falsche Handtuch um den nassen Körper. Henriette wird böse sein. Sie mag es nicht, wenn man ihre Handtücher benutzt. Früher, wenn es doch aus Versehen passierte, weil sie oder Olaf wieder nicht aufgepasst hatten, steckte Henriette das falsch benutzte Handtuch sofort in die Wäsche. Mit Waschlappen war es noch viel schlimmer. Henriette hat sich einen Haken in die Wand schlagen lassen, der so hoch war, dass die beiden Kinder nicht an die Waschlappen der Mutter herankamen. Aus Versehen nicht und auch nicht aus Absicht.

Elisa steht vor dem Spiegel, in das Handtuch ihrer Mutter gewickelt, und überlegt, wie sie das jetzt kaschieren kann. Es bringt sie in eine schlechtere Position, und gerade hat sie sich eine kleine Überlegenheit erobert mit ihrem Ultimatum. Sie geht ins Zimmer. Henriette liegt auf dem Bett und hat die rechte Hand aufs Herz gelegt. Sie dreht den Kopf, um Elisa anzuschauen. Du hast mein Handtuch benutzt.

Elisa nickt und wartet ab. Die Zeiten könnten sich geändert haben. Du kannst nachher meins nehmen. Die Pause war zu lang. Henriette konnte schon immer die längeren Pausen lassen. Kleine Siege hat sie damit errungen. Elisa lächelt, und Henriette lächelt zurück. Ich habe noch eins im Koffer.

Also nicht einmal ein halber Sieg. Aber auch keine Niederlage.

Elisa geht zurück ins Bad, hängt das Handtuch auf und fängt an, sich einzucremen. Sie beginnt mit dem Bauch und bleibt auch sonst in der Reihenfolge. Bauch, beide Brüste, Schultern, rechter Arm, linker Arm, Rücken, soweit die Hände kommen, Hintern, Oberschenkel erst hinten, dann vorn, beide Knie, Unterschenkel, rechter Fuß, linker Fuß, und da vor allem zwischen den Zehen. Die Creme zieht schnell in die Haut ein. Als Elisa sich aufrichtet, sind ihre Schultern schon wieder matt und trocken. Sie könnte von vorn anfangen und erläge einer alten Verzweiflung. Es gab Zeiten, da hat sie sich vier oder fünf oder sechs Mal eingecremt. Immer in dieser Reihenfolge. Und wenn sie fertig war, hatte sie doch stets das Gefühl, einen Körperteil vergessen zu haben. Da das nicht sein sollte und sich nicht fühlen ließ, welcher Körperteil vergessen war, musste alles noch einmal eingeschmiert werden. Wahrscheinlich sieht meine Haut deshalb noch so jung aus, denkt Elisa. Das ganze Fett in all den Jahren muss ja was bewirkt haben.

Sie steigt in ihre Sachen, die sie vorher an einen Haken im Bad gehängt hatte. Dann schminkt sie die Augen und benutzt den Lippenstift ihrer Mutter. Noch ein Sakrileg, aber das mit dem Handtuch lief ja schon gar nicht so schlecht. Aus Henriette wird noch eine ganz normale Mutter. Elisa lächelt sich im Spiegel an. Dann geht sie zurück ins Zimmer. Henriette schläft. Ihre Hand liegt immer noch auf dem Herzen. Der kleine Fernseher läuft und zeigt Bauern auf Brautschau. Elisa sieht einen kleinen bebrillten Mann, der einer Frau seinen Traktor zeigt. Die Frau darf auf dem Fahrersitz Platz nehmen, und dicht an sie gedrängt sitzt der Bauer. Ein mickriger Kerl, der neben seiner künftigen Frau fast verschwindet, aber eindeutig das Sagen hat im Führerhaus. Er legt die Hand auf die Hand der Frau und führt sie durch die Gänge. Die Frau juchzt laut und winkt mit der freien Hand einem vorbeiknatternden Mopedfahrer, der zurückwinkt. Elisa stellt sich vor, wie der Bauer abends vor laufender Kamera mit dieser Stadtamazone ins Ehebett steigt, um die traktorale Beziehung zu vollenden. Ein leichter Ekel legt sich auf ihre frisch gesalbte Haut. Elisa presst die Oberschenkel zusammen und schielt zu Henriette. Es wäre ihr peinlich, wenn die jetzt aufwachte und das da im Fernsehen sähe. So etwas war ihr schon immer peinlich. Im Kino nicht. Da konnten die Leute die tollsten Sachen miteinander veranstalten. Aber Fernsehen war anders. Wenn sich da jemand zum Affen machte, wollte sie niemanden neben sich sitzen haben.

Elisa denkt daran, wie sie einmal mit Juli einen Film gesehen hat. Ihre Tochter wollte diesen Film unbedingt mit ihr zusammen gucken. Mit irgend so einem blonden, etwas langweiligen, aber laut Juli total niedlichen Schauspieler. Gott, wie hieß der bloß? Sie schickte Elisa bei jeder Szene, die in ihren Augen peinlich war, aus dem Zimmer. Bei jedem Kuss, allem, was mit Sex zu tun hatte, auch dem Reden darüber. Bis Elisa nach einer Stunde aufgab und Juli allein weiterschauen ließ. Ihr war das nicht fremd, dieses Peinlich-berührt-sein. Mit der eigenen Mutter mag man sich nicht ansehen, wie im Fernsehen vier Jungs an eine Klostermauer onanieren. Vielleicht nicht einmal allein. Denkt Elisa und zieht Henriette vorsichtig die Fernbedienung aus der Hand. Sie schaltet um und sieht, dass ein Unwetter angekündigt wird für den nächsten Tag. Einen Meter Neuschnee sagt der leicht dickliche Wetterfrosch voraus. Der, den sie so mag. Er trägt eine Pudelmütze und steht auf einem Berg, um allen zu erklären, dass am nächsten Tag der Schnee kommen wird. Und dass man sich in Acht nehmen solle.

Aaron benimmt sich wie ein Mann von Welt. Er läuft mit Klara durch den Park und passt auf, dass sie nicht stolpert. Zuerst hakt sich Klara bei ihm unter, und dann, nachdem sie den kleinen Ententeich umrundet haben, fassen sie sich an den Händen. Wir sind jung, denkt Klara, wenn wir nur wollen, sind wir noch einmal jung. Sie schaut sich Aaron von der Seite an und versucht sich zu erinnern, ob der Helmstedter früher auch Hand in Hand mit ihr durch die Straßen gelaufen ist. Sie muss Aaron unbedingt vom Helmstedter erzählen. Nachher, wenn sie in einem Café sitzen. Und sich von dieser netten Kellnerin heiße Schokolade bringen lassen. Klara seufzt leise. Offensichtlich war der erste Cafébesuch ein kleines Desaster. Zumindest, was ihre Rolle anbelangte.

Ein winziger dunkler Schatten macht sich in Klaras Kopf breit. Sie drückt Aarons Hand und plappert los. Das hilft manchmal gegen dieses Bedürfnis, sich fallen zu lassen in sabbernde Blödheit und nicht mehr wiederzukommen. Aaron lächelt so vor sich hin, wie Klara das nun schon kennt.

Er muss ja nichts erzählen, denkt sie. Wenn Aaron nicht will, und er will offensichtlich nicht, muss er gar nichts erzählen. Es reicht, dass die ganze Familie weg ist, ausgerottet, verschwunden. Da will ja keiner mehr hinterher sein, um zu erfahren, wie das gewesen ist. Mit der Familie, die sich in Luft aufgelöst hat. Ein Satz von Aaron. Sie würde es so nicht sagen: Meine Familie hat sich in Luft aufgelöst. Aaron darf das.

Klara fragt, wann seine Söhne ihn wieder besuchen kommen können. Das ist unverfänglich und hat trotzdem was mit Familie zu tun. Aaron sagt, die seien jetzt wirklich beide weit fort. Der eine wäre nun endlich ins Land seiner Träume gekommen, nach Kanada, um da Bären zu fangen und Bäume zu fällen. Klara lacht. Bäume fällen, so sehe der nicht aus, dieser Sohn. Ein Intellektueller sei das, da wette sie drauf.

Natürlich fällt er keine Bäume, antwortet Aaron auf das kleine Klaralachen. Er baut Computer oder macht sie schlau oder besser. Mein alter Verstand hat das nicht begriffen, als er versuchte, es mir zu erklären. Obwohl ich nicht dumm bin.

Klara findet, dass Aaron auf keinen Fall dumm ist. Daran ändert auch nichts, dass er nicht weiß, was genau sein Sohn da in Kanada macht. Der andere, redet Aaron gleich weiter, habe jetzt endlich Arbeit gefunden. Auf dem Bau. Der sei ja schon immer geschickt mit den Händen gewesen. Und vielleicht helfe ihm auch sein Archäologiestudium beim Verputzen von Wänden. Wer wisse das schon. Es ist doch eine Schande, Klara, sagt Aaron und drückt ihre Hand etwas fester, dass der Junge so lange studiert hat und nun seinen Kopf nicht mehr anstrengen muss. Oder darf. Wie man es nimmt.

Nun haben sie den Park hinter sich gelassen, und gegenüber, auf der anderen Straßenseite, steht ein Hotel. Aaron zieht Klara über die Straße, und die meint, ganz weit weg ein junges Mädchen mit grünen Haaren zu sehen, das einen Kinderwagen vor sich herschiebt. Klara regt sich auf und zerrt an Aarons Hand und zeigt mit dem Finger auf das Mädchen. Aaron kneift die Augen zusammen und kann nichts sehen. Jedenfalls nicht das, was

Klara sieht. Kein Mädchen, keinen Kinderwagen, keine grünen Haare. Klara ist sofort bereit, das zu glauben. Ihr Kopf funktioniert ja schlechter als der von Aaron. Warum sollte sie sich da nicht auch ein grünhaariges Mädchen einbilden. Die Erinnerung ist sowieso nur noch blass. Wie ein kleines Echo im Kopf, ohne größere Bedeutung. Nur so, dass ihr immer mal wieder das Mädchen in den Sinn kommt. Weil sie sich an Henriette und Elisa erinnert hat. Deshalb. Weil sie nun weiß, und außer ihr weiß es niemand, dass sie ganz allein ist in ihrem hohen Alter und in ihrer wachsenden Vergesslichkeit.

Henriette und Elisa sind beide tot. Davon muss sie Aaron auch erzählen. Aber erst vom Helmstedter. Wie konnte sie das nur vergessen, mit den beiden Toten. Wie konnte sie nur vergessen, dass ihre Kaffeekannentochter nicht mehr lebt und die Tochter der Tochter auch nicht.

Klara lässt Aarons Hand nicht los, sie drückt und knetet und kratzt mit kurzen Fingernägeln an seinen Lebenslinien. Der drückt und knetet ein bisschen zurück. So, dass es ganz beruhigend wirkt. Und zieht Klara dabei zum Hotel und hinein in die große Halle. Der Tresen ist größer als der im Pflegeheim. Und hier stehen gleich drei Leute und warten auf solche wie Aaron und Klara.

Sie wünschen, fragt einer von den dreien und lächelt Klara zu und Aaron an. Ein Doppelzimmer, antwortet der. Ab morgen, für ein oder zwei Nächte. Meine Frau und ich, sagt er und lässt den Satz einfach in der Luft hängen, als hätte der schon seine Richtigkeit.

Klara hört ihr Herz. Aaron macht es wirklich wahr. Er bestellt ein Zimmer für sie beide. Sie werden heimlich eine Tasche packen müssen und sich davonstehlen. Morgen schon. Nicht einmal die nette Pflegerin darf dann wissen, was sie vorhaben.

Aaron füllt einen Zettel aus, und Klara schielt von der

Seite, was er da hinschreibt. Und das spottet jeder Beschreibung. Eine Stadt, aus der sie angeblich kommen, eine Straße, in der sie angeblich wohnen, eine Hausnummer und sogar eine Telefonnummer schreibt er hin. Und bei Staatsbürgerschaft schreibt er Deutschland, und Klara denkt, dass es so einem wie Aaron doch eigentlich immer noch schwerfallen muss, das hinzuschreiben, wo sie ihm hier die ganze Familie in Luft aufgelöst haben. Klara trippelt mit den Füßen auf der Stelle und tut so, als interessierten sie die Bilder an der Wand.

Brauchen Sie eine Anzahlung, fragt Aaron den jungen Mann hinterm Tresen, und der lächelt und schüttelt den Kopf und fragt zurück, wann man denn morgen einchecke.

Einschecken, denkt Klara, das sollten sie uns mal im Heim fragen. Wann wir einschecken.

Gegen siebzehn Uhr, sagt Aaron. Hängt davon ab, wann wir loskommen.

Und damit sagt er die Wahrheit. Sie müssen sich schließlich was ausdenken, wenn sie so kurz vor dem Abendessen, das die im Heim immer schon auf den Tisch bringen, wenn die Sonne noch fast im Zenit steht, noch einmal fortwollen. Draußen sagt Aaron, da fiele ihm dann schon was ein. Er werde einfach sagen, dass sein Sohn in der Stadt sei und Klara kennenlernen wolle. Ich sage, mein Sohn hat uns beide zum Abendessen eingeladen.

Klara lächelt und denkt, dass Ausreden meist mehr Wunsch als Ausrede sind. Das war schon immer so, und im Alter wird es dann wohl ganz und gar richtig.

Aaron zieht Klara aus der großen Hotelhalle und über die Straße, zurück in den Park, am Ententeich vorbei und hin zum Café, vor das jemand schon mutig ein paar Tische und Stühle gestellt hat. Aber es ist noch zu kühl, um draußen zu sitzen, Klara zeigt nach drinnen, und Aaron sucht einen Tisch am Fenster, von dem aus man den Ententeich sehen kann und einen kleinen Spielplatz davor.

Die müde, nette Kellnerin ist da und schaut rüber, als hätte sie gleich etwas mit ihnen zu besprechen. Sie kommt und grüßt und sagt: Schön, dass Sie wieder da sind. Eine heiße Schokolade und ein Kännchen Kaffee?

Klara freut sich. Aufrichtig. Dass die Kellnerin noch weiß, wie sehr sie heiße Schokolade mag. Aaron fragt, ob es Kuchen gebe zum Kaffee, und die Kellnerin lächelt und zählt vier Sorten auf.

Dann nehmen wir von jedem ein Stück, und zwei Teller. Diese Bestellung scheint die Kellnerin nun ganz froh zu machen. Sie droht mit dem Finger. Im Scherz. Und sagt: Sie haben Glück. Unser Chef kauft den besten Kuchen der Stadt.

Klara schaut aus dem Fenster und denkt, wenn der Kuchen da ist, fange ich einfach an zu erzählen. Aaron lächelt ihr zu und rät ein bisschen ihre Gedanken. Du kannst mir alles erzählen, Klara. Alles, worauf du Lust hast. Ich verspreche auch, nicht eifersüchtig auf deinen Helmstedter zu sein.

Das ist nun so ein sonderbarer Gedanke. Wie der Aaron eifersüchtig wird auf den Helmstedter, als lebte der noch.

Wenn ich noch Bilder hätte, von unserem Haus. Das wir uns gebaut haben, der Franz und ich, nach meiner Operation. Dann wärst du vielleicht doch eifersüchtig. Wir hatten es richtig schön, da in den Bergen.

Die Kellnerin kommt mit einem großen Tablett und verteilt Schokolade, Kaffee und Kuchen auf dem Tisch. Klara überlegt, ob sie nach dem Mädchen fragen soll. An die grünen Haare müsste sich die Kellnerin doch erinnern. Aber sie ist sich nicht sicher, ob sie beim letzten Mal schon gefragt hat. Und sie will nicht blöd erscheinen. Auch nicht vor der Kellnerin. Also lässt sie's bleiben.

Sie haben mich völlig zerschnitten, sagt Klara und schaut Aaron an. Mein Körper sah aus wie ein Schlachtfeld. Zuerst hat Franz nichts gesagt, und ich habe nicht hingesehen. Wenn die Verbände gewechselt wurden und der Arzt kam, um sich anzuschauen, ob alles gut verheilte, habe ich die Augen zugemacht und nur gehört, was da so geredet wurde. Und Franz kam mich besuchen. Mit Henriette.

Aaron legt die Kuchengabel auf den Teller zurück und schaut aus dem Fenster. Henriette, murmelt er und wartet darauf, dass Klara weitermacht. Er hofft, Klaras Verstand genügt für diesen langen Augenblick. Hält durch. Schließlich will er morgen mit dieser Frau in einem fremden Bett liegen. Da wäre es nur gut, wenn ihm wenigstens Klara nicht mehr so fremd ist.

Henriette ist meine Tochter. Sie hat als Kind mit einer Kaffeekanne gesprochen und mich später verlassen. Mit Elisa, an die ich mich kaum noch erinnere. Aber nach der Operation war sie noch da, meine Tochter. Und Franz auch. Sie kamen fast jeden Tag ins Krankenhaus, und Franz erzählte, dass er schon mit dem Häuschen da in den Bergen begonnen habe. Also mit den Planungen. Mir war es egal. Am Anfang. Ich hatte keine Brüste mehr und konnte mir gar nicht vorstellen, wie das sein würde. Henriette haben wir erzählt, dass ich operiert worden bin, aber nicht, dass mir nun ein Stück Körper fehlte. Sie hat es, glaube ich, erst viel später rausgekriegt. Obwohl ich mich immer versteckt habe. Hinter verschlossenen Türen und unter langen Nachthemden. Aaron, sagt Klara und nimmt seine Hand. Was willst du denn mit meinem alten Körper anfangen?

Das kann ich doch nicht beantworten, denkt Aaron und lächelt Klara beruhigend an. Es ist unsere letzte Chance.

Die Kellnerin kommt, weil sie fragen will, ob noch etwas fehlt. Und dann dreht sie wieder um. Kann sein, dass da gerade wieder jemand den Verstand verliert. Oder nur traurig ist. Die beiden machen ihr einen sehr verlorenen Eindruck. Nicht unglücklich. Ganz und gar nicht. Aber verlassen, verraten, verkauft, verrückt, verelendet. Ein bisschen von allem.

Die Kellnerin wartet hinterm Tresen und hofft auf die Kindsmutter mit den grünen Haaren. Sie hätte ihr die Telefonnummer geben sollen. Um endlich mal einen kleinen Anfang zu wagen. Gestern haben sie ihr gesagt, wie es aussieht. Gute Nachrichten waren das nicht. Sie kann sich überlegen, ob sie es noch einmal probiert. Mit der Chemo und dem ganzen Drum und Dran. Oder ob sie es lässt. Ihr Gefühl sagt, dass es besser wäre aufzugeben. Und jetzt könnte sie jemanden brauchen, um über das Gefühl zu reden. Ob es stimmt, ob sie ihm nachgeben soll. Sie schaut zu den beiden Alten. Denen könnte sie wahrscheinlich alles erzählen. Die hätten es womöglich morgen oder gleich nachher schon wieder vergessen. Da wäre also ihr Geheimnis mehr als gut aufgehoben.

Klara nimmt von dem Kuchen. Hier ein Stück und da ein Stück. Der Franz hat mich nie wieder angefasst. Er ist zu anderen gegangen. Nicht so, dass es mich verletzen musste. Da war er sehr diskret. Aber klar, er war ein schöner Mann und ich nur eine zerstückelte Frau. Das Haus aber haben wir uns gebaut. Gehungert haben wir dafür. Nicht das Kind, dem haben wir immer alles gegeben, was es brauchte. Bis es sechzehn wurde. Dann kam das Unglück. Sie hat sich schwängern lassen, sagt Klara und schaut Aaron an, was der wohl von dieser Geschichte hält.

Das kann passieren, sagt Aaron und stürzt Klara damit ins Unglück, als sei die Geschichte gerade erst geschehen.

Kann es nicht, bockt sie zur eigenen Rettung. Sie hat uns unmöglich gemacht, damals. Aber als das Kind da war,

Elisa, und Henriette geheiratet hatte. Nicht den Vater des Kindes. Das hat sie uns ja nie erzählt, wer das war. Einen anderen hat sie geheiratet. Kein schöner Mann, kein lieber Mann, ein kluger Mann. Das schon, aber er brachte Kummer mit. Viel Kummer. Was habe ich Henriette weinen sehen. Und immer habe ich sie zurückgeschickt. Glaube ich. Trotzdem blieb sie die Tochter. Sie kam mit ins Häuschen, wenn sie Urlaub hatte, und das Kind nahmen wir in den Ferien, wenn es ging.

Klara seufzt. Klara seufzt und weint ein bisschen. Sie findet es ungerecht, dass nun die Erinnerungen kommen. Wo sie gar nichts mehr tun kann. Anstatt zu vergessen, wie man aufs Klo geht, wäre es doch besser, sie erinnerte sich nicht mehr an Henriette. Was ist denn nur aus ihren Sachen geworden, denkt Klara. Henriette und Elisa müssen doch irgendetwas hinterlassen haben.

Aaron winkt der Kellnerin, und als die vor dem Tisch steht, glaubt er, dass sie fast noch trauriger ist als Klara. Aber mit Kellnerinnen kennt er sich nicht so aus. Überhaupt mit jungen Frauen, das ist alles lange her, und heute weiß man nicht, ob Traurigkeit nicht einfach dazugehört zum Leben. Wie eine dritte Haut sozusagen.

Die Kellnerin schreibt noch ganz altmodisch Zahlen auf einen Zettel, macht einen Strich drunter und addiert.

Vielleicht kommen wir morgen wieder, sagt Aaron. Haben Sie denn abends warme Küche?

Die Kellnerin nickt und müht sich, nicht erstaunt auszusehen. Von denen im Pflegeheim war noch nie jemand zum Abendessen hier. Aber die beiden scheinen sowieso ein Eigenleben zu führen. Nur zu, denkt sie. Euch hat die Folter noch nicht kleingekriegt.

Aaron bezahlt und nimmt Klara wieder an die Hand. Sie brauchen eine halbe Stunde bis zum Heim. Klara schlurft plötzlich, als wünschte sie sich, dass die Füße einfach auf dem Boden haften bleiben und nichts mehr vorwärtsgeht. Aaron zerrt ein wenig an ihr und findet es nicht schön, dass Klara nun plötzlich wie ein kleines Kind einen halben Schritt hinter ihm bleibt.

Habe ich dir schon von Henriette erzählt, fragt Klara, und Aaron nickt traurig. Das hast du, Klara. Von Henriette und von Elisa. Ich weiß jetzt etwas mehr über dich. Aber viel ist es nicht. Das schaffen wir auch nicht mehr in diesem Leben.

Habe ich dir schon erzählt, was Henriette gemacht hat, fragt Klara weiter. Hartnäckig. Jetzt will sie, dass Aaron an ihr teilhat. Sich für sie mit erinnert. Dann muss sie das ganze Elend nicht allein tragen. Und für ein schlechtes Gewissen ist es zu spät. Der Aaron hat ein viel größeres Elend zu tragen. Das aller Aarons. Aber er will ja nicht reden. Und sie, Klara, muss reden.

Was hat Henriette denn gemacht, fragt Aaron zurück und wappnet sich, die Geschichte mit dem Kind und der Schande noch einmal zu hören. Klara, Klara, murmelt er, du wirst mir vor unserer ersten Nacht doch nicht in die Umnachtung abhauen.

Darüber muss er lächeln. Über das Wortspiel und die Tatsache, dass sein Verstand immer besser zu funktionieren scheint. Seit er Klara kennt. Als brächte sie alles noch einmal auf Vordermann. Er muss ja auch andauernd für sie mitdenken, wenn ihr alles verrutscht. Aber das wird es wohl nicht allein sein. Klara ist tatsächlich seine späte Liebe. Er kann nicht zulassen, dass sie verrottet in diesem Heim. Dass sie ihn alleinlässt. Dass sie stirbt und man sie verbrennt und er zurückbleibt. Willst du dich verbrennen lassen, wenn du gestorben bist, fragt er Klara, und die zuckt zusammen, weil sie Aaron noch nie so grob erlebt hat. Was redet der vom Tod. Morgen wollen sie zusammen in ein Hotel gehen.

Eigentlich schon, sagt Klara und bleibt stehen, damit sie Aaron ins Gesicht sehen kann. Was will er? Sie ist nicht seine Familie, und wenn sie tot ist, wird sie sich in Luft auflösen. Aber damit muss Aaron leben. Kein Vergleich ist das.

Sag mir, was Henriette gemacht hat, bittet Aaron und wischt das Thema weg, als sei es ihm nun peinlich.

Erst war sie Lehrerin und dann in der Wissenschaft. An einem Institut. Sie hat an einem großen Forschungsprojekt gearbeitet. Zusammen mit anderen. Aber als die Wende kam, wollte niemand mehr etwas davon wissen. Und dann hat sie von vorn angefangen. Klara setzt wieder einen Fuß vor den anderen. Morgen oder übermorgen oder gar nicht wird ihr einfallen, was Henriette genau gemacht hat. Jetzt hat sie schon mal bei Aaron hinterlassen, was wichtig ist. Falls es ihr entfällt, kann er sie morgen oder übermorgen oder gar nicht daran erinnern.

Klara ist müde. Die letzten Meter zum Heim schlurft sie nur noch. Dort steht das Abendessen schon auf dem Tisch. In zwei Stunden müssen sie alle im Bett sein. Die nicht wollen oder zu viel zappeln, bekommen ein paar Tropfen oder einen Müdemacher. Die ganz Schlimmen wird man einfach anbinden. Damit sie nachts keinen Unsinn anstellen. Klara fürchtet sich davor, angebunden zu werden. Dann wird sie garantiert ins Bett machen. Wenn die mich mal anbinden sollten, Aaron, dann musst du kommen und mich losschneiden.

Das werde ich tun, sagt Aaron. Ich habe ein Schweizer Taschenmesser. Hat mir mein Sohn geschenkt. Und damit schneide ich dich dann los.

Zum Abendbrot gibt es Musik. Wieder irgend so etwas Schreckliches, von dem die hier meinen, dass es den Alten gefällt. Klara ist müde. Sie lässt ihr Brot auf dem Teller, trinkt nur von dem Tee. Hagebutte. Grauenvoll. Hat sie früher immer gehasst. Sie lässt sich von Aaron aufs Zimmer bringen, und kaum ist der fort, kommt schon die Zicke, um zu schauen, ob Klara alles allein schafft. Bevor sie sich von der helfen lässt, springt sie lieber aus dem Fenster. Klara lächelt der Zicke zu und sagt gute Nacht. Das beruhigt die Pflegerin.

Was wollten wir morgen tun, Aaron und ich, fragt sich Klara. Sie ist sich nicht mehr sicher, ob dieser Tag wirklich stattgefunden hat. Sie muss nachdenken und alles im Kopf behalten. Hoffentlich weiß Aaron morgen früh noch, was sie vorhatten. Hoffentlich wacht sie morgen auf. Hoffentlich lebt Henriette dann wieder.

Juli hat sich wirklich eingerichtet. Es gefällt ihr bei der Hebamme und deren Mann. Hier kann sie tun und lassen, was sie will. Niemand redet ihr rein, und doch ist fast immer jemand da. Nicht tagsüber. Da gehen die beiden arbeiten, die Hebamme und ihr Mann. Aber abends ist Juli nicht mehr allein. Und morgens auch nicht, wenn sie aufsteht und Svenja stillt. Morgens ist die schönste Zeit des Tages. Svenja ganz frisch und so, als hätte sie über Nacht wieder etwas Neues gelernt. Die Hebamme schminkt sich die Augen, bevor sie in die Küche kommt und das Frühstück macht. Und ihr Mann liest Zeitung. Ganz altmodisch ist das. Am Morgen. Er liest die Zeitung, und manchmal liest er etwas vor. Dann murmelt die Hebamme zustimmende Worte oder gibt sich erstaunt, entsetzt, entgeistert, wütend, verwundert. Immer so, wie ihr Mann es zu hoffen scheint. Sie sind ein eingespieltes Paar, findet Juli. So eingespielt, wie es ihr noch nie begegnet ist. Das macht, dass sie nun andauernd an Elisa denken kann und an Henriette, ohne immer gleich traurig zu werden.

Juli lernt ein bisschen kochen. Sie wird sich später allein durchs Leben schlagen können. Ewig kann sie nicht bei den beiden bleiben. Oder doch? Sie weiß es nicht. Vernarrt sind sie in Svenja, als wäre es ihr Enkelkind. An freien Tagen packen sie das Kind in den Wagen und schieben es, wie stolze Großeltern, durch den Park. Morgen wollen sie das zu dritt tun. Juli hat es vorgeschlagen. Dass sie in den Park gehen und dort im Café Kuchen essen. Wie eine perfekte Familie.

Heute hat Juli etwas anderes vor. Sie packt Svenja in den Wagen und sicherheitshalber eine Windel und ein Fläschchen Tee in die Tasche. Heute wird sie sich erkundigen, ob Jakob noch in der gleichen Straße wohnt, ob es ihn gibt, was er macht. Danach kann sie entscheiden, was zu tun ist. Vielleicht ist Svenja ohne Jakob besser dran. Das wird sich herausstellen.

Juli schiebt den Kinderwagen durch die Straßen, die sie inzwischen ganz gut kennt. Sie bleibt vor einem kleinen Laden stehen, der Trödel verkauft, nimmt Svenja aus dem Wagen und geht in das dunkle Verlies. Davon kann der Ladenbesitzer nicht leben, denkt Juli und schaut sich den Mann an, der hinten in einer Ecke auf einem wackligen Holzstuhl sitzt und liest.

Er schaut nicht auf und nicht zu Juli, die unentschlossen anfängt, in Kisten und Kartons zu kramen. Sie zieht ein Fotoalbum aus bordeauxfarbenem Kunstleder hervor. Die Seiten sind aus gelblichem Karton, getrennt durch Transparentpapier, durch das man die Fotos betrachten kann. Auf denen ist ein Kind zu sehen, ein Junge, als Baby zuerst und dann Seite für Seite größer werdend, mit unterschiedlichen Frisuren und Gesichtern. Immer freundlich in den ersten Jahren, dann pubertierend mürrisch, später Distanz haltend zu allen Personen, die ihm an die Seite gestellt werden, dann verwegen aufmüpfig mit langen Haaren und großkragigen bunten Hemden, engen Jeans und hin und wieder einer Zigarette in der Hand. Zweimal mit einer jungen Frau, die dann aber wieder aus dem Album verschwindet. Einmal vor einem grünen Auto stehend, einer Ente, oder einem kleinen Fiat, da kennt Juli sich nicht aus. Auf jeder Seite stehen die Jahreszahl und ein Satz zur Erklärung. Aneinandergereiht ergeben die Sätze einen Text, der die sinnlos liebevolle Plapperei einer Mutter oder eines Vaters nachstellt. Nun ist er da, unser Sonnenschein. Die ersten Schritte ins Leben. Oma und Opa haben das richtige Geschenk gebracht. So ein schöner Weihnachtsbaum. Mutti backt den besten Kuchen. Ein Sommer voller Überraschungen. Da freut sich aber jemand. Ein Naturtalent auf dem Fahrrad. Na, wo ist der Ball? Mit Onkel und Tante zum Sonntagsausflug in Dresden. Zurück aus dem Ferienlager, hungrig und zerstochen. Papa und Sohn beim Fußball, wer wird gewinnen? Endlich geschafft. Der Sohn hat Abitur. Soldatendasein, ein schweres Brot. Das lustige Studentenleben fängt an. Die große Liebe. Gemeinsamer Ausflug mit den alten Eltern. Grüße aus der Fremde. Die erste große Urlaubsreise. Umzug mit Folgen, vielleicht kommen bald Enkelkinder ins Haus?

Danach nur noch ein Foto. Von einem Grabstein unter strahlend blauem Himmel. Da weiß man, wie der Junge heißt und dass er nicht alt geworden ist. Keine Enkelkinder, kein weiterer Umzug. Der Grabstein ist groß und lässt noch Platz für zwei Inschriften. Juli klappt das Album zu und fragt den Mann in der Ladenecke, was es koste. Der schaut nur kurz auf und sagt: fünf, und vergräbt sich wieder in sein Buch. Juli kramt fünf Euro aus der Tasche, legt sie neben die Kasse und steckt das Album ein. Wahrscheinlich wird sie nie wieder reinschauen. Vielleicht aber doch.

Juli denkt an Elisas Kisten, die immer noch im Keller stehen. Morgen wird sie anfangen, sich die Sachen anzuschauen. Da sind wohl auch Fotoalben dabei. Auf denen wird sie zu sehen sein, ihr kurzes Leben in Abschnitten, die je eine Seite im Album füllen.

Bis zu Jakobs Haus ist es nicht mehr weit. Zweimal um die Ecke, denkt Juli. Das hat Elisa immer gesagt, wenn sie einen kurzen Weg signalisieren wollte: Das liegt nur zweimal um die Ecke. Sonst hat sie sich mit Sprache immer große Mühe gegeben und Juli verbessert, wenn ihr irgendein Fehler unterlief. Vor allem der faule Konjunktiv, wie sie es immer nannte. Den mit würde. Wenn Juli sagte: Das würde ich nicht machen, verbesserte Elisa garantiert: Das machte ich nicht.

Und wenn sie hart drauf war, schob sie noch hinterher: Juli, du kommst nicht aus der Gosse, hier stehen ein paar tausend Bücher. Es muss doch möglich sein, richtig zu sprechen. Sie konnte ganz schön arrogant sein, wenn sie wollte.

Juli steht vor dem Haus auf der gegenüberliegenden Straßenseite und überlegt, was sie nun eigentlich tun wollte, an diesem Punkt. Sie schiebt den Kinderwagen über die Straße und liest die Namen auf den Klingelschildern. Jakobs Name ist dabei. Zumindest der Nachname. Das muss noch nichts heißen. Oder doch. Aber es muss nicht heißen, dass Jakob hier wohnt. Juli schaukelt den Kinderwagen und schaut nach rechts und links, als wäre da irgendwo eine Lösung versteckt. Sie drückt auf die Klingel und wartet. Nach wenigen Sekunden summt der Türöffner. Juli tritt mit dem rechten Fuß nach vorn und stellt ihn in die Tür. Was soll sie denn da oben sagen. Aus dem Hausflur sind Schritte zu hören. Jemand steigt die Treppen herab und nähert sich Julis Unentschlossenheit. Fragen, denkt sie, kann ich ja. Nur nicht sagen, warum ich frage.

Der alte Mann sieht böse aus. Oder krank. Das kann man sich aussuchen. Er fragt nichts, zieht nur die buschigen Augenbrauen nach oben. Das ersetzt die Mühsal der drei Worte.

Ich suche Jakob, sagt Juli und wartet erst einmal ab, ob noch eine Erklärung verlangt wird.

Wohnt nicht mehr hier, sagt der Alte und senkt die Augenbrauen wieder. Ist weggezogen vor drei Monaten. In den anderen Stadtteil.

Welchen anderen Stadtteil, denkt Juli und wartet weiter ab. 'Ne Freundin?, fragt der Alte und leckt sich die Lippen. Dann schielt er um die Ecke und auf den Kinderwagen und schließt den Mund, als hätte ihm jemand befohlen, jetzt die Klappe zu halten.

Wir sind zusammen zur Schule gegangen, sagt Juli und tut ganz fröhlich. Ich suche alle zusammen. Für ein Treffen.

Dem alten Mann bleibt das Misstrauen im Gesicht, aber er hat wohl auch keinen Grund, jetzt nein zu sagen. Er murmelt schnell einen Straßennamen und eine Hausnummer, dreht sich um und steigt die Treppe wieder hoch. Juli interessiert ihn schon nicht mehr.

Die wiederholt Straße und Hausnummer so lange, bis sie einen kleinen Zettel und einen Stift gefunden hat, um beides zu notieren. Zu Hause wird sie im Stadtplan nachsehen. Den Straßennamen hat sie noch nie gehört. Aber nun ist ein Aufschub da. Sie kann sich noch einmal in Ruhe überlegen, ob sie Jakob wiedersehen will. Vielleicht wohnt er mit einer Frau zusammen. Das hätte sie fragen können, aber es wäre verdächtig gewesen. Der Alte hat doch sofort gerochen, was hier Sache ist.

Juli läuft mit Svenja noch eine große Runde durch den Park. Das Café hat heute zu. »Aus Betriebsgründen geschlossen« steht auf einem Pappschild an der Tür. Was mögen das für Gründe sein, fragt sich Juli und späht durchs Fenster. Niemand ist drinnen. Die Stühle sind hochgestellt, und der Fußboden sieht frisch gewischt aus. Hoffentlich haben sie morgen wieder auf, denkt Juli und schiebt sich und Svenja langsam nach Hause. Die alte Dame ist auch nirgendwo zu sehen. Aber diese Hoffnung hat sie nun auch schon fast aufgegeben.

Kurz vor der Haustür fängt Svenja an zu weinen. Juli trägt das Kind die Treppe hoch und legt es im Flur auf den Boden. Dann zieht sie sich aus. Sie wickelt Svenja aus ihren Sachen, schaut in die Windel, die noch trocken ist, und setzt sich zum Stillen ins Wohnzimmer. Im Moment scheint ihr das mit Jakob keine gute Idee mehr zu sein. Svenja schläft beim Trinken ein. Juli holt sich nach dem Stillen einen Stadtplan aus dem Küchenschub. Der andere Stadtteil, von dem der alte Mann gesprochen hat, ist Charlottenburg. Für den Alten wahrscheinlich Westberlin. Sonst hätte er es anders ausgedrückt. Juli findet, dass die Alten und die Älteren es nicht lassen können. Mit dem Osten und dem Westen und allem, was dazwischen liegt. Selbst Elisa hat es nicht hingekriegt. Mit der Bahn nach Schöneberg zu fahren war eine ganz andere Angelegenheit, als in Marzahn jemanden zu besuchen. Sie haben darüber gestritten, so lange, bis Elisa ihr einmal sagte: Du hast kein Recht, Juli, es ist mein Leben und meine Geschichte. Und wenn ich vergessen soll, dass dies hier mal Ostberlin war und auf der anderen Seite Westberlin, dann kann ich auch gleich mit vergessen, dass du meine Tochter bist. Mach du dir deine Geschichte selbst. Und lass mich in Ruhe.

Juli legt den Stadtplan weg und denkt daran, wie wütend sie damals war. Eine pubertierende, rechthaberische Jugendliche auf Rachefeldzug. So hat sie sich aufgeführt. Sie fand Elisa altmodisch, nostalgisch, vernagelt, verbohrt und kleinmütig. Sie hat sich geschämt und bei Henriette ausgeheult. Ausgerechnet Henriette, denkt Juli und muss nun doch grinsen. Die noch viel kleinmütiger und ängstlicher war und sich gar nicht erst traute, allein mit der S-Bahn über die unsichtbare Grenze der Stadt zu fahren. Aber sie hatte verstanden, worum es Juli ging. Ums Prinzip. Sie sollten aufhören, in der Vergangenheit zu leben. Mehr wollte sie nicht.

Juli steht auf und nimmt sich Apfelsaft aus dem Kühlschrank. Der Hebamme, die genauso alt ist, wie ihre Mutter sein könnte, wenn sie noch lebte, sieht sie alles nach. Die redet genauso von drüben und hüben. Macht fast alle Schwierigkeiten und Unwägbarkeiten an den alten Grenzen fest. Kann über werdende Westmütter herziehen, als verkörperten die alle Unterschiede. Da ist keine unter dreißig, Juli, hat sie letztens beim Abendessen gesagt. Die planen ihre Kinder in einer Art und Weise durch, wie wir das nicht mehr lernen. Und dann wollen sie eine ganz natürliche Geburt. Zurück zur Natur. Ein Kinderzimmer voller Naturfasern und Holzspielzeug haben die schon, da sind sie gerade im fünften Monat. Ernährungspläne für das Kind vom ersten Tag an, das Sportprogramm für die Rückbildung schon gebucht, Atemtechnik geübt, eine Menge Bücher über Erziehung im Schrank, mit dem Vater des Kindes alles abgesprochen, auf eine Religion geeinigt. Und dann kommt das Kind. Und ist ein Schreihals. Habe ich alles schon erlebt. Dann verstehen die die Welt nicht mehr. Wieso kann das Kind die Nächte durchschreien, wo sie doch alles richtig machen. Ja, sage ich dann, aber woher soll denn das Kind wissen, dass Sie alles richtig geplant und vorbereitet haben.

Juli hat gelacht und sich amüsiert über das Geschimpfe der Hebamme. Die hatte so eine Art, Waldorfmutter zu sagen, dass man wirklich nur noch lachen konnte.

Bei ihrer Mutter war Juli nicht so nachsichtig. Der hatte sie es nicht verzeihen können, wenn die mit ihren Vorurteilen oder Urteilen kam, über die Westkollegen im Institut redete, als seien die die Ursache allen Übels. Dabei hatte Elisa, zumindest eine Zeitlang, allen Grund, sauer zu sein. Sie hatten ihr Jungspunde vor die Nase gesetzt und gesagt, das sind jetzt deine Chefs. Juli erinnert sich, wie Elisa eines Abends nach Hause kam und sagte, sie habe einem dieser Jungspunde eine runtergehauen.

Und nun sei es wohl vorbei mit dem Job, das werde man ihr nicht durchgehen lassen. Der hat mich gefragt, ob ich für die Stasi gearbeitet habe. Und ich hab nein gesagt. Und dann sagt das Arschloch: Da sei ich dann wohl eine ganz große Ausnahme. Wo wir doch alle für die Stasi gearbeitet hätten. Zumindest alle, die studiert haben. Und dann hab ich ihm eine geknallt und bin rausgegangen.

Juli fand das damals unglaublich. Dass ihre Mutter sich traute, dem Vorgesetzten eine runterzuhauen. Sie hat eine Flasche Sekt gekauft und mit Elisa darauf angestoßen. Passiert ist nichts. Keine Entlassung, keine Abmahnung, nichts. Am Anfang hat sich Juli noch oft erkundigt, ob Elisas Chef sich irgendwelche Schikanen ausgedacht hätte. Irgendwann hat sie dann nicht mehr gefragt. Er schien völlig wirkungslos verpufft zu sein, der Aufstand Elisas. Totgelaufen, hat Juli damals gedacht. Der lässt sie einfach totlaufen, da muss er sich dann nicht mal anstrengen.

Als die Hebamme abends nach Hause kommt, fragt Juli, ob sie Svenja am nächsten Tag ein paar Stunden bei ihr lassen könne. Natürlich, sagt die Hebamme und fragt nicht nach. Juli erklärt sich trotzdem: Ich will mal schauen, wo der Vater von Svenja wohnt. Also, ich weiß es eigentlich, aber ich will hinfahren und dann erst überlegen, ob ich ihm von Svenja erzählen will. Der Mann der Hebamme nickt und ist skeptisch. Woran willst du das denn festmachen, Juli, fragt er. Ob er es erfahren darf oder nicht?

Juli weiß, dass der Mann der Hebamme nicht gut findet, was die Frauen manchmal mit den Vätern ihrer Kinder machen. Aber jetzt, wo es sie selbst betrifft, kann sie die Frauen verstehen. Ein bisschen. Sie werden zu Glucken. Zu ängstlichen, besitzergreifenden Glucken. Väter kommen da erst an zweiter Stelle.

Juli steigt am nächsten Tag um eins in die S-Bahn. Obwohl sie dreimal im Stadtplan nachgeschaut hat, verläuft sie sich gründlich. Sie fragt eine Frau nach dem Weg, und die schüttelt den Kopf, zeigt mit dem Finger auf ihren Mund und murmelt verlegen etwas in einer Sprache, die Juli nicht versteht. Mit der nächsten Frau geht es ihr genauso. Dann schnappt sie sich ein Kind, das kann erklären, wie sie zu der Straße kommt, die sie sucht. Es ist eine kleine, hübsche Straße mit hohen Bäumen und stuckverzierten Häusern. Juli nimmt sich vor, nicht lange zu überlegen, wenn sie vor der Tür steht, sondern gleich zu klingeln. So macht sie es, und tatsächlich, obwohl sie eine Tageszeit gewählt hat, die eher für leere Wohnungen spricht, wird die Haustür sofort geöffnet. Juli zählt einhundert und zwei Stufen, bis sie unterm Dach und vor der richtigen Wohnungstür steht.

Jakob reißt die Tür auf und starrt auf das grünhaarige Mädchen vor ihm. Juli, sagt er und fängt an zu lächeln. Juli. Dass ich dich noch mal wiedersehe.

Er tritt zur Seite und zieht Juli in den Flur und wendet den Kopf nach hinten und ruft nach jemandem. Aus dem hinteren Zimmer kommt eine Frau. Sie sieht älter aus als Jakob, aber nicht zu alt, und sie ist schön. Juli greift sich mit der rechten Hand in die grünen Haare und versucht halbherzig, fröhlich zu wirken. Hallo, sagt sie und kommt sich dick und dumm und unpassend vor.

Das ist Juli, sagt Jakob zu der schönen Frau. Ich habe dir von ihr erzählt. Er fragt nicht, zum Glück macht er das nicht, warum Juli da ist, sondern tut so, als hätte das seine Richtigkeit. Die Frau geht in die Küche und holt Wasser und Saft und stellt eine Schale mit Äpfeln auf den Tisch und eine mit Bonbons. Juli beantwortet alle Fragen, und irgendwann sagt sie auch das mit dem Kind. Dass es Svenja gibt und wie froh sie darüber ist. Und Jakob fragt, wie alt Svenja ist, und stutzt kurz, als Juli antwortet, und schaut rüber zu der schönen Frau, die sich interessiert nach vorn beugt und nach dem Vater des Kindes erkundigt.

Das ist der Moment, denkt Juli, der Moment der Wahrheit. Aber es hat keinen Sinn. Ich kann jetzt nichts sagen. Und sie macht den Mund auf und sagt, dass sie sich getrennt habe vom Kindsvater, weil der noch viel zu jung sei für so eine Verantwortung. Jakob lacht, erleichtert, denkt Juli, und sagt, das klänge aus ihrem Mund aber seltsam, wo sie ja auch noch blutjung sei. Ja, sagt Juli, aber ein Kind verändert alles. Zumindest für mich. Für uns. Frauen, meine ich. Wir haben dann keine anderen Pläne mehr. Wenn das Kind da ist.

Was rede ich für einen Blödsinn, denkt Juli und schaut sich noch einmal die schöne Frau an. Natürlich habe ich andere Pläne. Sie steht auf und sagt, sie müsse jetzt gehen. Svenja sei nur für ein paar Stunden bei einer Freundin. Jakob hat noch immer nicht gefragt, warum sie nun eigentlich gekommen ist, den weiten Weg aus dem anderen Teil der Stadt, hierher zu ihm.

Dann tut es die schöne Frau für ihn. Und fragt: Warst du hier einfach nur in der Gegend? Woher hattest du denn die Adresse von Jakob?

Juli erzählt, wie sie bei seinem Vater geklingelt hat, und weiß in dem Moment, dass die Energie, die sie in das Finden von Jakob gesteckt hat, den beiden seltsam vorkommen muss. Sie braucht eine vernünftige Erklärung. Aber sie hat keine.

Bist du allein, Juli, fragt Jakob.

Nein, sagt Juli, dreht sich um und geht. Sie winkt noch einmal, als sie auf der Treppe ist, so als wäre dies nichts weiter als ein fröhlicher kleiner Besuch gewesen, und hört, wie oben die Wohnungstür geschlossen wird. Was bin ich blöd, denkt Juli, als sie unten auf der Straße steht. Was habe ich mir dabei gedacht? Sie setzt sich auf eine kleine Mauer gleich neben Jakobs Haus, vor einem Heim der Arbeiterwohlfahrt und fängt an zu weinen. Die Frau war viel zu schön. Jakobs Frau, denkt Juli. Und Jakobs Kind.

Sie steht auf und verläuft sich noch zweimal auf dem Weg zur S-Bahn. Aber jetzt fragt sie niemanden. Sondern heult nur leise vor sich hin und freut sich auf Svenja, die ihr Trost sein wird.

Die Hanuller sind alle da. Sie sitzen schon beim Abendessen zusammen, und Henriettes Verehrer winkt und macht Zeichen, dass man sich nachher treffen wolle. Henriette nickt und lächelt. Heute Abend wird das also nichts mit uns, denkt Elisa und spürt eine kleine Erleichterung. Aufschub, denkt sie. Und am Ende werde ich eine ganz banale Geschichte hören. Henriette kann die Dinge ja auch mächtig aufbauschen, wenn sie will. Es wird sich herausstellen, vielleicht wird sich herausstellen, dass es nie einen wirklichen Grund für dieses langjährige Zerwürfnis gab. Dass Klara umsonst einsam alt und vergesslich geworden ist, niemanden hat, der mit ihr die letzten Erinnerungen teilt, bevor sie sich fortmacht. Ich werde melodramatisch, denkt Elisa und bestellt sich ein Glas Wein. Sie murmelt eine Entschuldigung, geht zum Zigarettenautomaten. Die Kellnerinnen räumen die Tische ab, und vorn im Saal bauen zwei Männer Lautsprecher und eine Musikanlage auf. Ich hoffe, die spielen hier keine Livemusik, sagt Elisa und entlockt Henriette ein kleines Lächeln.

Der Hanuller kommt an ihren Tisch, fragt, ob er sich kurz dazusetzen könne. Henriette nickt, schenkt ihm ein großes Lächeln. Zwei Männer an einem Tag, denkt Elisa und staunt über ihre Mutter. Erst Olaf und jetzt der hier. Henriette ist ein fremdes Wesen.

Elisa steht auf und sagt, sie wolle noch eine Runde ums Haus drehen und sei gleich wieder da. Das gefällt dem Hanuller, er strahlt sie an. Wenn sie zurückkommt, ist sie ihre Mutter wahrscheinlich endgültig los. Draußen riecht es nach Schnee. Bildet sich Elisa ein. Sie kann keinen Schnee riechen, so etwas verlernt man in der Stadt. Auf jeden Fall aber ist der Himmel bedeckt, und niemand kreuzt Elisas kleinen Rundweg. Als sie nach zwanzig Minuten wieder in den Saal kommt, kann sie Henriette nicht finden. Der Tisch, an dem sie mit dem Hanuller saßen, ist leer. Elisa geht in die Bar, und da sitzen sie beide auf den unbequemen Barhockern und nippen an einem grasgrünen Cocktail. Henriette balanciert ihren hellblauen Strohhalm vorsichtig um die auf den Glasrand gespießte Ananasscheibe, in der zu allem Unglück auch noch ein goldglänzender Wedel steckt.

Für dieses Ding hätte ich früher meine Mutter verkauft, sagt Elisa, als sie hinter Henriette und dem Hanuller steht. Sie zieht den goldenen Wedel aus der Ananas und fängt sofort an, ihn manisch zwischen Daumen und Mittelfinger hin und her zu drehen.

Du hast sie gesammelt und unter deinem Kopfkissen versteckt. Wenn wir mal Eis essen waren. Und die kleinen Papierschirmchen dazu.

Für meine Puppenstube, murmelt Elisa. Die Puppenstube, die mir Klara geschenkt hat.

Henriettes Gesicht zeigt Spuren von Zermürbung. Morgen, flüstert sie. Wenn wir noch mal zum Haus wandern. Dann dreht sie sich zu ihrem Hanuller um, und Elisa sagt ihr auf den Rücken zu, dass sie sich im Fernsehen einen Film ansehen wolle. Henriette nickt, und der Hanuller glaubt ein weiteres Mal, dass er es hier mit einer liebenswerten Kupplerin zu tun hat, die ihm die Chance seines Urlaubs gibt. Du wirst dich noch wundern, denkt Elisa. Henriette ist schüchtern wie eine Siebzehnjährige. Keine Chance.

Sie geht ins Hotelzimmer und schaltet den Fernseher ein. Vielleicht gibt es eine Fortsetzung vom Bauern, der eine Frau sucht. Elisa bleibt bei einem Dokumentarfilm über Autisten mit besonderen Fähigkeiten hängen. Der interessiert sie eine Stunde lang, dann schläft sie ein und wacht erst wieder auf, als die Tür leise geöffnet und geschlossen wird. Sie gibt Henriette kein Zeichen. Die nimmt ihr vorsichtig die Fernbedienung aus der Hand, drückt erst drei falsche Knöpfe, von denen einer der Lautstärkeregler ist, bevor sie den richtigen findet, um den Apparat auszuschalten. Sie geht ins Bad und stößt sich dabei an der Minibar. Elisa muss nun doch lachen und macht die Augen auf und sagt: Hat der Hanuller dich willig geredet?

Henriette schüttelt den Kopf und murmelt was von Telefonnummern getauscht und dass sie erst darüber nachdenken müsse. Sie verschwindet im Bad, kommt nach fünf Minuten wieder raus, legt sich ins Bett und fragt, wann man am nächsten Morgen frühstücken wolle.

Nicht vor acht, sagt Elisa, wir können ja erst im Hellen los.

Ich bin müde, sagt Henriette und sagt nicht, ich will jetzt nicht mehr reden. Aber so ist es das Gleiche. Elisa macht das Licht aus und stellt an diesem Abend keine Fragen mehr, sondern wartet einfach, bis sie hört, dass Henriette eingeschlafen ist. Dann erst dreht sie sich zur Seite.

Der Himmel ist am nächsten Morgen grau und schwer. Beim Frühstück plaudert Henriette, wie sie es nur selten tut. Über Arbeit und Juli und die Stadt im Winter und Cocktails, die sie früher gern getrunken hat. Soll sie nur, denkt Elisa und weiß plötzlich gar nicht mehr genau, warum sie beharrlich ist. Warum sie ihre Mutter zwingen will, die sowieso in ihrem Leben zu allen möglichen Dingen gezwungen wurde, weil sie es nie geschafft hat, sich zu wehren. Jetzt ich noch, denkt Elisa. Aber nun haben wir angefangen.

Im Hotelzimmer rüsten sich die beiden Frauen für ihre Wanderung.

Zieh dich bloß warm an, sagt Henriette und schaut skeptisch aus dem Fenster. Elisa packt noch eine Strickjacke in den Rucksack und zwei Bananen, die sie im Frühstücksraum genommen hat, als die Kellnerin gerade woanders beschäftigt war. Sie streift sich zwei Paar Socken über und ermuntert Henriette, es auch so zu tun. Du wirst sehen, wir brauchen nur warme Füße, der Rest ist nicht so wichtig.

Als sie das Hotelfoyer verlassen, winkt die Frau an der Rezeption ihnen zu und ruft, es seien schwere Schneefälle angekündigt und sie sollten vorsichtig sein. Elisa winkt mit der Wanderkarte in der Hand zurück. Sie kann Karten nicht lesen. Aber eigentlich ist der Weg ja klar. Sie sind ihn gestern gelaufen und werden ihn heute noch einmal gehen. Nichts kann passieren.

Zwanzig Minuten später sind sie im Wald, und Henriette atmet tief ein und aus und fängt dann unvermittelt an zu reden. Elisa läuft neben ihr, wie zum Trost oder Schutz, bereit, Henriette die Erzählung zu erlassen, wenn es der zu schwer wird.

Dein Vater, dein Stiefvater, verbessert Henriette sich gleich, war nichts weniger als meine große Liebe.

Ein toller Anfang, denkt Elisa, sie hätte ja auch sagen können, dass sie ihn nicht geliebt hat.

Ich habe ihn nicht geliebt, sagt Henriette und schielt zu Elisa, die erleichtert scheint. Er war cholerisch, rechthaberisch, und er wusch sich viel zu selten. Das hat mich am meisten gestört. Glaube ich. Manchmal, wenn ich morgens im Winter als Erstes die beiden Öfen in den Zimmern anheizen musste, bei ungefähr fünf Grad über null und mit klammen Fingern, schlich er sich von hinten an mich ran und steckte seine kalten Hände unter mein Nachthemd, um sie mir auf die Brüste zu legen. Dann konnte ich ihn spüren und riechen. Er roch sehr stark, nach so einer Nacht unter diesen dicken Federbetten. Ich kann den Geruch heute noch identifizieren. Wenn mir ein Mann gegenübersteht, der so riecht, fange ich an mich zu ekeln. Gestern Abend, der roch kaum. Ich mag Männer, die kaum riechen. Dein Vater. Dein Stiefvater war nicht so einer. Den roch man, noch bevor er zu sehen war.

Ich habe ihn nicht geliebt, und Klara wusste das. Sie mochte ihn auch nicht wirklich. Aber er war der Mann, der ihre Tochter wieder ehrbar gemacht und dem Bastard einen Namen gegeben hatte. Das rechnete Klara ihm schon hoch an. Ich konnte mit ihr nicht darüber reden, dass ich fortwollte. Sie hörte einfach nicht zu. Scheidung war auch so eine Sache, die in ihrer Vorstellung vom Leben nicht unbedingt vorkam. Ihren Frauen auf dem Land und in der Stadt predigte sie zwar immer, wie wichtig und gut es sei, dass der sozialistische Staat ihnen allen ökonomische Unabhängigkeit ermöglichte, aber wenn es um die eigene Tochter ging, war sie anders. Meine Schwangerschaft hat sie katholisch werden lassen. Sozusagen. Er schlägt mich, habe ich mal zu ihr gesagt, um zu testen, ob sie mich dann befreit. Ich wollte ja befreit werden. Ohne Klara hätte ich nie gewagt, wegzugehen, die Scheidung einzureichen. Ich bin nicht geschlagen worden. Es war ein Test. Und Klara hat mir sofort auf den Kopf zugesagt, dass ich lüge. Sie wusste, dass er ein Choleriker war, einer der dir hin und wieder eine runterhaute, der brüllen konnte, dass du dich unterm Bett versteckt hast, bis es vorüber war. Aber sie wusste auch, dass er mich nicht schlug.

Elisa hört zu, und dabei fällt ihr ein, dass sie ihr Handy

im Hotelzimmer hat liegen lassen. Warum sie jetzt daran denkt, ist ihr nicht klar. Sie wischt den Gedanken auch gleich beiseite und nimmt Henriette kurz an die Hand. Quer überm Weg liegt ein großer Baumstamm. Henriette drückt Elisas Hand fester als notwendig und küsst sie kurz auf die Wange. Wir kommen uns näher, denkt Elisa und ist für diesen Moment glücklich. Egal, was hier rauskommt, für uns beide jedenfalls wird es gut sein. Und wenn Henriette will, dann lasse ich das mit Klara. Wenn es ihr wichtig ist.

Mir fiel damals einfach nichts ein, wie ich den Mann loswerden kann. Alle mochten ihn. Er war, wie die Leute so sagten, ein feiner Kerl. Oder ein patenter Kerl oder ein guter Kumpel. Im Vergleich zu vielen anderen im Dorf mochte das stimmen. Er machte es nicht mit Tieren, schlief nicht mit seiner Tochter, verprügelte nicht seine Frau und zerschlug nicht die Möbel, wenn er betrunken war. Das machte ihn in den Augen der anderen besonders. Wenn man mal davon absieht, dass er den Pastor zusammengeschlagen hat.

Du hast wahrscheinlich keine Vorstellung davon, wie es früher war auf dem Land, in den Dörfern. Auch wenn es sozialistische Dörfer waren, in denen man das ganze Jahr über Mailosungen an den Mauern lesen konnte. Aber da wurde gesoffen und geprügelt, und es wurden Kinder gemacht und den Kindern gleich wieder Kinder, und niemand wusste, wer mit wem in den Nächten rummachte.

Rummachen, denkt Elisa, das sind ja ganz neue Töne, die Henriette da von sich gibt. Rummachen. In der Sauna hat sie das noch viel vornehmer ausgedrückt. Hier passiert eine ganze Menge mit uns.

Es gab vielleicht vier oder fünf Menschen, mit denen man reden konnte. Ich wiederhole mich, nicht wahr,

Elisa? Aber ich kann auch nur immer die gleichen Dinge erzählen, wenn es um diese Zeit geht. Es war halt ein dreckiges, langweiliges und schlechtes Leben. Man hatte das Gefühl, nie da rauszukommen.

Und dann wurde ich zu einer Weiterbildung geschickt. In die Kreisstadt. Eine Woche lang. Waren gute Tage. Vielleicht damals die schönsten Tage, die ich bekommen konnte. Dein Vater, dein Stiefvater musste sich um Haushalt und Kinder kümmern. Weiterbildung war Pflicht. Kannst du dich noch an die Tage erinnern? Allein mit deinem Vater?

Allein mit meinem Stiefvater? Elisa ist sich nicht sicher, ob sie eine Erinnerung hat, aber dann kommen doch ein Bild und eine Vorstellung und eine Scham. Wie sie abends in dem kleinen, durch einen Vorhang vom Wohnzimmer abgeteilten Verschlag in ihrem Bett liegt. Und wie der Vater nach Hause kommt und die Freundin der Mutter mitbringt. Und mit ihr im Wohnzimmer sitzt und Bier trinkt und redet. Unbekannte Geräusche kommen aus dem Wohnzimmer. Was immer ihr Stiefvater mit dieser Freundin der Mutter macht, soll sicher niemand wissen. Da warst du also auf einer Weiterbildung. Ich kann mich erinnern. An diese Tage.

Ich habe einen Mann kennengelernt. Bei der Weiterbildung. Einen gutaussehenden jungen Mann. Der erinnerte mich an Olaf, der mit dem Baumhaus, weißt du? Wir waren jeden Abend zusammen, und am zweiten Abend schon haben wir die halbe Nacht noch drangehängt. Da war man ja untergebracht wie im Ferienlager, immer vier Leute auf einem Zimmer. Es ging also nicht, dass man da unter eine Decke kroch. Deshalb sind wir spazieren gegangen und haben wie die Teenager auf Parkbänken gesessen und.

Elisa weiß, dass Henriette das jetzt nicht ausführen

kann und wird. Was sie mit dem jungen Mann auf Parkbänken gemacht hat. Ist auch nicht wichtig. Das alles scheint nur der Vorspann für etwas anderes zu sein. Eine andere, viel bedeutsamere Erzählung.

Inzwischen hat es angefangen zu schneien. Ganz sacht erst, aber der Himmel sieht aus, als hielte er noch Überraschungen bereit.

Wir sind gleich da, sagt Elisa und läuft ein wenig schneller. Möchtest du erst zu Olaf gehen?

Henriette verneint. Sie will, dass sie sich heimlich an und in das Haus schleichen, nur noch einmal schauen und dann gleich wieder zurücklaufen. Ins Hotel, wo es warm und sicher ist. Wenn es nach Elisa geht, können sie das so machen. Gestern mochte sie Olaf und seine Geschichten, aber heute hat sie wenig Lust auf eine Fortsetzung. Wir sind sowieso viel früher hier als gedacht. Er wird uns nicht sehen.

Elisa bekommt die Tür vom Haus schnell auf. Wie sie es erwartet hat. Drinnen riecht es. Stark. Nach verrottetem Holz, Mäusedreck und unbestimmbaren Dingen. Henriette geht zum Fenster und zieht leicht an den gehäkelten Vorhängen. Die geben sofort nach und fallen auf den Boden, und wie sie da liegen, sehen sie plötzlich ekelhaft aus. Wirklich seltsam ist nur, dass auf dem Tisch in der Mitte des Zimmers noch die Reste einer Mahlzeit stehen. Der Tisch ist für zwei gedeckt, und am Ende hat sich niemand die Mühe gemacht, die Teller und Gläser abzuräumen oder den Topf zu leeren, der da steht und einen undefinierbaren Rest enthält, hart und geruchlos. Henriette fängt an zu weinen. Schon wieder, denkt Elisa und nimmt die Mutter in die Arme. Das kann dich doch jetzt nicht überraschen, nach so vielen Jahren. Es ist doch ein Wunder, dass hier überhaupt noch irgendetwas steht. Schau mal, da hinten, die kleine blaue Vase. Hat die Klara gehört?

Henriette schaut und nickt, und Elisa geht zu dem hässlichen kleinen Buffet und packt die Vase in den Rucksack. Sie dreht sich um, sieht sich ihre verheulte Mutter an, die nichts mit Klara zu tun haben möchte, aber andauernd mit ihr beschäftigt ist. So oder so beherrscht die alte Frau unser Leben, denkt Elisa, und nun tut ihr Henriette leid. Was auch immer geschehen ist zwischen ihrer Mutter und Klara, es hat wohl zwei Verliererinnen gegeben. Elisa schaut sich noch einmal in dem Zimmer um, das ihr nur vage bekannt vorkommt. An der Wand hängt ein verrottetes Wildschweinfell.

Auf dieses hässliche Stück war Franz immer ganz stolz, sagt Henriette. Und wir haben uns immer vorgestellt, dass sich in dem Fell ganz viel Ungeziefer befindet.

Elisa und Henriette verlassen die Hütte. Sie schleichen sich über die Terrasse, lassen Olafs Haus links liegen. Es schneit stärker, und der Weg ins Hotel sollte jetzt schnell bewältigt werden.

Ich will das jetzt hinter mich bringen, schnauft Henriette und drängt sich dicht an Elisas Seite. Es ist doch am Ende eine ganz banale Geschichte. Ich war verliebt. Mehr als das. Es sollte alles richtig werden. Nach der Weiterbildung haben wir uns heimlich getroffen. Einmal im Monat, in der Kleinstadt, wo dieser Mann, Thomas, lebte. Ich erfand eine Freundin, die ich bei der Weiterbildung kennengelernt hatte, um einmal im Monat in einen Bus zu steigen und zu Thomas zu fahren. Thomas, der überhaupt nicht mit dem Leben in diesem Land klarkam. Und der wollte, dass ich mit ihm zusammen fortgehe. Das Land verlasse. Aber selbst wenn ich das gewollt hätte, wäre es ja nicht gegangen, wegen der Kinder.

Und dann haben sie's Klara gesteckt. Unsere ganze kleine Welt war ja damals nur ein Dorf. Der Parteisekretär der Schule, in der Thomas arbeitete, erzählte es Klara.

Am Ende waren sie alle Denunzianten. Irgendwie. Und Klara, die Verfechterin einer sozialistischen Moral, die katholischer war als die katholische Kirche, stellte mich zur Rede.

Ich war ihr ja nicht gewachsen. Ich habe keine halbe Stunde standgehalten. Und dann alles gebeichtet. Um Klara zu beruhigen, ihr zu sagen, dass es sowieso nichts werden könne mit Thomas und mir, dass dies nur eine Geschichte sei, die sie mir doch einfach gönnen sollte, wo es bis jetzt nur schlechte Geschichten in meinem Leben gegeben habe. Um ihr das klarzumachen, habe ich erzählt, dass Thomas nicht in diesem Land bleiben werde. Dass er fortgehen wolle. Ich habe mir tatsächlich eingebildet, Klara würde es hinnehmen und mir die verbleibenden Monate gönnen. Wie will er denn das Land verlassen, Henriette, hat Klara mich gefragt, und ich naive, gehorsame, blöde Tochter habe gesagt, was ich wusste. Dass Thomas abhauen wollte, keinen Ausreiseantrag stellen.

Die lassen mich doch nicht gehen, Henriette, hat er immer gesagt. Die lassen mich schmoren und werden mir das Leben schwermachen, bis ich alt und krumm bin.

Klara hat nur genickt, als ich ihr das alles erklärte. Sie war meine Mutter. Sie war vielleicht keine gute Mutter, aber ich habe ihr trotzdem vertraut. Ich habe immer darauf gebaut, dass sie trotz aller Geschichte und Geschichten mehr Mutter als Genossin sein würde. Im Ernstfall.

Eine Woche später haben sie Thomas abgeholt, ihm den Prozess gemacht und ihn nach Bautzen geschickt. Ins Gefängnis. Für eine ganze Reihe von Jahren. Und sie haben ihm erklärt, dass ich am Ende doch mehr treue Staatsbürgerin als Ehebrecherin gewesen sei. Thomas hat die ganzen Jahre im Knast gesessen und geglaubt, ich hätte ihn mit Absicht verraten. Das ist eine billige Romangeschichte. Weißt du, Elisa.

Henriette bleibt stehen und versucht sich den Schnee von den Schultern zu klopfen und aus dem Gesicht zu wischen. Schnee oder noch mehr Tränen, was auch immer. Elisa schaut auf ihre Mutter und findet die Geschichte auch banal. Und schrecklich. Kommt wirklich nur Klara in Frage?

Henriette zuckt mit den Schultern und sagt: Ich habe sie nicht gefragt. Ich habe sie nie wieder etwas gefragt. Nachdem Thomas weg war, bin ich noch ein paar Jahre mit deinem Stiefvater zusammengeblieben. Dann habe ich die Scheidung eingereicht und um Versetzung in eine andere Schule gebeten. Ich habe ein Fernstudium aufgenommen und konnte dann nach fünf Jahren endlich den Schuldienst verlassen. Alles lief geregelt. Auch ohne Klara. Ich bin sicher, dass sie es war, die Thomas verraten hatte. Sie hat ja auch vom ersten Tag an akzeptiert, dass ich nichts mehr mit ihr zu tun haben wollte.

So wird es gewesen sein, denkt Elisa und ist verwundert darüber, dass es so viele Geschichten dieser Art gibt. Ausgerechnet Klara, die ein wenig wie ein Mythos über allem zu stehen schien. Jetzt eine alte, vergessliche Frau mit einem langen Leben hinter sich und nicht mehr viel, was sie noch erwarten konnte von der verbleibenden Zeit. Klara, eine Russenhure, eine Rabenmutter, eine Verräterin, eine Denunziantin.

Ich hatte mir ein ganz anderes Bild von Klara gemacht, sagt Elisa und treibt Henriette ein wenig zur Eile. Lass uns da vorn rechts den Weg nehmen und nachher auf der Straße weiterlaufen. Wir schaffen es nicht durch den Wald. Es schneit zu stark.

Henriette sieht ängstlich aus. Und müde. Sie zieht ein Bein nach wie eine alte Frau. Elisa schaut sich ihre Mutter an und fühlt Sorge. Nun hat sie die Geschichte gehört und wünscht sich, es ungeschehen machen zu können. Fast noch größer ist der Wunsch, mit Henriette im Hotelzimmer zu sein. Die Landschaft wird immer fremder. Elisa weiß nicht, wie weit es noch bis zur Straße ist, und auch nicht, wie viele Kilometer sie dann noch bis zum Hotel laufen müssen. Sicher mehr, als es durch den Wald wären. Aber für diesen Schneesturm und den Wald sind sie beide nicht gerüstet.

Erst nach vierzig langen Minuten sieht Elisa die Straße. Sie ist verschneit und nicht geräumt. In dieser Gegend sind die Leute wahrscheinlich an solche Umstände gewöhnt, denkt Elisa und spürt, wie Henriette an ihrer Seite immer langsamer wird. Sie versucht noch ein paar aufmunternde Worte zu sagen, aber Henriette reagiert nicht. Sie scheint alle Kraft zu brauchen, um einen Fuß vor den anderen zu setzen.

Auf der Straße läuft es sich fast genauso schwer wie durch den Wald. Es scheint schon ewig kein Auto mehr hier entlanggefahren zu sein. Elisa zieht Henriette mehr in Richtung Straßenmitte. Dort läuft es sich leichter. Ein bisschen jedenfalls. Inzwischen ist auch der Wind viel lauter geworden. Was für ein Inferno, denkt Elisa und drückt Henriettes Hand noch fester. Und kein Ende in Sicht. Elisa glaubt und hofft, dass hinter der nächsten Kurve das Dorf liegt. Warum auch immer. Es muss da liegen, auch sie hat keine Kraft mehr.

Die Kurve ist eng, fast rechtwinklig. Rechts ragen Felswände auf, und links geht es offensichtlich steil bergab. Da unten muss die Bode fließen, denkt Elisa noch und hört nicht, wie Henriette neben ihr schreit.

Der Fahrer des Lasters hat die Kontrolle über das Fahrzeug schon vor der Kurve verloren. Aber vielleicht wäre noch alles gutgegangen. Vielleicht wäre er irgendwie um die Kurve gekommen und in der Spur geblieben. Wer weiß. Dass diese beiden lebensmüden Frauen da mitten auf der

Straße laufen, genau in jenem Moment, da der Fahrer das Unmögliche versucht, um den schweren Wagen zu halten, ist Pech. Schicksal ist das, und nichts mehr lässt sich ändern.

Beide Frauen sind sofort tot. So viele Tonnen Gewicht, die über sie hinwegrollen, gleiten, rutschen und erst nach Hunderten Metern zum Stillstand kommen. Da lässt sich nichts mehr machen. Nicht mal mehr ein Gedanke denken.

Später sagt der Fahrer aus, dass die Frauen es wohl darauf angelegt hätten. Lebensmüde müssen die gewesen sein, in einem solchen Schneesturm mitten auf der Straße zu laufen. Wo man die Hand vor Augen nicht mehr sehen konnte. Und der Wind so laut heulte, dass auch nichts mehr zu hören war.

Das mit dem Selbstmord wird eine Weile in Erwägung gezogen. Man befragt Elisas Tochter. Und die Mutter von Henriette. Beide können nichts zu den Ermittlungen beitragen. Die Junge steht unter Schock, und der Alten geht es nicht anders. Die müssen sie sogar ins Krankenhaus einliefern, so schlimm steht es. Am Ende befinden die Behörden, dass es ein Unfall gewesen sein muss. Auch wenn ein kleiner Zweifel bleibt.

Klara fühlt sich wieder gut. Sie weiß genau, was sie und Aaron heute vorhaben, und ihre Gedanken nehmen andauernd Reißaus. Sie steht vor ihrem Kleiderschrank und überlegt nun schon eine halbe Stunde, was sie anziehen könnte. Sie hat auch so ein Gefühl, dass sie sich zum ersten Mal in ihrem Leben darüber Gedanken machen sollte, was sie drunter trägt. Schließlich wird im Hotelzimmer irgendwann der Moment kommen, da sie sich ausziehen muss. Oder will. Ich könnte das natürlich im Bad machen, denkt Klara. Aber ob Aaron sich das so vorstellt? Himmel, was für ein Dilemma. Sie muss nun doch grinsen und wird von einer unbändigen Lust befallen, der Zicke von Pflegerin zu erzählen, was sie vorhat. Die würde sie glatt einsperren lassen, da ist sich Klara sicher. Deshalb ist es wohl besser, sie verkneift sich den Spaß. Klara hat ein klares Gefühl, sagt sie, und ihr Spiegelbild schickt ein fröhliches Lächeln zurück. In dieser Nacht hat sie von Henriette geträumt. Es war, als hätte ihr Kopf beschlossen, jetzt noch einmal in die Offensive zu gehen. Klara fühlt, dass dies die letzten Möglichkeiten sind, sich zu erinnern. Das ist wie bei Krebskranken, hatte sie in der Nacht gedacht, als sie nach dem Traum von Henriette aufgewacht war. Die fühlen sich dann, kurz bevor es ans Sterben geht, auch noch einmal ziemlich gut.

In ihrem Traum hatte sie sich mit Henriette versöhnt. Sie hat ihr gesagt, wie schlimm es in all den Jahren für sie gewesen sei, sich an die Schande zu erinnern. Die Schande mit diesem Mann, den Henriette geliebt hatte und den sie, Klara, verraten musste. Weil es sich damals so gehörte in ihren Augen. Das mit dem Russen hat sie nicht entscheiden können und das mit diesem Thomas auch nicht. Wirklich. Was Henriette aber nicht mehr erfahren konnte.

Klara setzt sich aufs Bett und legt die Hände in den Schoß. Die Entscheidung mit der Unterwäsche muss noch etwas warten. Was Henriette auch nicht mehr erfahren konnte, weil sie zusammen mit Elisa unter ein Auto gelaufen ist. Dass sie, Klara, diesem Thomas einen Brief geschrieben hatte. Nachdem er aus dem Gefängnis gekommen war. Und in dem Brief hatte sie geschrieben, dass Henriette unschuldig war. Nichts dafür konnte. Gar nicht gewollt hatte, dass es so kommt. Dieser Thomas hat ja nie geantwortet, aber den Brief wird er doch bekommen haben. Denkt Klara. Und wenn nicht, dann werden sie ihm später erzählt haben, was gewesen ist. Als das hier vorbei war mit dem Land und allem. Aber vielleicht haben die, denen sie diesen Thomas verraten hatte, später Verrat an ihr begangen. Und den Brief nicht so weit kommen lassen, wie er sollte. Vielleicht war das die Rache an ihr. Der Russenhure und Kommunistenbraut und Verräterin.

Klara steht auf und geht wieder zum Schrank. Sie nimmt ein weißes Unterhemd und einen weißen Schlüpfer und den Büstenhalter, der kein Büstenhalter, sondern eine Prothese ist. Ein Brustersatz, eine Lebenshilfe. Denkt Klara manchmal, wenn sie ihn umbindet und binnen Sekunden eine vollständige Frau wird. Damals, in den ersten Jahren nach der Operation, musste sie sich Watte in ihre Büstenhalter stopfen. Und wenn es draußen richtig warm war und sie schwitzte, dann klebte die Watte wie ein Weihnachtsmannbart an ihren Narben. Sie hat ewig gebraucht an solchen Abenden, um jeden Wattefussel vom Körper zu bekommen.

Jetzt zieht sie für Aaron und für sich weiße, fast neue Unterwäsche an. Ihre Oberschenkel sind wirklich noch erstaunlich glatt. Wir werden uns ganz fragmentarisch lieben, denkt Klara und freut sich über dieses Wort. Wie sie sich immer freut, wenn ihr solche Sachen einfallen. Wenn ihr Verstand plötzlich wieder gut funktioniert. Meine Oberschenkel, denkt sie und streicht mit den Fingerspitzen über die Hautpartien zwischen Knien und Schlüpfer, sind in Ordnung. Mein Bauch ist gar nicht so schlecht. Meinen Rücken kann ich nicht sehen, aber immerhin bin ich hier auf der Etage wahrscheinlich eine der wenigen, deren Haut noch nicht wundgescheuert ist vom Liegen. Die Schultern. Klara streicht die Träger vom Büstenhalter etwas herab und geht ganz nah an den Spiegel. Meine Schultern sind noch halbwegs rund.

Jetzt wird es heikel. Klara dreht sich noch einmal um und versucht einen Blick auf ihren Hintern zu erhaschen. Nur einen kurzen, denn die Halswirbel knacken verdächtig bei der ungewohnten Bewegung. Mit beiden Daumen hat sie vorsichtig den weißen Schlüpfer etwas nach unten gezogen. Nicht allzu weit. Das wagt sie nun doch nicht. Sogar noch besser als meine Oberschenkel, murmelt sie und bedeckt mit weißer Baumwolle, was sie später vielleicht auch Aaron zeigen will.

Sie setzt sich wieder aufs Bett und versucht die Strumpfhose so anzuziehen, dass alles seine Richtigkeit hat. Reißt die Packung auf und stellt fest, dass die Farbe der Strumpfhose nicht etwa dunkelgrau ist, sondern dunkelgrün. Da muss sie also umdenken, denn nun geht das mit dem dunkelblauen Kleid nicht mehr.

Klara denkt an Franz und macht sich für Aaron schön. Franz hat sie nicht mehr angefasst, nachdem die Brüste weg waren. Er hat sich sehr bemüht, lieb zu sein und freundlich, und er hat sie auch nie auf eine Art betrogen, dass es ihr unangenehm oder peinlich sein musste. Sehr diskret, mein Franz. Viel diskreter als ich mit dem Russen.

Klara schaut auf die Uhr. Noch drei Stunden, bis sie sich mit Aaron davonmachen will. Sie holt das Schachspiel aus dem Schrank und stellt die Figuren auf. Ob ich noch den Schäferzug hinbekomme? Nach sieben Zügen ist der schwarze Gegner matt. Klara baut ihren Stolz langsam auf. Den wird sie brauchen, nachher, wenn es zur Sache geht.

Franz hat sie nicht mehr begehrt, und sie hat aufgehört, sich als Frau zu fühlen. Stattdessen hat sie ein bisschen Karriere gemacht. Erst ein Russenflittchen, dann eine Systemtreue. Das sagt sie dem Spiegel. Es interessiert sonst niemanden mehr. Aaron vielleicht, aber der mit seiner ganzen toten Familie wird darin nur Unheil finden. Systemtreue sind dem bestimmt nicht angenehm.

Es klopft kurz an der Tür, und im gleichen Augenblick steht schon die Zicke im Zimmer. Na, Frau Simon, brüllt sie, machen wir uns schön für den Ausflug heute Nachmittag?

Klara starrt das Monster an und fragt sich, wen es heute schon zur Weißglut getrieben haben mag.

Ich brauch noch eine Unterschrift, brüllt die Zicke. Weil Sie ja über Nacht bleiben wollen. Dass Sie mir nur keine Dummheiten machen.

Die ist fast noch schlimmer, wenn sie gute Laune hat, denkt Klara und unterschreibt, was auch immer. Wahrscheinlich steht da, dass sie alles der Zicke vermacht, wenn sie stirbt. Egal. Sie hat sich das Heim nicht ausgesucht, also muss sie es auch nicht gut finden. Im Nebenzimmer poltert es, und dann kommt ein Jammern herübergeschwappt, das Klara kennt. Die Zicke kriegt wieder ihr Wärterinnengesicht und stürmt aus dem Raum. Ein paar Sekunden später hört Klara sie nebenan mit der Alten schimpfen. Die hat sich wahrscheinlich wieder ihre Windel vom Leib gerissen und die ganze Chose im Zimmer verteilt.

Das wird alles bald auch meins sein, flüstert Klara. Aber ich werde mich vorher vom Hof machen. Muss das unbedingt mit Aaron besprechen. Wie man sich vom Hof macht, ohne dass sich da jemand einmischt. Da hätten wir uns alle viel früher drum kümmern müssen.

Klara rafft sich auf und hängt das blaue Kleid wieder in den Schrank. Sie nimmt den grünen Wollrock und die Bluse mit den Streifen. Die zieht sie an und wieder aus und greift zu einem Pullover, den ihr vor vielen Jahren Henriette geschenkt hat. Ein richtig schönes Stück. Tiefrot. Den hat sie seit Ewigkeiten nicht mehr getragen. Aber er könnte passen zu diesem Tag. Henriette, Elisa, Olaf und noch ein Kind. Ein ganz junges. Klara bekommt nun ein bisschen Angst, weil ihr das alles einfällt. Vielleicht hat sie wirklich Krebs. Im Kopf. Jetzt fällt ihr alles ein, und dann ist es auch schon vorbei mit ihr. So könnte es laufen.

Sie ist nun fertig angezogen, sogar die Ohrringe hat sie reingekriegt in die kleinen Löcher. Die waren noch nicht zugewachsen. Zwei Stunden Zeit noch. Klara macht den Fernseher an und das Radio. Sie muss auf jeden Fall wach bleiben. Und bei Sinnen. Keine leichte Aufgabe. Jeder Reiz von außen soll ihr da recht sein. Im Fernsehen versucht eine Frau mit zwei fetten Menschen zu reden. Das Publikum klatscht hin und wieder. Einer von den fetten Menschen fängt an zu weinen und beschimpft den anderen fetten Menschen. Mutter und Sohn, vermutet Klara, obwohl es schwierig ist, bei Dicken die Familienähnlichkeit festzustellen. Dicke sind alle dick und einander ähnlich. Findet Klara.

Wenn Henriette und Elisa tot sind, müsste doch noch dieses ganz junge Kind da sein. Das ja wahrscheinlich zu Elisa gehört, wenn Klara sich das richtig zusammenreimt.

Sie hat es nie kennengelernt, das Kind, aber irgendjemand hat ihr davon berichtet. Wer könnte das gewesen sein? Klara geht auf den Flur und läuft den Gang einmal hoch und einmal runter. Sie trifft niemanden. Alle ans Bett gefesselt, brummelt sie und reißt probehalber zwei Türen zu fremden Zimmern auf. In einem liegt die Jammergestalt, frisch gewindelt und festgeschnallt. An den Wänden sieht man noch die braunen Spuren des jüngsten Widerstands. Nur grob weggewischt, da muss wieder jemand mit einem Eimer Farbe kommen. Die werden uns bald in gekachelte Zimmer einsperren, sagt Klara zu der Jammergestalt, der sie vielleicht zusätzlich noch ein paar Tropfen gegeben haben. Jedenfalls reagiert die überhaupt nicht.

Klara schließt die Tür wieder und geht zurück in ihr Zimmer. Sie muss noch ein paar Sachen einpacken. Waschtasche, Kulturbeutel, flüstert Klara, Handtücher, falls es in dem Hotel keine gibt, die gestreifte Bluse, falls sie kleckert, ganz unten in die Tasche eine geklaute Windel. Und Unterwäsche zum Wechseln. Nun ist sie wirklich mit allen Vorbereitungen fertig.

Aaron kommt pünktlich. Er klopft und wartet, bis Klara ihn hereinbittet. Dann schaut er, wie es seiner späten Liebe geht, und ist erleichtert, als sie ihn mit klaren Augen begrüßt. Verlegen ist er auch, aber das kann er gut überspielen. Dann wollen wir mal, Klara, sagt er. Mein Sohn wartet sicher schon. Er zwinkert mit dem linken Auge und bastelt für Klara eine Verschwörermiene zusammen. Die ist jetzt doch sehr aufgeregt und zieht den Mantel an und legt sich das Seidentuch um den Hals und nimmt ihre Tasche.

Wie schön du aussiehst, sagt Aaron, während er Klara die Tasche abnimmt.

Im Foyer treffen die beiden auf die nette Pflegerin. Die steckt Aaron ein Kärtchen zu und sagt, es sei nur für den

Notfall. Falls was sein sollte. Dann drückt sie Klara kurz einen winzigen Kuss auf die gepuderte Wange, dreht sich um und geht.

Als ob sie was weiß, flüstert Klara. Und Aaron nickt und sagt, das wäre dann auch nicht schlimm, wenn die was wüsste. Sie sei schließlich die Einzige hier, mit der man wirklich reden könne.

Im Hotel hat man schon auf sie gewartet. Zumindest wirkt es so auf Klara. Der Mann an der Rezeption greift sofort nach dem richtigen Schlüssel und winkt einem Jungen in Uniform, der Klara und Aaron die Taschen abnimmt. Er bringt sie bis ins Zimmer und stellt dort die Taschen vors große Ehebett. Klara schaut sich alles genau an und findet es erstaunlich, wie üppig so ein Hotelzimmer eingerichtet ist. Sie schaut in den kleinen Schrank. Der steht unter dem Fernseher und ist mit Flaschen gefüllt, von denen die meisten Alkohol enthalten. Wir könnten uns richtig betrinken, Aaron.

Das werden wir auf jeden Fall tun, sagt Aaron und packt seine kleine Tasche aus.

Ich nicht, denkt Klara. Da unten in der Tasche liegt eine Windel. Sie holt nur schnell die Waschtasche, Kulturbeutel, murmelt sie, heraus und stellt sie ins Bad. Die Hotelhandtücher sind auf jeden Fall schöner als ihre, also bleiben die unausgepackt.

Zuerst gehen wir spazieren, und dann essen wir im Hotel, sagt Aaron. Und dann, denkt Klara, kommt der schwierigste Teil des Abends.

Wenn wir wollen, Klara, legen wir uns einfach nur nebeneinander und schlafen diese Nacht nicht allein. Aaron macht alles genau richtig. Er will ihr keine Angst machen und hat selbst welche. Dies ist wirklich eine heikle Angelegenheit. Was sie sich da trauen.

Sie gehen durch den Park, den sie nun schon gut kennen.

Diesmal sind viele Menschen unterwegs. Die Sonne scheint, und alle wollen ihren Teil davon abhaben. Aaron führt Klara zum Café. Heute setzen sie sich draußen an einen Tisch und warten auf die nette Kellnerin mit dem traurigen Gesicht. Die kommt und hat ein trauriges Gesicht und sieht noch krank dazu aus. Was ist mit Ihnen, fragt Klara und sieht, wie Aaron ganz verwundert ist. Die Kellnerin scheint zu überlegen, ob das nun einfach so rausgerutscht ist oder eine ernstgemeinte Frage.

Ich bin krank. Sehr krank sogar. Krebs haben sie mir gesagt. Und nun weiß ich auch nicht.

Klara nimmt die Hand der Kellnerin und zieht die Frau runter auf den freien Stuhl am Tisch. Ich hatte auch Krebs. Das geht vorbei. Das lässt sich heilen. Lassen Sie einfach alles machen, was gemacht werden muss.

Ist schon zum zweiten Mal, murmelt die Kellnerin und steht wieder auf. Da stehen die Chancen aufs Sterben nicht schlecht.

Darauf kann Klara nichts sagen. Ihr ist der Krebs kein zweites Mal passiert. Wo auch, denkt sie, wo doch keine Brüste mehr da waren. Aber sie weiß natürlich, dass der Krebs sich darum nicht schert. Dann sucht er sich halt andere Stellen im Körper. Aaron legt eine Hand auf Klaras Hand und schaut die Kellnerin an und sagt: Egal, was Sie tun, es wird richtig sein.

Er bestellt bei der Kellnerin zwei Gläser Cidre und einen Eisbecher für Klara. Eis habe ich seit Jahren nicht mehr gegessen, sagt sie und lächelt Aaron an. Jetzt bezahlst du, und ich dann das Abendessen.

Das ist Aaron egal. Sie brauchen nicht mehr auf altmodische Etikette zu achten. Das meiste Geld geht sowieso für dieses Heim drauf. Und den Rest können sie getrost zusammen verprassen.

Klara erzählt Aaron von alldem, was ihr in den letzten

Stunden eingefallen ist. Der ist erstaunt und auch ein wenig beunruhigt. Nicht, dass Klara jetzt noch einfällt, dass sie früher nichts mit Juden zu tun haben wollte. Vielleicht. Manchmal denkt er ja, dass sie so eine war. Obwohl ihr Nachname. Aber was spielt das für eine Rolle. Offensichtlich haben die Arier sie immer für eine Arierin gehalten im Krieg. Es ist egal, flüstert Aaron in sein Cidreglas. Alle, denen das nicht gefallen könnte, sind tot.

Klara sagt, es müsse da noch ein Kind geben. Und wenn sie richtig gerechnet habe, dann dürfte das Kind inzwischen auch erwachsen sein. Ganz jung zwar, aber erwachsen. Ich bin sicher, dass Elisa ein Kind hatte.

Das wäre doch dann bei der Beerdigung da gewesen, das Kind, mutmaßt Aaron und findet, dass dies alles kein angemessenes Thema für diesen Nachmittag ist. Und für den Abend auch nicht. Er will Klara verführen. Nicht über Tote reden.

Ich war nicht da, Aaron. Ich war nicht bei der Beerdigung meiner Tochter und meiner Enkeltochter. Ich war. Irgendwo. Das weiß ich nicht mehr. Ich kenne nicht einmal ihre Gräber.

Klara löffelt ihr Eis, als könnte dann alles wieder gut werden. Wenn sie nur aufisst und brav bleibt. Aaron schweigt. Was soll er auch sagen. Er kennt die Gräber seiner Familie auch nicht. Das ist. Schicksal. Banal vielleicht, oder fürchterlich. Aber eben auch nicht zu ändern. Nun muss er Klara wieder aufheitern, sonst wird es kein guter Tag und Abend. Er erzählt von dem Warzengesicht und was der über die Kommunistenbräute gesagt hat.

Klara lacht. Dass der mal die Frauen betört haben soll, glaube ich nicht. Wahrscheinlich träumt er nur davon.

Aaron bezahlt Cidre und Eis und gibt der Kellnerin zum Abschied die Hand. Die schaut verwundert und noch mehr verlegen.

Wir sehen uns doch bestimmt bald wieder, sagt sie und beschwört für einen Moment eine Zukunft für sie drei.

Natürlich, sagt Klara. Und wenn Sie ein Mädchen mit grünen Haaren sehen. Die Kellnerin nickt und hebt den Daumen der rechten Hand. Dann werde ich sie fragen, wie sie heißt. Und mir den Namen aufschreiben.

Klara ist froh. Und geht mit Aaron.

Im Hotel ist es ein bisschen hektisch. Eine Reisegruppe ist gekommen und macht Lärm im Foyer. Aaron zieht Klara ins Restaurant und wählt einen Tisch ganz hinten in der Ecke. Hier kommt ein Kellner, der sie bedient. Aaron fragt Klara, ob sie einen Aperitif möchte, und die bejaht, obwohl sie sich nicht sicher ist.

Zwei Glas Champagner, bestellt Aaron. Der Kellner nickt und reicht beiden je eine Speisekarte so groß wie der halbe Tisch. Klara schlägt die Karte auf und weiß schon nach der ersten Seite, dass sie hier kaum ein Gericht kennt. Sie schaut zu, wie Aaron aufmerksam liest.

Du wirst für mich bestellen müssen, Aaron. Klara ist erleichtert, dass sie auf diese Idee gekommen ist.

Aaron will wissen, ob sie gern Fisch ist. Und das tut sie. Also bestellt er, als der Kellner mit dem Champagner zurückkommt, für beide eine Selleriesuppe und Lachsforelle und sagt, dass man mit dem Nachtisch noch warten wolle. Der Kellner schreibt alles auf und fragt, ob er die Weinkarte bringen solle. Aaron nickt, und Klara ist plötzlich stolz auf ihn. Dieser Mann macht wirklich etwas her. Sie kann es kaum glauben, dass er zu ihr gehört. Oder sie zu ihm.

Das ist ein Wunder, sagt sie, und Aaron tut so, als wüsste er, warum sie das sagt.

Sie reden nur wenig beim Essen. Aaron erzählt von seinen Söhnen. Und davon, dass er selbst früher als Ingenieur gearbeitet hat. Ich habe Maschinen gebaut und einmal auch eine erfunden. Nicht ganz und gar. Nur die Verbesserung einer Maschine, die dann auch so gebaut wurde, wie ich es ausgedacht hatte. Ich gehörte also eher so zur technischen Intelligenz.

Aber du kannst Klavier spielen, sagt Klara und schaut sich im Restaurant um, als wollte sie Aaron bitten, ihr etwas vorzuspielen, wenn hier nur ein Klavier stünde.

Das schließt sich ja nicht aus, antwortet Aaron. Ich konnte nur besser Maschinen bauen als Klavier spielen.

Klara will keinen Nachtisch mehr, sondern die Rechnung. Sie hat ein Glas Champagner getrunken und zwei Gläser Wein. Die machen sich jetzt bemerkbar. Und dazu kommt eine Erinnerung an Henriette, die ohnmächtig in der Küche liegt, weil Klara ihr eine Schwangerschaft auf den Kopf zugesagt hat. Da war sie sechzehn, denkt Klara. Sie steht mit Aaron vor dem Fahrstuhl und denkt an Henriette. Und an Franz, der damals nicht mehr gesprochen hat. Lange Zeit nicht. Aaron nimmt Klaras Hand, als die Fahrstuhltür aufgeht, und lässt sie auch nicht los, als sich die Tür wieder schließt. Er öffnet die Zimmertür mit einer Plastikkarte, als hätten sie es im Heim genauso geregelt. Ganz routiniert. Und dann stehen sie im Zimmer und sind für einen Moment völlig konfus. Was soll nun als Nächstes getan werden?

Klara streift ihre Schuhe ab und setzt sich aufs Bett.

Ich schlage vor, sagt Aaron. Dass wir beide nacheinander ins Bad gehen, und hier machen wir nur das kleine Licht da hinten an, und dann trinken wir im Bett noch ein Glas Wein.

Klara denkt, dass es so funktionieren könnte. Für den Anfang. Sie geht ins Bad und steht da erst mal vor dem Spiegel und schaut sich an, was von ihrem Gesicht vom Nachmittag noch übrig ist. Eine ganze Menge. Ausreichend. Sie geht noch einmal zurück ins Zimmer und kramt in der Tasche, bis sie das Nachthemd gefunden hat, und geht wieder zurück ins Bad. Geduscht hat sie heute schon, das ist jetzt also nicht mehr nötig.

Klara zieht sich langsam aus, geht auf die Toilette, überlegt zehn Sekunden oder länger, ob sie jetzt wirklich die Spülung drücken soll. Dann weiß er ja, was ich gemacht habe, murmelt sie und wundert sich, dass ihr das peinlich ist. Sie dreht den Wasserhahn am Waschbecken weit auf, bis es laut rauscht, und drückt dann die Toilettenspülung. Die macht mehr Lärm als der Wasserhahn, und nun kommt sich Klara gleich ganz dumm vor. Sie kämmt sich die Haare und zieht sich das Nachthemd über den Kopf und kämmt sich dann noch einmal die Haare, weil die nun wieder durcheinandergeraten sind und das ein wenig Zeit bringt. Den Büstenhalter hat sie angelassen, so sieht sie auch im Nachthemd besser aus. Und den Schlüpfer lässt sie ebenfalls an Ort und Stelle.

Als sie aus dem Badezimmer kommt, sitzt Aaron auf dem Bett und trinkt Wein. Er liest in einem Prospekt oder einer Zeitschrift und schaut nur kurz zu Klara und lächelt ihr zu und sagt: Das ist ja ein ganz reizendes Nachthemd.

Und da muss Klara lachen, denn das Nachthemd ist eher reizlos. Hat nur eine kleine Spitze am züchtigen Ausschnitt, der ein winziges V schreibt. Klaras Waden lassen sich unter dem Nachthemd auch nicht verbergen, dafür aber der Büstenhalter, der eine Prothese ist und an dem auch heute Abend nicht gefummelt werden darf. Wenn es nach Klara geht.

Aaron verschwindet im Bad, und Klara hört schon nach wenigen Sekunden die Klospülung rauschen und denkt, dass sie sich nicht hätte so zu haben brauchen, wenn dem Aaron das alles ganz natürlich erscheint. Der steigt unter die Dusche und fängt da an, ein Lied zu pfeifen, von

Heinz Rühmann, glaubt Klara, dem Herzensbrecher. Sie gießt sich ein Glas Wein ein und versucht, sich aufs und ins Bett zu drapieren. Deckt nur die Füße ein wenig zu und setzt sich mit dem Rücken an die Wand. Zupft noch das Nachthemd zurecht und wartet auf Aaron, der im Schlafanzug aus dem Bad kommt. Kurze Hose, kurzärmliges Oberteil. Blau und weiß.

Du bist ja ganz braun, sagt Klara. Wie hast du denn das gemacht? Aaron sagt, er setze sich hin und wieder im Heim auf die Terrasse, wenn die Sonne scheint. Da bin ich dann meistens allein, weil die Alten keine Sonne vertragen. Behaupten sie jedenfalls.

Aaron kommt zum Bett, zieht etwas an der Decke und bittet Klara, ihn reinzulassen und unter die Decke. Dann sitzen sie beide nebeneinander, mit den Rücken zur Wand, und Klara nimmt Aarons Hand und streichelt sie. Erst die Hand und dann den dazugehörigen Arm. Dann schiebt sie ihre Finger unter den kurzen Ärmel, um mal zu fühlen, wie sich Aarons Schulter anfasst.

Soll ich das denn ausziehen, Klara, fragt der, und Klara nickt. Ohne Hemd sieht Aaron wie ein durchtrainierter alter Mann aus. Seine Brust ist etwas eingefallen, und die grauen Haare darauf kräuseln sich leicht und sind ganz weich. Klara wickelt sie um den Zeigefinger, zieht zart daran, bis Aaron einen Ton von sich gibt. Dann steckt sie den Zeigefinger in seinen Nabel und rührt ein bisschen drin herum.

Aaron dreht sich so, dass er Klara anschauen kann, und fragt, ob sie ihr Nachthemd für ihn ausziehen würde.

Aber nicht, sagt Klara, und er schüttelt den Kopf. Das weiß er ja nun, und es gibt keinen Grund, an die Tabuzonen zu gehen. Sie zieht das Nachthemd über den Kopf und sitzt dann neben Aaron, als wäre sie ganz zufällig da gelandet. Die Versuchung ist groß, sich jetzt die Decke bis zum Hals zu ziehen und ihn darunter machen zu lassen, was er will. Aber Klara bleibt tapfer so sitzen und wartet ab. Aaron streichelt ihren Bauch und ihre Schultern und sagt: Du hast nie gut Sonne vertragen, das sieht man. Eine ganz weiße Haut. Die hat bestimmt immer von innen geleuchtet.

Das weiß Klara nicht mehr, ob sie geleuchtet hat von innen. Aber was sie weiß, ist, dass ihr das alles gefehlt hat. Und schon so lange. Dass jemand sie anfasst. Keine Krankenschwester, niemand, der versucht, ihren dürftigen Körper zu pflegen oder das zu tun, was er für pflegen hält. Sondern jemand, der sie nur so streichelt, wie Aaron das jetzt macht.

Aaron geht es genauso. Er will und kann es jetzt nicht sagen, aber Klaras Hände auf seinem Bauch und auf seinen Schultern sind alles Glück, was dieses Leben vielleicht noch für ihn bereithält. Er dreht sie vorsichtig um, wendet sie, bis sie auf dem Bauch liegt, und schaut sich ihren Rücken an, der noch wirklich etwas hermacht. Fast glatte Haut, rechts und links verlaufen von den Achselhöhlen in die Mitte des Rückens zwei kleine Speckfalten, die eine fast vergessene Lust wecken. Aaron legt beide Hände auf Klaras Rücken und streicht nach oben und unten und versenkt die Finger in den Falten. Er wagt sich noch ein bisschen weiter vor, zieht den blütenweißen Schlüpfer etwas runter und sieht einen, wie er findet, wirklich prachtvollen Hintern. Zum Glück ist sie keine magere Alte, denkt er und lässt nun alle Vorsicht fahren.

Das geht nicht mehr wie früher, Klara, sagt er und versenkt die rechte Hand zwischen ihre Schenkel. Die liegt fast still, bewegt sich nur ein bisschen. Aaron kann nicht sehen, wie ihr die Wangen knallrot werden und heiß, und kann nicht wissen, dass sie sich völlig fremd vorkommt mit diesem Mann da neben sich, der mit ihr macht, was seit der allergrößten Ewigkeit niemand mehr mit ihr getan hat. Sie wagt sich mit der Hand, die nicht unter ihrem Bauch liegt, ein Stück vor, lässt sie ganz vorsichtig in Aarons kurze blaue Hose gleiten und stellt fest, dass möglich ist, was sie nicht für möglich gehalten hat. Aaron benimmt sich wie wahrscheinlich jeder Mann auf der Welt. Er ist stolz. Auf sich und seine Männlichkeit, die es bis ins hohe Alter geschafft hat. Nun sollten sie, findet er, die Gelegenheit auch nutzen. Die wird ja so oft nicht mehr kommen. Also dreht er Klara auf die Seite und schiebt sich an sie ran und in sie rein, und alles andere ist so, wie man es halt gelernt hat und offensichtlich nicht vergisst. Ob das, was dann nach ein paar Minuten passiert, nun wirklich ein Orgasmus ist oder nur die Freude darüber, dass hier zwei alte Körper noch etwas miteinander anfangen können, ist Aaron egal. Und Klara wahrscheinlich auch. Die findet das alles so verwunderlich, dass ihr die Worte fehlen. Sie bleibt mit dem Hintern, der Aaron wohl gefallen haben muss, dicht am Mann und schließt die Augen und hofft, dass alles noch ein wenig so zu halten ist. Wie jetzt. Aaron pustet ihr in den Nacken und flüstert irgendwas. Und dann dösen sie beide ein, als wären sie ewig miteinander vertraut. Auch wenn es nur eine Stunde ist, die sie so aushalten, hintereinander und aneinander, wachen sie beide auf und fühlen sich lebendig.

Juli kramt nun doch in den Kisten. Fotos sind nur wenige da. Ein paar von Henriette, mehr schon von Elisa. Ein Hochzeitsbild von Klara und Franz. Auf dem sieht Klara toll aus. Ihre geflochtenen Zöpfe liegen eng um ihren Kopf geschlungen und bauen ein Nest aus Haaren. Daran ist ein langer weißer Schleier gesteckt. Franz neben ihr trägt eine Uniform, die Juli in ängstliche Erwartung stürzt. So einer also war der Urgroßvater Franz, den sie nie kennengelernt hat. Ein Nazi. Juli rennt zur Hebamme, die in der Küche sitzt und Zeitung liest, und zeigt ihr das Foto.

Du Dummchen, sagt die Hebamme. Das sagt doch noch gar nichts. Es ist eine Wehrmachtsuniform, und du hast mir doch selbst erzählt, dass der Mann von dieser Klara im Krieg war.

Juli nickt und rückt sich wieder gerade. Er sieht aus wie Johannes Heesters, sagt die Hebamme.

Das hat meine Mutter auch immer erzählt. Dass ihr Großvater aussah wie einer dieser alten Schauspieler. Und dass er darauf gebaut hat. Wenn es ans Flirten ging. Juli geht zurück zu ihren Kisten. Ein paar Auszeichnungen findet sie, Urkunden und Medaillen. Ein kleines liniertes Heft, in dem in einer perfekten Handschrift Verse stehen. Vorn steht drauf: Gedichte aus der Gefangenschaft, aber davon handeln die Zeilen nicht. Es sind Liebesgedichte, die Franz offensichtlich für Klara geschrieben hat. Sie findet Elisas Geburtsurkunde, und da steht drauf, dass der Name des Vaters unbekannt ist. In Julis Vorstellung läuft da jetzt etwas aus dem Ruder. Sie hat noch die Erzählungen ihrer Mutter im Ohr, von dem Vater, der so ein Wissensfanatiker war, ein Lexikonauswendiglerner und Schachspieler. Elisa hatte erzählt, dass sie schon mit fünf Jahren Schachspielen gelernt hat. Schien ein beliebter Zeitvertreib in der Familie zu sein. Klara muss es auch gut gekonnt haben. Juli spielt kein Schach, aber nun nimmt sie sich vor, es zu lernen, damit sie es Svenja beibringen kann. Sie rennt wieder in die Küche zur Hebamme und fragt die, ob sie Schach spielen könne. Die Hebamme ist verwundert, sagt aber ja und dass sie hin und wieder mit dem Mann eine Partie spiele. Obwohl sie immer verlöre. Aber das Spiel habe etwas Beruhigendes.

Juli kramt weiter in ihrer Vergangenheit und findet nichts, was auf Klaras Tod hindeutet. Franz ist tot, da liegt eine Sterbeurkunde in den Unterlagen. Henriette und Elisa sind tot, die hat Juli selbst begraben, aber Klara ist offensichtlich nur verschwunden. Klara Helmstedter, murmelt Juli. Die müsste doch zu finden sein. Geborene Simon. Das klingt aber jüdisch. Juli weiß nicht, ob ihr das nun wichtig wäre. Mit dem Jüdischen. Helmstedter ist ja ganz und gar deutsch, und der Franz scheint auch ein strammer Deutscher gewesen zu sein. Reimt sich Juli zusammen.

In der zweiten Kiste, die sie öffnet, findet Juli seltsamerweise eine Kaffeekanne. Nichts Spektakuläres, einfach eine bauchige Kaffeekanne mit einer etwas angeschlagenen Tülle und Blümchenmuster. Der Deckel fehlt. Juli hat keine Ahnung, warum die jemand aufheben wollte. Ihre Mutter, oder die Mutter ihrer Mutter. Obwohl ihr in diesem Moment das Wort Kaffeekannenkind in den Sinn kommt. Aber mehr auch nicht, und vielleicht spielt der Kopf ihr da auch nur einen Streich.

Unter der Kaffeekanne liegen Schulhefte, die Elisa offensichtlich für ihre Vorbereitungen benutzt hat. Sie war eine sehr gewissenhafte Lehrerin. Das weiß Juli noch gut. Wie lange Elisa abends an ihrem Schreibtisch gesessen hat, um Arbeiten zu korrigieren oder Vorbereitungen zu machen.

Es sind doch immer die gleichen Stunden, die du hältst, hat sie einmal gemurrt, als Elisa wieder für irgendetwas keine Zeit hatte, weil sie sich vorbereiten wollte.

Ich halte nie die gleichen Stunden, hat Elisa vorwurfsvoll geantwortet, und Juli wollte ihr kein Wort glauben. Nun sieht sie, dass es wohl so gewesen sein muss.

Zur Beerdigung von Henriette und Elisa sind damals viele Menschen gekommen. Auch eine ganze Reihe Schülerinnen und Schüler. Daran erinnert sich Juli jetzt und auch daran, wie sehr sie darüber verwundert gewesen ist. Sie wäre kaum zur Beerdigung irgendeines Lehrers oder einer Lehrerin gegangen.

Die Hebamme klopft an die Zimmertür und ruft, dass Svenja sich gemeldet habe und wahrscheinlich gestillt werden müsse. Juli steht auf und tanzt durchs Zimmer, um das eingeschlafene rechte Bein aufzuwecken. Dann geht sie zu Svenja, die mit großen Augen an die Zimmerdecke starrt.

Wir drehen zuerst eine Runde durch die Wohnung, sagt Juli und hebt die Kleine aus dem Bett. Damit du dich hier auskennst.

Die Hebamme grinst und schüttelt den Kopf. Svenja kennt die Wohnung in- und auswendig, sagt sie. So oft, wie du mit ihr Museumsführungen machst.

Aber sie weiß noch nicht, was in den Schränken ist, ruft Juli und geht mit Svenja in die Küche, wo sie ihr den Inhalt des großen blauen Küchenschranks erklärt. Tasse, sagt sie und hält dem Kind das Geschirr vor die Nase. Teller, Glas, Schüssel, noch ein Teller.

Svenja starrt auf alles, was Juli ihr hinhält. Juli stellt sich vor, wie in dem kleinen Kindskopf Bilder von Tassen und

Tellern und Gläsern abgespeichert werden. Erst einmal nur als Bilddatei und später dann mit den richtigen Lauten. Svenja lernt schnell, sagt Juli und schielt durch eine grüne Strähne auf die Hebamme. Die winkt ab und nimmt sich vor, nun endlich mal ein vernünftiges Buch über das Lernen zu kaufen. Damit dieses grünhaarige Monster nicht immer so viel Unsinn erzählt.

Svenja bekommt ihre Mahlzeit. Weil du so gut gelernt hast, sagt Juli und ruft der Hebamme hinterher, die aus der Küche gehen will: Kannst du mal im Internet nachschauen, ob du eine Klara Helmstedter findest? Deutschlandweit am besten, wer weiß, wohin es die alte Dame verschlagen hat.

Die Nacht im Hotelzimmer wird noch ziemlich lang. Klara und Aaron können nicht wieder einschlafen, schauen einen Film nach dem anderen. Irgendwann im Morgengrauen schläft Aaron dann doch einmal ein. Klara liegt neben ihm und versucht sich zu fassen. Aber alles scheint ihrem Kopf zu entgleiten. Das schöne Gefühl auf der Haut ist da. Klara nimmt Aarons Hand, vorsichtig, und legt sie sich auf den Bauch. Ihr Nachthemd hat sie nicht wieder angezogen, und Aaron liegt auch mit freiem Oberkörper neben ihr. Das hat alles seine Richtigkeit. Nur der Kopf macht Fisimatenten. Fisimatenten, denkt Klara, und Hoffnung macht sich breit. Wenn ihr solche schwierigen Wörter gelingen, kann das nur vorübergehend sein mit dem Kopf.

Sie sind die Ersten beim Frühstück, und das Büffet ist genauso gut, wie sie es sich gewünscht haben.

Wir werden das einfach einmal im Monat machen, Klara, sagt Aaron und spielt beiden eine Fröhlichkeit vor, die nicht da ist. Das Heim wartet auf sie und alles Schlechte, was damit zusammenhängt, auch. Wir sagen einfach, dass wir einmal im Monat meinen Sohn und seine Frau besuchen. Und wir mieten hier ein Zimmer. Immer dasselbe.

Aaron sieht Klara in die Augen und ist beunruhigt. Er kennt diesen Blick. Der verheißt nichts Gutes. Seine Liebe schaut in die Ferne, und da sieht sie wohl nicht viel. Aber sie lächelt und nickt und sagt, das fände sie schön, wenn man hier einmal im Monat sein könnte.

Im Heim ist niemand wirklich froh, als sie zurückkommen. Die nette Pflegerin hat heute frei. Klara und Aaron lassen das Mittagessen ausfallen. Dafür war das Frühstücksbüffet gut genug. Aaron sitzt in seinem Zimmer und hofft, dass alles eine Weile so bleiben kann. Mit Klara. Aber seine Angst ist größer. Es könnte auch sein, dass er bald richtig allein ist. Dafür sollte er einen Plan machen. Er geht zum Schrank und kramt in einem Schuhkarton, der ganz unten steht, hinten in der Ecke, wo ihn hoffentlich niemand findet. Die meisten Tabletten, die er gesammelt hat, sind schon lange über das Verfallsdatum hinaus. Aber neue wird er nicht bekommen, er kann nur hoffen, dass alles noch ausreichend Wirkung zeigt. Wenn es gebraucht wird. Und wenn mich Klara darum bittet, denkt Aaron, was mache ich dann? Für zwei reicht das Zeug doch nicht. Er schiebt den Schuhkarton und den Gedanken weit weg. In die hintere Schrankecke, und schlägt die Schranktür mit einem kleinen Knall zu.

Klara kommt nicht zum Abendessen, und Aaron geht, bevor sie wieder alle in ihre Zimmer gesperrt werden, noch einmal zu ihr. Sie erkennt ihn. Immerhin. Sofort. Aber man kann zusehen, wie sie immer kleiner wird, seine Klara.

Mein Verstand will nicht mehr, Aaron, sagt sie und zieht den alten Mann zu sich heran. Sie legt beide Hände auf sein Gesicht, damit er nicht sehen kann, wie ihr das Wasser aus den Augen läuft. Ein Pfleger kommt ins Zimmer geschossen, hektisch, laut und schnell mit freundlichen Floskeln auf die beiden Alten einprügelnd. Aaron sagt, er wird sich um Klara kümmern und sie ins Bett bringen.

So ginge das aber nicht. Der Pfleger ist verunsichert. Noch nicht lange hier im Heim und keine Erfahrung mit bockigen Alten. Aaron schiebt ihn aus dem Zimmer und behauptet mutig, das habe man schon öfter so gemacht. Schließlich seien er und Klara ja ein Paar.

Richtig überzeugt ist der Pfleger nicht, aber er hat auch keine Zeit. Jedenfalls keine zum Diskutieren. Hat die paar Minuten, die ihm hier für die Simon zustehen, sowieso schon fast verbraucht durch die Diskussion.

Nicht vergessen, noch mal auf die Toilette zu gehen, ruft er dem Alten zu, der ja noch ziemlich fit zu sein scheint. Ob das der ist, überlegt der neue Pfleger, den sie hier fast schon mal in der Stufe drei hatten? Wie war bloß der Nachname? Manchmal passieren ja, das hat er selbst in der kurzen Zeit gelernt, Wunderheilungen. Dann fängt ein Seniler wieder an zu reden, und eine Demente spielt Schach. Dann gehen sie wieder zurück in die niedrigere Pflegestufe. Gefällt hier auch nicht jedem. Ist schließlich bares Geld. Das war doch die Simon, oder? Die sie wieder runtergestuft haben. Oder der Alte, dessen Name ihm jetzt einfällt. Dem Pfleger ist es am Ende egal, er muss noch durch die halbe Station, und die schweren Fälle kommen erst.

Aaron zieht Klara aus. Er sucht ihr Nachthemd, das unter der Bettdecke liegt. Den Büstenhalter lässt er an, Klara hat schützend ihre Hände auf die womit auch immer gefüllte Hülle gelegt. Sie streift sich das Nachthemd selbst über den Kopf und zupft und zieht, bis es richtig sitzt. Aber sie schweigt, schaut Aaron nur hin und wieder an, als werde der ihr nun doch fremd.

Aaron ist so traurig, dass es wohl bis ans Ende seiner Tage reichen wird. Er schiebt Klara ins Bad und sagt, sie solle auf die Toilette gehen, er warte draußen auf sie. Nach fünf endlos langen Minuten hört er die Spülung und gibt Klara noch eine Minute dazu, bevor er wieder ins Bad geht. Sie steht vor dem Spiegel und heult.

Aaron, schluchzt sie, ich erkenne mich nur noch ein bisschen. Und meine Haare sehen auch nicht mehr schön aus.

Sie sind wunderschön, sagt Aaron und nimmt den Kamm von der Ablage, um Klaras Haare zu kämmen. Dann bringt er Klara ins Zimmer und legt sie ins Bett und deckt sie zu. Er setzt sich auf den Stuhl neben dem Bett, nimmt ihre Hand. Müde ist er auch, die letzte Nacht war anstrengend. Die schönste Nacht meines noch verbleibenden Lebens, denkt Aaron und drückt Klaras Hand, die schlaff und doch tröstlich in seiner liegt. Sie drückt ein wenig zurück. Aaron, flüstert sie und dreht den Kopf so, dass sie ihn sehen kann. Den alten Juden, in den sie sich verliebt hat und den sie nun wahrscheinlich verlassen wird. Besser wäre, wenn ich nicht noch einmal aufwachen müsste.

Klara dreht den Kopf zur anderen Seite, starrt noch ein paar Minuten auf die Wand und schläft ein. Aaron deckt sie noch besser zu und geht aus dem Zimmer.

Da habe ich, sagt er draußen, in meinem hohen Alter noch einen One-Night-Stand gehabt.

Und dann verzweifelt Aaron.

Im Telefonbuch findet sich keine Klara Helmstedter. Nicht eine in ganz Deutschland. Das findet Juli so sonderbar, dass sie fast an eine Verschwörung glauben möchte. So selten kann dieser Name doch nicht sein. Klaras gibt es wie Sand am Meer und Helmstedters noch mehr. Aber nicht in dieser Kombination. Sie könnte doch, sagt die Hebamme, auch unter ihrem Mädchennamen im Telefonbuch stehen.

Warum sollte sie ihren Mädchennamen tragen? Sie war doch mit dem Helmstedter verheiratet, und der ist dann gestorben. Juli fängt noch einmal an, der Hebamme die Familienverhältnisse zu erklären. Von vorn und mit allen Namen. Klara und Franz, Henriette und Helmut, von dem Juli bis vorhin noch glaubte, er sei Elisas Vater gewesen. Aber nun ist er nur ein Stiefvater und der Vater ihrer Mutter eine unbekannte Größe geworden. Wenn ich Klara nicht finde, denkt Juli, suche ich die beiden Kerle, den Vater und den Stiefvater von Elisa. Mir ist jetzt auch egal, wie ich eine Familie zusammenbekomme.

Die Hebamme fühlt mit. Sie will ja alles sein für Juli, aber das wird wohl nicht gehen. Der fehlen sämtliche Verbindungen zur Vergangenheit.

Such die ganzen Kisten nach Hinweisen durch, rät sie. Du findest bestimmt etwas, was uns weiterhilft, wenn wir deine Urgroßmutter suchen wollen.

Juli geht wieder in ihr Zimmer und fängt an, Fotos und Briefe und Dokumente zu sortieren. Sie findet Aufnahmen von dieser Hütte, die Klara und Franz sich gebaut hatten.

Die Bilder legt sie ganz schnell beiseite. Dort sind Henriette und Elisa gestorben. Das ist auf jeden Fall ein Unglücksort. Später, wenn Svenja größer ist und sprechen kann, wird sie zusammen mit ihrer Tochter dort hinfahren und sich diese Hütte anschauen. Nicht früher. Und vielleicht auch nie.

In einem großen Umschlag steckt noch ein Stapel Briefe. Die hat Henriette offenbar an Klara geschrieben, aber nie abgeschickt. Juli liest zwei davon und versteht beide nicht. Nur die Trauer versteht sie und die Wut über einen Verrat, von dem sie nichts weiß und nie etwas erfahren wird.

Sie steht auf und schaut nach, ob Svenja wieder wach ist. Draußen scheint die Sonne, und sie könnte gut und gern noch einmal mit Svenja in den Park laufen. Die Kneipe müsste ja wieder offen haben. Sie würde mit der Kellnerin reden. Oder einfach nur einen Tee trinken. Svenja schläft noch, und Juli sagt zur Hebamme: Man soll sie nicht wecken, wenn es geht. Sie lernen im Schlaf.

Die Hebamme schüttelt den Kopf und beschließt, das Buch für Juli gleich morgen zu kaufen. Was die sich alles einbildet, wie der Kopf so funktioniert.

Klara wacht am nächsten Morgen doch wieder auf. Wünsche gehen nicht in Erfüllung. Sie steht auf und fühlt sich müde. Die nette Pflegerin kommt und schlägt die Bettdecke zurück. Das Bett ist nass und riecht nicht gut. Klara ist es egal. Sie steht in ihrem Nachthemd am Fenster und schaut raus. Die Welt ist winzig geworden. Die Pflegerin schiebt Klara ins Bad und zieht ihr die Sachen aus. Sie redet dabei ununterbrochen auf Klara ein, aber die will nichts hören. Die Pflegerin wäscht und putzt und klemmt eine Vorlage zwischen Klaras alte Beine. Sie beschließt, dass Klara heute nicht in den Frühstücksraum geht, sondern im Zimmer isst. Aber daraus wird nichts. Klara rührt das Essen nicht an. Sie sitzt auf ihrem Sessel und bleibt stumm.

Mittags geht es etwas besser. Klara läuft allein zum Essen, wo Aaron auf sie wartet. Er steht auf, als sie den Saal betritt, und kommt auf sie zu. Er nimmt ihre Hand und führt sie zum Tisch und schiebt ihr den Stuhl unter den Hintern und fasst sie dabei kurz an. Nun hat man dich also gepampert, Klara, flüstert er ihr ins Ohr, und sie reagiert nicht. Sie isst anständig. Kein Sabbern, kein Schlürfen, kein Gespräch. Aaron beobachtet Klara, und es hätte jede hier sein können. Wahrscheinlich wird sie ihn hin und wieder noch einmal erkennen. Und ein paar Worte mit ihm wechseln. Aber große Hoffnung kann er sich da nicht machen.

Nach dem Essen bringt er Klara auf ihr Zimmer und bleibt noch eine halbe Stunde bei ihr sitzen. Klara schiebt ihr Gebiss nach vorn, und kurz bevor es herauszufallen droht, schiebt sie es mit einer Hand wieder an den richtigen Platz. Ihre Knie schlagen rhythmisch aneinander. Draußen scheint die Sonne, und Aaron macht noch einen Versuch. Wollen wir spazieren gehen, Klara?

Und sie nickt. Aber mehr auch nicht. Sie bleibt sitzen und nickt mit dem Kopf. So lange, bis sie eingeschlafen ist.

Juli hat schlecht geschlafen. Drei Mal ist Svenja wach geworden in dieser Nacht und hat geschrien. Ohne Grund, findet Juli, aber die Hebamme sagt, Kinder hätten immer einen Grund. Am Morgen sind alle ein wenig müde und gereizt. Die Hebamme hat noch einen freien Tag. Keine Entbindungen, keine Termine. Juli packt Svenjas Tasche und macht sich auf den Weg in den Park. Bei ihrem letzten Besuch hat sie gelesen, dass das Café schon um elf aufmacht. Im Sommer jedenfalls.

Der Park ist voller alter Menschen. Und junger Mütter, die mit ihren Kindern auf den Spielplätzen rumturnen. Eine von den Alten ist Klara, verrät Juli ihrer Tochter, die schon wieder eingeschlafen ist im Kinderwagen. Ich bin sicher.

Die Kellnerin bedient heute wirklich und lächelt Juli zu, als die sich draußen einen Tisch sucht, neben den sie den Kinderwagen stellen kann. Sie kommt und bringt gleich einen Tee mit. Sie werden gesucht, von einer alten Dame, die hier öfter mal mit einem vornehmen alten Herrn Schokolade trinken kommt, sagt die Kellnerin zu Juli. Ich soll Adresse und Telefonnummer sicherstellen. Die leben wahrscheinlich beide in dem Altenheim da drüben auf der anderen Seite des Parks. Jedenfalls wirken sie so.

Juli freut sich ein bisschen und beschließt, bald einmal einfach ins Altenheim zu gehen und nachzufragen. Haben die ihren Namen gesagt?

Nein, sagt die Kellnerin, aber der Mann heißt, glaube ich, Aaron. Ist ja kein so häufiger Name. Hier.

Juli schüttelt den Kopf. Das stimmt, ein Aaron müsste sich schon finden lassen. Und dann wird die dazugehörige Frau ja nicht weit sein. Trotzdem schreibt sie ihre Adresse und Telefonnummer auf einen Zettel und drückt den der Kellnerin in die Hand. Falls die doch noch vorbeikommen. Oder wenn wir beide mal.

Die Kellnerin nickt und lächelt. Sie hat dunkle Ringe unter den Augen. So dunkel, dass Juli fragt, ob sie krank sei, und sich im gleichen Augenblick dumm dabei vorkommt.

Die Kellnerin winkt mit der rechten Hand beschwichtigend ab. Ich habe schlecht geschlafen letzte Nacht. Musste mich entscheiden. Sie schaut in den Kinderwagen und fragt, wie es Svenja geht.

Gut, sagt Juli und strahlt. Sie lernt im Schlaf. Und sie erkennt mich.

Das ist ja auch einfach, sagt die Kellnerin. Bei den grünen Haaren.

KATHRIN GERLOF
Teuermanns Schweigen
Roman
181 Seiten. Gebunden
ISBN 978-3-351-03234-0

Muss eine Geschichte stimmen, um wahr zu sein?

Welches dunkle Geheimnis verbirgt Teuermann, als er Markov völlig unerwartet mitten auf einer Waldlichtung in der tiefsten Provinz entgegentritt? Was dieser komische Vogel auch erzählt, es klingt wie ein Klischee – der Chef, die Sekretärin, die Ehefrau, Lügen, Hoffnungen, ein Ultimatum und zwei Tote. Wenn aber nur ein Teil von Teuermanns Geschichten stimmt, hat er eine Schuld auf sich geladen, die so groß ist wie ein Verbrechen. Markov, ein Mensch, der sich stets heraushielt, ist abgestoßen und fasziniert zugleich und lädt Teuermann zum folgenreichen Spiel mit der Wahrheit in sein Haus ein. Auf fesselnde Weise hinterfragt Kathrin Gerlof die Grenzen des Erzählens und begeistert den Leser mit ihrer klaren, poetischen Sprache.

Mehr Informationen erhalten Sie unter www.aufbau-verlag.de
oder in Ihrer Buchhandlung

INGER-MARIA MAHLKE
Silberfischchen
Roman
199 Seiten. Gebunden
ISBN 978-3-351-C3309-5

»Sie erzählt mit Finesse und Biss.« PETER WEBER

Hermann Mildt war Polizeibeamter, bis man ihn frühpensionierte, weil er seine tote Frau im Garten fotografierte. Eher unfreiwillig nimmt er Jana Potulski bei sich auf, sie ist Polin ohne Papiere und sucht eine Übernachtungsmöglichkeit. Warum er sich auf sie einlässt, kann er nicht sagen. Er darf ihre Brüste berühren, abends im Bad. Nach drei Tagen läuft sie ihm weg. Erst sucht er sie, dann wartet er, und schließlich findet er sie auf der Straße wieder. Und Jana Potulski kehrt mit ihm in die Wohnung zurück. Doch dann geht alles drunter und drüber. – Meisterhaft im Ton und voll untergründiger Spannung schildert Mahlke die Geschichte einer ungewollten Annäherung, einer Entwahrlosung – ein Roman ganz auf der Höhe unserer Zeit.

»Inger-Maria Mahlke erzählt ebenso unbarmherzig wie liebevoll, nämlich mit einer literarischen Aufrichtigkeit, die einem den Atem nimmt: so sehr stimmt jede Geste, jeder Satz, jede Enttäuschung, jede Hoffnung.« THOMAS HETTCHE

Mehr Informationen erhalten Sie unter www.aufbau-verlag.de oder in Ihrer Buchhandlung

SABRINA JANESCH
Katzenberge
Roman
277 Seiten. Gebunden
ISBN 978-3-351-03319-4

Reise an den Rand der Zeit

Magisch, suggestiv und präzise erzählt Sabrina Janesch von nicht vergehender Schuld, von unheimlicher Heimat und einer wagemutigen Reise: Nach dem Tod ihres Großvaters erkundet die junge Journalistin Nele Leipert die Geschichte ihrer Familie. Sie verlässt Berlin und fährt nach Schlesien und schließlich nach Galizien, wo alles begann. Dort, am Ende der Welt, will sie einen alten Fluch bannen

»*Diesem Buch sind viele Leser zu wünschen.*« GÜNTER GRASS

»*Sabrina Janesch entführt uns in die schlesische Welt der Nachkriegszeit, von der wir so noch nie gelesen haben.*« ANNETT GRÖSCHNER

»*Ein wunderbar erzählter Debütroman, der federleicht zwischen Gegenwart und Vergangenheit hin- und herpendelt.*«
HANNS-JOSEF ORTHEIL

**Mehr Informationen erhalten Sie unter www.aufbau-verlag.de
oder in Ihrer Buchhandlung**

ALIA YUNIS
Feigen in Detroit
Roman
Aus dem Amerikanischen
von Nadine Püschel
und Max Stadler
472 Seiten. Gebunden
ISBN 978-3-351-03322-4

»Shakespeare war eigentlich Araber.«

Fatima weiß, dass ihre Zeit gekommen ist, denn in neun Tagen wird Scheherazade sie zum 1001. Mal besuchen. Bis dahin hat sie einiges zu erledigen: Sie muss eine Ehefrau für ihren geliebten, aber leider schwulen Enkel finden; ihrer schwangeren Urenkelin den Koran auf Arabisch und Geburtenkontrolle beibringen; sich mit ihrem Exmann aussöhnen; und sie muss entscheiden, welches ihrer zehn ungeratenen Kinder ihr Haus im Libanon erben soll. Allen Kindern gemein ist ihre große mathematische Begabung, aus der jedoch keiner Profit zu schlagen weiß, ihre charakteristische Nase und ihr unglückliches Händchen in Liebesdingen. Klug, sensibel und mit grandioser Komik öffnet uns Alia Yunis die Augen für eine Welt, die unter der Burka zu verschwinden droht.

»Voller Wortwitz und Situationskomik.« THE WASHINGTON POST

»Eine echte Feel-good-Geschichte.« LIBRARY JOURNAL

Mehr Informationen erhalten Sie unter www.aufbau-verlag.de
oder in Ihrer Buchhandlung

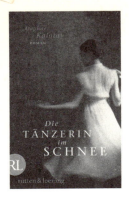

DAPHNE KALOTAY
Die Tänzerin im Schnee
Roman
Aus dem Amerikanischen
von Carina Tessari und Yasemin Dinçer
454 Seiten. Gebunden
ISBN 978-3-352-00787-3

Sie tanzten nur einen Winter

In Boston beschließt die ehemalige Ballerina Nina Rewskaja, ihre Schmucksammlung versteigern zu lassen. Einst wegen ihrer Grazie und Schönheit »Schmetterling« genannt, ist sie nunmehr an den Rollstuhl gefesselt. Der Bostoner Professor Grigori Solodin glaubt, besagter Schmuck sei der Schlüssel zu einem lange verborgenen Geheimnis.
Mit Hilfe der Auktionatorin Drew Brooks versucht er, das Rätsel der Primaballerina zu lösen. Damit entfesselt er eine schmerzliche Erinnerung, die zurück ins Moskau der Nachkriegszeit führt. Eine Geschichte, die von Terror und Verrat, von Leidenschaft und Kunst und der langsamen Auslöschung der Menschlichkeit handelt.

Mehr Informationen erhalten Sie unter www.aufbau-verlag.de
oder in Ihrer Buchhandlung

RL rütten & loening

FRÉDÉRIQUE DEGHELT
Die Liebe der anderen
Roman
Aus dem Französischen
von Anja Nattefort
240 Seiten
ISBN 978-3-7466-2669-7

Eine Liebe, die nie vergangen ist

Die Nacht war leidenschaftlich, der Morgen ist schockierend: Marie hat plötzlich drei Kinder – mit dem Mann, in den sie sich eben erst verliebt hat. Kann eine Amnesie wirklich zwölf Jahre eines Lebens ausradieren? Ohne sich ihrem Mann mitzuteilen, versucht Marie durch Briefe, Tagebücher und Fotos das ihr unbekannte Leben zu erforschen und die Liebe der anderen zu verstehen.

»*Eine wunderschöne Liebesgeschichte zum Lachen, Leiden, Hoffen.*«
MYSELF

Mehr Informationen erhalten Sie unter www.aufbau-verlag.de
oder in Ihrer Buchhandlung

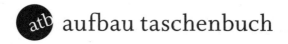

JAMES KING
Die fernen Tage der Liebe
Roman
Aus dem Amerikanischen
von Armin Gontermann
448 Seiten
ISBN 978-3-7466-2629-1

Kleine Fluchten, große Gefühle

Nach dem Tod seiner Frau Claire sitzt Bill Warrington allein in seinem Haus. Mit seinen drei Kindern ist er zerstritten. Mike, Nick und Marcy sind mehr oder minder gescheiterte Existenzen. Während Nick nicht über den Tod seiner Frau hinwegkommt, erleidet Mike beruflich Schiffbruch. Marcy versucht, eine neue Beziehung einzugehen, doch dem steht ihre aufsässige Tochter April im Weg. Um seine Kinder zu einem großen Familientreffen zu bewegen, beschließt Bill, mit April nach San Francisco zu fahren – mit ihr am Steuer, denn er leidet immer stärker an Alzheimer. Ein großes, wunderbares Abenteuer beginnt.

Mehr Informationen erhalten Sie unter www.aufbau-verlag.de
oder in Ihrer Buchhandlung

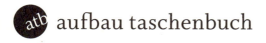

HANSJÖRG SCHERTENLEIB
Das Regenorchester
Roman
230 Seiten
ISBN 978-3-7466-2571-3

»Vom Loslassen und Leben lernen.« DIE WELT

Nachdem seine Frau gegangen ist, lebt ein Schriftsteller allein in seinem Haus in Irland. Da begegnet er Niamh, einer sechzigjährigen Irin, die ihn zum Chronisten ihres Lebens macht. Sie führt ihm die Wunder des alten, untergegangenen Irland vor Augen und erzählt ihm von ihrer verlorenen Liebe. Voller Poesie und mit großer Sprachkunst erzählt Hansjörg Schertenleib eine unerhörte Liebesgeschichte.

»Ein überraschend lebensbejahender Roman.« BERNER ZEITUNG

Mehr Informationen erhalten Sie unter www.aufbau-verlag.de
oder in Ihrer Buchhandlung

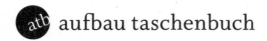

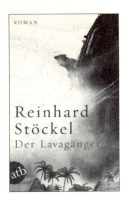

REINHARD STÖCKEL
Der Lavagänger
Roman
379 Seiten
ISBN 978-3-7466-2648-2

»*Eine faszinierende Familiensaga.*« SÜDDEUTSCHE ZEITUNG

Henri Helder entstammt einer Eisenbahnerdynastie und macht eine seltsame Erbschaft: ein altes Paar Lederschuhe mit einer rätselhaften Botschaft seines verschollenen Großvaters. Wilde Geschichten vom Bau der Bagdadbahn, japanischen Geisterschiffen, einbeinigen Navigatoren und dem letzten König von Hawaii beflügeln bald schon seine Phantasie. Doch wer war dieser Lavagänger wirklich, der ihn so unverhofft auf die Reise schickt? Ganz am anderen Ende der Welt lüftet Henri schließlich weit mehr als ein großes Familiengeheimnis.

»*Ein wunderbar märchenhaft sicherer Ton.*«
ELMAR KREKELER, DIE WELT

Mehr Informationen erhalten Sie unter www.aufbau-verlag.de
oder in Ihrer Buchhandlung

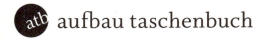